손
잡
고

허
밍

손 잡고 허밍

이정임 소설집

이 도시에는 혼자된 인간의 이야기가 너무나도 많았다. 미라처럼 보존된 그들의 한때를 열어보는 일은 흥미진진했다. 피라미드의 깊은 속을 파고 들어가 미라의 몸에 감긴 붕대를 푸는 일처럼 우선 파일의 먼지를 털고 바짝 마른 종이가 바스라지지 않도록 조심히 펼친 다음 내용의 면면을 살핀다. 사람과 사람 사이에 일어난 일, 그들이 약속한 일을 간단하고 딱딱한 문장으로 서술한 종이에 손가락을 대면 나는 습자지처럼 투명한 종이가 되어 잉크를 흡수한다. 내 속으로 스며든 이야기가 나의 우주를 건드리고 나는 그들이 떠나온 별을, 우주를, 상상해보는 것이다.

당신들은 어디에서 오고 어디로 떠났습니까?

차례

1.

고양이를 부르는 저녁

연봉 3억의 구두 디자이너라는 남자27이 하얀 이를 드러내며 등장한다. 백 명의 여자들이 환호한다. 남자27의 등 뒤로 떠 있는 거대한 화면에 그를 원하는 여자들의 '콜(call)' 수가 뜬다. 63. 반수 넘었으므로 남자27은 그 자리에서 여자를 고를 수 있는 자격을 가진다. 의자에 앉자마자 남자27의 수줍은 미소가 건힌다. 가죽의 재단 상태를 점검하듯 날카로운 눈으로 이상형을 말하는 남자27. 백 명의 여자들이 가슴을 부풀리고 남자27의 말에 귀 기울인다. 그녀 역시 귀를 기울였다. 그때, 그녀가 들고 있는 수화기 너머에서 그가 소리 질렀다.

-너무 늦으셨어요! 그러다, 죽을 수도 있다고요!

그를 고용하기로 한 사람은 그녀다. 돈을 주는 사람은 그녀인데 오히려 그가 그녀를 다그쳤다.

남자27이 말한 이상형이 될 수 없는 여자들이 스스로 콜을 취소한다. 콜 수는 38로 줄어든다. 남자27의 이상형을 들을 수 없었던 그녀는 텔레비전을 연신 기웃거렸다. 전화통화가 귀찮아진 그녀는 전화를 끊어버리려다 가까스로 참고 말했다.

-그래서, 죽지 않게 하려고 전화했잖아요.

휴, 한숨 소리가 나고 그가 목소리를 바꿔 나직이 말했다.

-내일 오후에 짬을 내서 갈 테니 그때 뵙지요. 주소 알려주세요.

그는 그녀가 원치 않는 시간에 전화를 걸어 의뢰를 확인하고 자기 마음대로 미팅 시간을 정했다. 무례하다.

-아니, 제가 마냥 기다릴 수는 없잖아요. 저도 일이란 게 있는데. 정확한 시간을 정하셔야지요.

-지금은 D 지역에 의뢰가 있거든요. 어떤 아이든지 무조건 일찍 나서야 찾을 확률이 높아요. 그래서 잠깐이라도 시간을 내서 그쪽에 가보려고요. 시간이 정확히 언제 날지 모르겠네요.

그녀는 아이라는 호칭이 불편하고 그를 기다려야 한다는 것도 불편했다. 내일은 일요일이라 하루 종일 한가하지만 그를 기다리느라 시간을 허비하고 싶지 않았다. 늦잠을 자고, 지금 방영하고 있는 〈운명의 러브콜〉 지난 회분을 다운받아 본 뒤, 네일 케어를 받으려고 했다. 그녀는 잠깐 망설였다.

-알겠어요. 기다릴게요. 하지만 일이 생기면 취소 전화를 넣을지도 몰라요. 그러니 출발할 때 꼭 연락주세요.

-제 느낌에 이곳 아이는 내일 오전 안으로 찾을 수 있을 것 같아요. 하지만 확신은 못합니다. 어디까지나 느낌이니까요. 제가 갈 때까지 하셔야 할 일이 있어요. 그곳 아이를 찾으시려면 우선······.

콜 수가 6으로 압축되자 사회자가 각각의 여자들을 인터뷰하기 시작했다. 그녀는 어떤 여자가 남자27의 고급 수제 구두를 선물 받을 수 있을지 궁금해하며 대충 인사를 하고 전화를 끊어버렸다. 저 여자들은 어떤 환경에서 자랐기에 저리 복된 자리에 있을 수 있을까, 생각하며.

그녀는 동물을 키워본 적이 없다. 저 혼자 크는 것도 벅찬 일이었다. 어린이 보호소에서 키우던 셰퍼드는 애완동물이라 하기엔 사나웠다. 아이들과 셰퍼드는 보호소에서 주는 밥을 먹으며 홀로 컸다. 보호소의 아이들이 밖으로 나갈 때마다, 셰퍼드의 새끼들이 밖으로 입양될 때마다 그녀는 익숙한 것과 헤어지는 과정이 지긋지긋했다. 그래서 언제고 헤어질 수 있는 것은 함부로 키우지 않겠다고 맹세했다. 그런데 고양이라니.

그녀가 고양이를 발견한 것은 보름 전이다. 열한 시 과외를 마치고 돌아온 늦은 밤. 옆집 문 앞에 노란색 고양이가 앉아 있었다. 고양이는 그녀를 보고선 흠칫 놀랐지만 도망가지 않고 울기 시작했다. 그 집 고양이겠거니, 벌을 받는 중이겠거니, 무심히 지나쳐 집으로 들어갔다. 하지만 다시 문을 열었다. 옆집 사내는 사흘 전 이사를 가서 그 집은 비어 있었다. 고양이는 낯선 사람을 피하지 않고 처분을 기다리듯 웅크리고 앉아있었다.

참치 캔을 따서 앞에 내놓자 고양이는 몇 번 핥짝거릴 뿐 먹지 않았다. 외관상으론 냄새도 없고 깨끗해 보였지만 그녀는 고양이를 목욕탕에 밀어 넣었다. 샤워기를 갖다 대자 고양이는 온몸의 털을 세워 소리 지르고 그녀의 팔뚝을 할퀴었다. 금세 붉은 피가 흘렀다. 그녀는 고양이가 어린이 보호소에 처음 들어온 아이들 같다고 생각했다. 보호소의 아이들은 앞으로의 인생이 지금까지와 전혀 다르게 펼쳐질 것을 알고 있었고 온몸으로 예민하게 반응했다. 그녀는 고양이를 때릴 기운도 없었다. 중위권 성적의 고2 사내아이에게 함수를 가르치다 온 상태였다. 좀처럼 성적이 오르지 않아 애를 먹이는 아이인데 이번 성적도 오르지 않으면 과외를 끊을지도 몰랐다. 아무 소리 않고 고양이 몸을 닦은 후 이불을 깔아놓은 방에 넣었다. 잠결에 가느다란 동물 울음소리를 듣긴 했지만 그녀는 일어나지 않았다. 체념 때문인지 희망 때문인지 다음날부터 고양이는 밥을 먹기 시작했다.

고양이가 밥을 먹기 시작한 날 저녁, 그녀는 집으로 오자마자 유기동물센터에 전화를 했다. 전화를 받은 여직원은 접수절차부터 말했다. 유기동물발견 신고접수를 하면 동물을 센터에 데려와 유기동물공고를 하고 한 달 동안 보호하면서 고양이의 주인을 찾아본 뒤, 주인이 나타나지 않으면 입양을 보내거나 안락사시킨다고 했다. 여직원은 사무적인 말투로 발견 위치와 시각, 고양이의 건강 상태, 사료 급여 여부 등을 물었다. 고양이에 대해 아는 게 있느냐고도 물었다. 그녀는 전혀 아는 것이 없으며 다만 계속 울어서 골치가 아파 신고하게 되었다는, 거짓말을 했다. 고양이를 데려가지 않을까 봐 걱정이 됐기 때문이다. 고양이가 달갑지 않은 건지, 그녀의 말을 듣고 답답함을 느낀 건지, 직원은 아주 작은 소리로 한숨을 쉬었다.

한숨 소리를 듣는 순간, 그녀는 직원에게 고양이를 데리고 있겠다고 불쑥 말했다. 말하고 나서 자신도 놀라 했던 말을 취소하려고 했다. 하지만 직원이 재빨리, 아주 친절한 목소리로, 그렇잖아도 퇴근 시간이라 구조하러 갈 사람이 없어서 난처했다며, 감사하다는 대답을 해왔다. 그리고 더욱 재빨리, 이메일로 신고접수서류를 보낼 테니 빈칸을 채워 넣고 고양이의 사진을 찍어 첨부 메일로 보내달라는 부탁도 했다. 신장이 약한 고양이에게 사람이 먹는 짠 음식은 해로우니 간하지 않은 닭가슴살 등을 익

허주거나 고양이 사료를 사다 급여하고, 사람이 먹는 우유 역시 소화하기 어려워 설사를 하기 쉬우니 먹이지 말며, 고양이 모래를 사다가 화장실을 만들어주면 용변을 가려서 볼 것이라는 설명도 덧붙였다. 전화를 끊은 후, 그녀는 불법 다단계 회사에 가입해 터무니없는 물건을 잔뜩 사버린 기분이 들어 언짢았다. 다시 센터에 전화를 걸었지만 아무도 전화를 받지 않았다.

고양이는 베란다 창가에 누워 잠을 자고 하루 두 번, 챙겨주는 밥을 먹었다. 그녀는 잠시만 고양이를 보호하는, 아니 보관하는 것이니 절대로 저것에게 정을 주지 않겠다고 다짐했다. 하지만 고양이가 한참 동안 그녀의 얼굴을 응시하거나 그녀의 눈치를 살피며 조심조심 걷고 그녀가 움직일 때마다 슬쩍 따라다닐 때는 그녀의 마음 한구석에 끈적끈적한 무언가가 들러붙었다.

그녀가 고양이를 데리고 있겠다 말한 것은 충동적이긴 했지만 미아 임시보호소 생각 때문이기도 하다. 고양이를 하룻밤 재운 다음 날 아침, 그녀는 책장 옆 좁은 구석에서 손가락 크기만한 똥을 발견했다. 그리고 미아 임시보호소의 서늘한 마룻바닥을 떠올렸다. 임시보호소는 미아센터에서 아이의 부모를 찾는 동안, 혹은 어린이 보호소에 배정받기 전까지 아이들이 거처하게 되는 곳이다. 그녀는 자신을 나라에 떠넘긴 어머니를 그리워하며 울지는 않았다. 가난은 충분히 겪었고 이미 아홉 살이었으므로 보호소 생활에 대해 단단한 각오를 하고 있었다. 다만, 임시보호소에 납작 엎드린 검은 덩어리가 두려웠다. 마룻바닥과 벽이 연결되는 모서리에 껌보다는 두툼하고 캬라멜보다는 단단한 검은 덩어리가 묻어있었다. 오래되어서 냄새도 색도 특별할 것이 없었지만 그녀가 보기에 그것은 분명 똥, 이었다. 자세히 보지는 않았지만 멍청한 아이가 지린 설사거나, 모자란 아이가 싼 똥이 어쩌다 그 자리에 흘렀거나, 그것은 똥, 이라는 생각이었다. 똥은 그 자리에 가만히 있는데 그 똥이 자신의 몸에 묻을까 걱정하며 그녀는 혼자 철제 침대에 올라앉아 시간을 보냈다. 그녀는 다 큰 지금도 꿈을 꿀 때 그 임시보호소 마룻바닥에 찾아가곤 한다. 그곳에서 똥을 노려보며 오래고 앉아있는 꿈을 꾼 날은 하루 종일 나쁜 일을 겪었다. 방바닥에 흘린 고양이 똥을 직접 치우면서 그 시절과 많이 바뀐 자신의 처지가 새삼 신기하게 생각되었다.

그리고 일주일 후, 고양이가 사라졌다. 열어놓은 베란다 창문 틈으로 나간 것 같았다. 고양이가 방범창을 찢고 나간 것인지 원래 찢어져 있던 것을 그녀가 몰랐는지는 알 수 없다. 그녀는 떠나는 것들은 왜 익숙해진 후에 가버리는지 이해할 수 없었다. 유기동물센터에 연락하자 담당 직원이 책임소재를 묻겠다며 화를 냈다. 이미 접수를 해놓았는데 진짜 주인이 나타나면 어쩔 거냐며 따졌다. 사람의 새끼들도 사라지고 버려지고 국가 보호소에서 키워지는 이 세상에 겨우 고양이 새끼 한 마리 때문에 책임을 묻겠다니, 그것도 시큰둥한 반응으로 자신을 대하던 그 여직원의 돌변한 태도가 그녀는 더욱 이해되지 않았다. 처음엔 무시하고 버티려고 했다. 주인이 나타나지 않을 수도 있고 생명의 소중함 따위 안중에 없는 직원이 직접 찾아와 따질 일은 없을 것 같았다. 고양이를 찾을 생각조차 하지 않았다. 하지만 그녀의 방 안에 똥을 싼 고양이가, 그녀의 눈을 올려보던 그 고양이가, 살금살금 걷고 조심조심 밥을 먹던 그 노란색 고양이가 불쑥불쑥 그녀 마음속에 떠올랐다. 그녀는 집을 오갈 때마다 주변을 둘러보며 야옹—, 하고 작은 소리로 고양이를 불렀다. 하지만 고양이가 나올 리 없었다. 그녀는 과외 자료를 만들다가도 인터넷에 접속해서 잃어버린 고양이를 찾는 것에 관한 정보를 찾았다. 그러는 동안 일주일의 시간이 다시 지났다. 고양이 탐정이라는 직업을 알게 되었다. 고양이를 찾든 찾지 못하든 돈을 지급해야 하는 것이 석연찮았지만 전화를 걸었다. 탐정은 전화를 받지 않았다. 문자메시지를 남기자 그날 늦은 저녁, 그녀가 〈운명의 러브콜〉에 한창 빠져 있을 때 그가 전화를 걸어왔다. 그녀는 성가신 일이 시작되었다고 생각했다.

연 매출 200억대의 중소기업 사장의 아들이라는 남자26은 자신의 명의로 소유한 건물이 두 채나 된다. 키 183cm, 직업이 의사인 남자26은 개인병원을 준비 중이다. 여자37이 병원 오픈에 들어간 빚이 얼마나 되냐고 질문을 던졌다. 뭐, 시시하게 그런 걸 질문이라고 하냐는 표정으로, 빚은 없다고, 남자26이 말했다. 준비 중인 오 층 병원 건물과 우리나라에서 50대 한정판으로 팔렸다는 남자26의 외제 승용차가 화면에 떴다. 여자 사회자가 제가 결혼했다는 것이 후회가 되네요, 라고 과장된 목소리를 냈다. 세 개의 질문이 나왔는데도 아직 73명의 여자가 그를 바라고 있었다. 그녀는 그중 어떤 여자가 그의 것이 될지 궁금했지만, 동시에 아무 여자도 그의 것이 되지 않길 빌었다. 남자 사회자가 68번이 찍힌 공을 뽑자 여자68이 네 번째 질문을 했다. 2세 계획은요? 나라에 봉사하는 마음으로 많이 낳고 싶은데요. 낳는 게 힘들다면 요즘은 보호소 입양도 많이 하니까요. 욕심 같아서는 한 세 명쯤? 하지만 우선 아내의 의견을 따르겠습니다. 아내의 의견에 따르겠다고 했지만 콜 수는 32로 순식간에 떨어졌다.

그녀는 생각했다. 저런 집안에 시집간다면 자신의 몸값 유지를 위해서는 아이쯤 낳아 줄 수도 있지 않을까. 집안일도, 아이 키우는 일도 다른 사람이 대신 할 텐데. 철없는 아이들과 씨름하며 수학 과외를 하는 것보다는 훨씬 나을 것이다. 미래가 보장된 아이들은 '도형의 원리'나 '이차함수'는 물론이고 과외 선생을 존중하는 것에 관심이 없었다. 그녀는 그런 것에서 오는 자괴감보다는 열 달 배부른 채 사는 포만감이 훨씬 낫겠다고 생각했다. 그때 전화가 울렸다.

-댁 근처에 와 있는데요. 어디로 찾아가면 되나요?

고양이 탐정이었다.

그녀가 집 앞 큰 골목으로 나갔을 때, 그는 길 한구석에 쪼그리고 앉아 있었다. 반바지를 입은 그의 다리는 그을려 시커멨다. 그는 옷차림에 어울리지 않는 거대한 배낭을 메고 있었는데 침낭, 장우산, 동물을 가두는 접이식 철창 등이 걸려있었다. 허리춤에 걸린, 그의 뺨을 닦아냈을 수건은 도시의 먼지로 가득했다. 붉은 아쿠아 슈즈를 신은 그의 이상한 행색에 지나가는 사람들이 힐끔거렸다. 여름의 뜨거운 태양 아래 그는 몸을 둥글게 말고 꼼지락 꼼지락 뭘 만지고 있었다. 그녀가 그의 등 뒤로 가까이 다가가 보니 그는 떠돌이 개에게 육포를 주고 있었다. 너, 우리 집 갈래? 꼬질꼬질하게 때가 전 반바지에 슥슥 손을 닦고서 그는, 차 아래에 숨어 육포를 뜯어 먹는 개에게 친한 척을 했다. 개는 육포를 삼키다가도 침을 흘리며 그를 향해 으르렁거렸다. 그는 그게 오히려 귀엽다는 듯 육포를 더 꺼냈다. 육포를 뜯는 그의 마른 팔이 허공에서 크게 흔들렸다. 한눈에 봐도 그가 고양이 탐정이라는 걸 알 수 있었지만 그녀는 먼저 아는 척하기가 부끄러웠다. 한참 뒤에야 인기척을 느낀 그가 홱, 돌아보고 크게 인사했다.

－이 동네는 길에 사는 동물들에게 호의적이지 않군요.

그가 명함을 내밀었다. 그녀는 그의 키가 180cm가 되지 않는다고 단정했다. NG. 그녀는 남자를 보면 합격, 패스, NG로 분류하곤 했다. 그녀는 그에게 가장 하위점수를 매겼다. 결혼 상대로 아주 부적절한 타입이다. 그에게 유기동물센터에 보낸 고양이 사진을 내밀었다. 한참 동안 사진을 들여다보던 그가 단정적으로 말했다.

－사랑을 많이 받았던 아이네요.

그의 경력은 8년쯤 된다고 했다. 이 일을 오래 하면 얼굴만 보고도 어떤 성격의 동물인지, 언제쯤 찾게 될지 느낌으로 알아챈다는 말을 들은 적이 있다. 그런 생각이 들자 그녀는 그의 얼굴을 마주 보기가 싫어졌다.

－근데, 이름이 뭡니까?

신발을 내려다보던 그녀는 갑작스러운 그의 질문에 깜짝 놀랐고 자신의 인사가 늦었다는 생각을 했다.

…… 미영이라고 합니다. 김미영.

－미영이요?

-네, 왜요?

-아무것도 아닙니다.

그는 고개를 갸웃거리곤 그녀의 집을 향했다. 아홉 세대가 사는 3층 건물 중에서 그녀가 사는 집은 1층 맨 끝 집이었다. 집은 언제나 정리가 잘되어 있었다. 수건 접는 법이나, 개인 소지품, 속옷, 양말, 셔츠, 바지 순서의 5단 서랍장 정리방법은 아직도 어린이 보호소의 규칙을 따르고 있다. 잔반처리나 빨래하는 요일, 7시 기상 시간도 몸에 배어 있었다. 그녀는 입양을 간 후에도 독립을 한 후에도 보호소에서 배운 대로 자신의 일을 처리했다. 그는 고양이가 있던 방을 둘러보고 베란다 창도 살펴봤다. 그러다 눈을 감고 김미영, 김미영, 하고 중얼거렸다. 그녀는 그런 식으로 자신의 이름을 부르는 사람을 처음 봤지만, 그래서 다소 불쾌하다는 생각도 들었지만, 고양이를 찾기 전에 하는 일종의 의식인지도 몰라 잠자코 보고 있기로 했다.

그는 옥상에 올라가 한 바퀴 둘러보고 건물 아래 골목을 내려다봤다. 계단을 내려오면서부터는 건물의 복도를 샅샅이 훑었다. 그리고 지하 계단 입구에 선 그가 속삭이듯, 천천히, 낮은 목소리로 말했다.

미영아—, 하고.

그리고 어떤 대답을 기다리듯 한참 동안 지하 계단을 바라보고 서 있었다. 그녀는 그런 식으로 자신의 이름을 부르는 사람을 처음 봤지만, 그를 향해 어떤 대답도 할 수가 없었다. 이윽고 고개를 돌린 그가 그녀에게 똑같이 해보라고 시켰다.

－고양이를 찾을 때는 기다림이 중요해요. 조용히 이름을 부르고 가만히 기다리는 거예요. 해보세요.

그녀는 화를 냈다.

－지금, 제정신이세요?

그가 그녀를 한참 쳐다보다 말했다.

－아이를 왜 찾으시나요? 책임감 같은 거 안 느껴지는데.

일주일 전부터 자신에게 쌓이던 비난들이 그녀의 머릿속에서 펑, 터졌다.

－책임감이라고요? 책임감이라면 말이지요. 아홉 살 적부터 줄기차게 들어온 말이거든요. 이제부터 자기 자신은 자기가 책임져야 한다. 그래서 신물이 날 정도로 책임감을 생각하며 산다고요. 근데, 그게 뭐요? 찾겠다는데. 내 돈을 들여서 고양이를 찾겠다고 말했잖아요!

나라가 키워주는 아이는 능력에 따라 좋은 집에 간다. 자신의 미래는 자신이 책임진다. 그녀가 보호소 소장에게 항상 들어온 말이었다. 그런데 초짜 같은 유기동물센터 여직원이 책임감 운운하더니 별 볼 일 없는 그까지 그녀에게 책임감을 묻는 것이다.

그가 질세라 목소리를 높였다.

-아니, 사람이, 고양이를 찾으려면, 이름부터 불러야죠. 그게 시작이잖아요. 안 하시면 저는 그냥 가겠습니다.

그는 인내심이 강한 사람이었다. 군대에 갓 들어간 이등병처럼 표정도 변하지 않고 자세도 흐트러지지 않은 채 지하를 내려다보고 있었다. 그 모습을 보고 그녀는 하마터면 크게 웃을 뻔했다.

-저기요. 그거 고양이 이름 아니거든요. 제 이름이거든요.

아이고 깜짝이야, 하는 표정으로 그가 그녀를 쳐다보곤 그럼 그렇지, 하고 중얼거렸다. 몇몇 잡지에도 소개가 되었다는 그는 인터넷에서 개, 고양이, 사람, 뭐든 살아있는 걸 찾아주는 것으로 유명한 사람이었다. 양변기 뒤의 보이지 않는 틈새에 낀 도마뱀을 찾아내거나 하루에 최대 다섯 마리까지 찾아냈다는 인터뷰 사진의 그는 똑똑해 보였지만 지금의 그는 사람과 고양이를 혼동하는 멍청이였다. 그녀는 다 그만두고 집으로 들어가 버리고 싶었다. 하지만 그는 그녀의 집을 알고 있다. 착수금 내놓으라고 현관문을 두드리면 어쩌나. 그녀는 수학시험을 망친 아이를 혼내듯 그를 노려봤다. 그는 머쓱하게 웃으며 바지에 손을 슥슥 닦았다.

'김미영'은 어머니가 버리기 전의 그녀 이름이었다. 보호소에 들어와서도 미영이라는 이름이었지만 거의 'D반의 31번'으로 관리되었다. 똑똑한 늦둥이를 원했던 한 아주머니의 집에 갔을 땐 열한 살의 '정수빈'이라는 이름으로 살았다. 그 집에서 정수빈은 수학 신동 소리를 듣기 위해 각고의 노력을 했다.

어린이 보호소에서는 아이들에게 각자의 재능을 살리는 교육을 시킨다. 어느 양부모가 어떤 능력을 요구할지 모르므로 아이들은 자신의 재능을 계속 발견해야 했다. 그녀는 공부를 잘하는 편이라 수학경시대회에 매달렸다. 보호소 소장은 좋은 집에서 살고 싶다면 열성적인 학습 성과를 내야 한다고 강조했다. 대외적으로는 부모 없는 아이들이라도 개개인의 적성과 소질을 관리받을 수 있는 좋은 제도였지만 보조금과 성과급을 받는 보호소로서는 실적이 중요했으므로 시간이 갈수록 아이들 몸값을 올리는 훈련이 과열되는 양상이었다. 나중에는 국영 보호소와 사설 보호소 사이의 은근한 경쟁이 벌어지고 아이들에게 육체적·정신적 문제가 생기는 등 여러 문제를 양산하기도 해서 사회적 이슈가 되기도 했다.

하지만 국고를 채워줄 일꾼이 필요한 나라는 낙태금지, 8세 이하 아동 양육비 지급 등 출산을 장려하는 법을 만들고 부모가 포기한 아이들을 나라에서 직접 전문적으로 관리하는 아동보호소를 계속 신설했다. 그래도 사람들은 아이 낳기를 피했고, 낳는 사람도 아이 키우기가 버거워 쉽게 양육을 포기하는 상황이 늘어났다. 난임으로 고통받는 젊은 부부나 늦둥이를 원하는 고령 인구는 늘어서 입양 수요가 많아졌으므로 보호소의 스파르타식 교육은 끊이지 않았다. 아이들은 하루 일과의 대부분을 소질개발에 힘썼다. 그녀는 좀 더 일찍 버리지 않은 어머니를 욕하며 도형에 관한 서술형 문제를 풀곤 했다. 양어머니는 고액과외비도 아낌없이 지원했지만 정수빈이 대학 2학년 때 돌아가시는 바람에 수학 신동 정수빈의 인생도 끝이 났다. 몇 번 본 적 없는 다른 형제들에게 밀려 유산이라고는 전세보증금만 쪼개 받은 형편이라 대학도 겨우 졸업했다. 여러 회사를 전전했지만 빚이 많아져서 수학 과외선생으로 이직을 했고 식지 않는 사교육 열풍 덕분에 지금은 그럭저럭 모아놓은 저축이 꽤 있는 편이었다. 그 돈으로 그녀는 쌍꺼풀 수술을 했다. 얼마를 더 모으면 코 수술을 하고 몸매를 가꾸고 연봉을 좀 더 늘린 후에 괜찮은 집안에 시집을 갈 생각이었다. 좋은 집에 가기 위해 아직도 자신의 재능을 끊임없이 개발하는 중이다.

수학 과외선생을 하면서 그녀는 '지니'라는 예명으로 일했다. 과외를 하던 초기에 '원하는 대학, 원하는 성공, 램프의 요정이 다 이뤄드려요'라고 적힌 전단지를 뿌릴 때 지은 이름이었다. 그녀는 자신의 이름을 말해야 할 때는 상황에 따라 매번 다른 이름을 댔다. 사회의 구성원으로서 의무를 이행해야 할 때에는 정수빈, 성가신 일에 쓰일 때는 김미영, 과외를 할 때는 지니였다. 더욱 사소한 일에는 아무 이름이나 생각나는 대로 내뱉었다. 그래서 누군가 그녀를 부르면 그녀는 잠시 망설이다 돌아보곤 했다. 미영이거나, 수빈이거나, 지니거나, 혹은 다른 어떤 이름이라도 다 자신의 이름 같았고, 그 모두가 자신의 이름이 아닌 것 같았다. 부르는 소리에 망설이다 돌아보면 그 자리에는 이미 아무도 없었다.

고양이에 대한 구체적 사연을 듣고 그는 난감해했다.

-그러면 고양이는 일주일 동안 당신과 지내면서 어떻게 불렀나요?

-야.

-네?

-야, 라고요. 사실 거의 부르지 않았는데요. 밥 주고 똥 치우는 데는 말이 필요 없잖아요.

-아무런 대화도 하지 않았나요?

-사람이 고양이와 어떻게 대화하나요?

-흐음. 그런데 왜 찾을 생각을 했지요?

-그냥요. 찾고 싶었어요. 주인이 나타나면 골치 아플 것도 같았고.

그녀는 임시보호소의 똥 이야기는 하지 않았다. 고양이의 시선이나 행동이 자신을 원하는 것 같았다는 말은, 나를 원하는 존재가 반가웠다는 말 따위는 더더욱 하지 않았다. 그는 익숙한 먹을거리가 있어야 다른 지역으로 나가지 않는다면서 그녀가 가지고 있던 사료를 곳곳에 놓았다. 고양이들은 주로 밤이 되어야 움직일 텐데 집에서 키우던 고양이는 낮에 활동할 가능성도 높다 했다. 그러니 주인이 두 시간 간격으로 동네를 돌면서 찾아다녀야 된다고 했다. 발견하더라도 큰 소리로 난리법석을 치지 말고 침착하게 조용히 고양이를 유인하라고 했다. 하지만 그 고양이는 이름이 없고 그녀와 교감을 제대로 나눠본 적도 없을 테니 찾을 확률이 낮다고도 말했다. 그러면서도 그는 쉽게 포기하지 않고 걸었고 골목 곳곳을 둘러봤다. 갑자기 차 아래에 납작 엎드리기도 했다. 그동안 두 마리의 고양이와 한 마리의 발바리를 봤지만 노란 고양이는 없었다. 그는 지나치는 동물들의 생김새를 자세히 살펴보고 배낭을 열어 먹을거리를 챙겨 주었다. 그녀는 다리가 아파 점점 그의 뒤로 처져 걸었다. 그러다 문득 그가 오른 다리를 약간 절고 있다는 사실을 알게 되었다. 집 근처의 어두운 골목 어귀에서 그가 발을 멈췄다. 그리고 무언가 나타날 때까지 기다리겠다는 표정으로 한참 동안 골목 안을 응시하고 냄새를 맡고 귀를 기울였다. 고요 속에 그의 땀 냄새가 집요하게 퍼졌다. 기다림이 지루해서 그녀가 물었다.

-다리가 아프신 것 같은데 이렇게 계속 걸어도 되나요?

-아, 담을 넘다가 발등에 금이 갔습니다. 무거운 것을 지고 매일 걸었더니 좀처럼 붙지를 않네요.

-몸이 아픈데 왜 쉬지 않으세요? 힘들면 다른 일을 하시면 되잖아요.

그는 잠깐 그녀를 쳐다봤다가 다시 골목을 바라보며 작은 목소리로 말했다.

-제가 이 일을 하기 전에요. 강아지 분양하는 공장에서 일을 했거든요. 저를 고용한 사람은 시골의 외딴곳에 공장형 컨테이너 건물을 짓고 개들을 교배시켜 새끼를 팔아 돈을 벌었어요.

철창에 갇힌 개들은 총 백 마리였다. 개들은 철창에서 한 번도 바깥에 나온 적이 없다. 새끼를 너무 자주 낳아서 너덜너덜한 아랫도리를 내놓은 채 죽는 개도 있었다. 사장은 항상 싼 값으로 다량의 새끼들을 처분했다. 하지만 불경기가 오면서 강아지를 사려는 사람이 줄었다. 결국 공장도 문을 닫아야 할 형편까지 이르렀다. 몇 달 치 월급이 밀리자 사장은 연락을 끊고 도망을 갔다. 동물은 물건과 달라서 처분하기가 참 곤란하고 까다롭다. 동물을 좋아해서 일을 시작한 그와 다른 직원 한 명이 남아서 개 사료 값을 댔지만 백 마리의 사료 값이란 엄청났다. 그 지역 공무원에게 방법을 물었지만 돌아온 대답은 안락사였다. 사람들에게 무료로 분양을 한다고 했지만 쉽지 않았다. 그도 굶는 날이 생기기 시작했다. 관리가 제대로 되지 않아서 죽는 강아지가 생겼다. 어떤 개는 배가 고파 플라스틱 밥그릇을 씹어 먹기도 했다. 이래 죽으나 저래 죽으나 고통이나 받게 하지 말자고 안락사를 결정했다. 안락사를 시키기 전날 밤, 그는 울면서 공장의 철창을 모두 열고 개들을 풀어줬다. 아직 힘이 있는 개들은 떠났지만 다수의 개는 그 자리에 남았다. 남은 개들은 죽었고 떠난 개들도 다수가 죽었을 것이다. 공장을 떠난 후 그에게 불면증이 찾아왔다. 그때부터 밤마다 길을 걷기 시작했다.

　-밤의 길을 걷다 보면 떠돌이 동물을 많이 만나요. 그중에 가족이 된 아이들이 꽤 되지요. 어떤 아이들은 운 좋게 주인을 찾아주기도 했어요. 시간이 지나고 보니 사람들에게 강아지, 고양이를 찾아주는 일이 직업이 되었지요. 의뢰 수는 적지만 찾기까지 많은 시간과 공을 들여야 해요. 벌이는 형편없지만 만족합니다. 몸이 피곤하니까 잠도 푹 잘 수 있는 걸요. 찾지 못한 동물들이 길에서 사고를 당하거나 학대를 당하거나 굶거나 영문도 모른 채 죽는 장면이 자꾸만 떠올라서 이 일을 그만둘 수가 없어

요. 그러니까, 동물은, 함부로 키우시면, 안 됩니다.

마지막 문장을 말할 때 그는 골목에서 고개를 돌리고 그녀의 눈을 보며 웅변하듯이 힘주어 말했다.

어두운 골목에서는 끝내 아무것도 나오지 않았다. 그녀는 그에게 집으로 돌아가라고 말했다. 그는 아쉬운 표정을 지었지만 그녀는 단호했다. 그와 헤어져 집으로 돌아오자 열한 시가 넘어있었다. 꼬박 여섯 시간을 걸어 다닌 셈이었다.

컴컴한 방안에는 컴퓨터 불빛이 깜박였다. 마우스를 흔들자 모니터 절전모드가 해제되면서 아까 보다만 〈운명의 러브콜〉이 화면에 떴다. 백 명의 여자들을 비춘 장면에서 멈춰있었다. 그녀는 남자26이 저 백 명의 여자 중 누굴 골랐을지 예상하다가 문득 고양이 탐정이 말한 100마리의 개들을 떠올렸다. 그러자 노란 고양이가 떠올랐고 보호소의 부모 찾는 아이들도 함께 떠올랐다. 서둘러 컴퓨터를 끄고 자리에 누웠다. 피곤한데도 잠이 오지 않았다. 뒤척이던 그녀는 눈을 감고 다음 날 수업할 중2 녀석의 교재 내용을 정리하기 시작했다. x와 y의 방정식 사이로 보호소에서 같이 살던 아이들-x와 〈운명의 러브콜〉에 참가하는 백 명의 여자들-y가 떠올랐다. 숫자로는 식이 성립되었지만 결코 부등호로 연결되지 않는 얼굴들이었다.

운명의 러브콜 호칭 방식을 빌리자면 그녀는 보호소31번이었다. 경시대회에 출전할 때도 31번, 방 배정을 받을 때도 31번, 보호소 담당청소구역을 나눌 때도 31번으로 불렸다. 31번, 하고 불릴 때는 항상 긴장시키는 미션이 따라왔고, 31번, 하고 불리고 난 뒤에는 재빠른 성취를 보여야 했다. 그렇잖으면 기회는 다른 번호에게 넘어갔다. 같은 방을 썼던 보호소30번과 보호소32번의 얼굴은 어렴풋이 생각났지만 그들의 이름이 생각나지 않았다. 전국으로, 세계로 흩어진 아이들은 모두 바뀐 이름으로 뒤죽박죽 섞여 살고 있다. 백 마리의 개들처럼 죽거나, 인생낙오자로 살아가는 사람도 있을 것이다. 그들 모두가 수빈일 수 있고 모두가 미영일 수 있으며 모두가 지니일 것이다. 그 미영이는 국제 변호사이고 그 수빈이는 일류대학 교수이며 지니는 모두가 동경하는 대스타이다. 그렇게 생각하고 나서야 그녀는 비로소 안심이 되었다. 그리고 곧 잠이 들었다.

아파트 비상계단 구석에서 조금 전 받은 수업료 봉투를 열어 돈을 세던 그녀는 전화를 한 통 받았다. 〈운명의 러브콜〉 프로그램의 작가라는 사람이라고 했다. 그녀는 긴장했다. 프로그램 참여 신청서를 내면서도 진짜 연락이 올 줄은 몰랐기 때문이다. 정수빈 씬가요? 라고 작가가 물었다. 그녀는 그렇다고 대답했다. 작가는 그녀가 적은 연봉과 프로필에 대해 다시 한번 물어왔다. 정확한가요? 네. 맞습니다. 그녀는 신청서의 몇 가지 항목을 허위로 기재했다. 수석졸업, 소유한 차종 등이 그것이었다. 만약 증명서류를 제출하라고 하면 거짓말임이 들통날 것이다. 서류에는 이름이 바뀐 사실도 적혀 있을 것이다. 그러면 보호소 출신임도 밝혀진다. 작가는 바로 참여가 확정되는 것은 아니고 만나서 사전인터뷰를 하고 제작진 회의를 거친 뒤 순위를 결정해 공석이 생기는 자리에 순서대로 앉혀 프로그램에 참여시킨다고 했다.

-그런데 프로필에 몸무게가 53킬로그램이라고 적혀 있는데요. 49킬로그램으로 수정해도 되나요? 어차피 방송출연이 확정되면 그때까지 다이어트를 하실 테니까요. 그죠? 키는 3센티만 높이죠.

실제 57킬로그램이 나가는 그녀는 그러겠다고 대답했다.

-그리고… 이건 방송이니까요. 좀 극적인 조건이 필요하거든요. 수학 강사라고 적으셨는데요. 연봉을 좀 올려서 방송을 하는 게 좋을 것 같아요. 누가 확인할 것도 아니니까요. 아니면 학생 수를 좀 부풀리는 방법도 있고. 만약 프로그램 녹화 중에 강의하는 모습을 부탁하면 가능하시죠? 평소처럼 강의하시지 말고 예능 프로그램에 맞춰서 재미있게 진행하셔야 해요. 사전 인터뷰 때 보여주시면 됩니다. 그리고 수학 강사라고 하면 딱딱한 이미지로 나갈 텐데 부드럽고 여성스러운 이미지로 보일 수 있는

특징 없나요? 예를 들면 그림 같은 예술 쪽 취미나, 요리 등의 특기나. 하다못해 예쁜 애완동물을 키운다든가, 뭐 그런 거요. 그것도 사전인터뷰 때 확인할게요. 대본은 제가 만들어 드릴 테니 그대로 대사하시면 되고요. 더 궁금하신 점 있나요?

그녀는 가장 궁금했던 점을 물었다.

-제 경력과 인적사항에 대해 증명서류를 제출해야 되나요?

-······사원채용 면접도 아니고 예능 프로그램인데요, 뭐. 사생활보호차원에서 그렇게까지 확인하진 않습니다. 결혼정보회사는 아니잖아요. 하하. 나중에 커플 성사되면 그 뒤의 일은 두 분이 알아서 해결하실 부분이지요.

-아, 네.

-그러면 사전 인터뷰 때 뵐게요. 예쁜 모습으로 오세요.

그녀는 기분이 묘했다. 텔레비전에 출연하면 과외 선생으로 얼굴을 알려 몸값을 올릴 수 있다. 덤으로 좋은 남자도 만날 수 있다. 그래서 나가고 싶었지만 출신이나 자격이 딸린다고 생각해서 망설였다. 그녀는 출연이 너무 쉽게 성사되어서 얼떨떨했다. 다시 전화가 왔다.

지니 씬가요? 라고 운명의 러브콜 작가라는 사람이 물었다. 아까와는 다른 목소리였다. 그녀는 두 개의 이름으로 지원서를 넣었다. 지니가 맞다고 답했다. 작가는 그녀가 적은 연봉과 프로필에 대해 다시 한번 물어왔다. 정확한가요? 네. 맞습니다. 그녀는 지니의 신청서 역시 몇 가지 항목을 허위로 기재했다. 작가는 참여절차를 말해주고 나서 필요한 사항을 주문했다.

-수학 강사라고 적으셨는데요. 방송이니까요. 연봉을 좀 더 올리면 어떨까요? 가르치는 학생 중에 공부 잘하는 아이 있으면 인터뷰도 좀 땄으면 좋겠어요. 몸무게를 53킬로라고 적으셨는데요. 49킬로그램으로 수정해도 괜찮겠죠?

그녀는 이번에도 괜찮다고, 알겠다고 대답했다. 전화를 끊고 나서 지니로 참가할지, 정수빈으로 참가할지 잠시 고민을 했다. 또다시 전화가 왔다.

이아영 씬가요? 라고, 운명의 러브콜 작가라는 사람이 물었다. 좀 전에 들었던 목소리인지 다른 목소리인지 구분이 되지 않았다.

……네. 그렇습니다.

착오가 생겨 잘못 걸려온 전화일 테지만 그녀는 거짓말을 했다. 작가는 이아영의 프로필을 확인했다. 이아영은 대기업의 비서실에 근무한다고 적었단다. 작가는 이아영이 모시는 상사의 직급을 올리겠다고 했다. 자막으로 직급을 띄울 테니 나중에 누가 지적하면 제작진의 자막 실수라고 둘러대라는 말도 덧붙였다. 몸무게와 키는 45킬로그램에 167센티미터로 하자고 했다. 이아영은 5킬로그램의 살을 빼야 하고 4센티미터의 키를 속여야 했다. 거기다 사전인터뷰를 할 때까지 다도를 공부해야 했다. 작가는 단아한 디자인의 정장으로 입되 치마 길이를 짧게 하는 게 좋을 거라는 조언도 했다.

전화를 끊고 그녀는 수업료 봉투를 가방에 넣었다. 정수빈과 지니와 이아영 모두 수업료 봉투처럼 실재하고 수업료 액수만큼 불분명했다. 정수빈, 지니, 이아영, 세 사람 모두 자신인 척 연기할 수 있을 것 같았고 연기할 수 없을 것 같았다. 그러고 보니 프로그램에 나온 남자들의 스펙은 모두 진짜인지 의심스러웠다. 얼마만큼 부풀렸을지도 궁금했다. 결국 그녀는 보호소에서 훈련받은 자신-보호소31번마저 의심스럽다는 생각이 들었다. 임시보호소의 똥부터 시작된 꿈을 9살부터 지금까지 깨지 않고 꾸는 것인지도 몰랐다.

그가 집 앞 큰 골목으로 나갔을 때, 그녀는 길 한구석에 쪼그리고 앉아 있었다. 뜨거운 햇볕 아래 10센티는 족히 넘을 킬힐을 신고 빳빳하게 다려진 감색 리넨 정장을 입었다. 하얀 가죽가방을 어깨에 걸치고 하얀 레이스 양산을 받쳐 든 그녀를 사람들이 흘끔거리며 지나가고 있었다. 그는 미영 씨, 하고 그녀를 불렀다. 그녀는 망설이듯 느리게 고개를 돌려 그를 봤다. 자신을 부른 사람이 그곳에 있다는 것이 그녀는 새삼 놀라웠다.

그녀가 〈운명의 러브콜〉 때문에 이런저런 고민을 하고 있는 동안 그가 전화를 걸어왔다.

-미영 씨.

-…….

-미영 씨?

-네.

-어디 계세요?

그는 자신이 누구인지 밝히지도 않고 자연스럽게 그녀를 불렀다. 그녀는 자신을 부르는 그의 목소리가 신기했다.

-왜 그러시는데요?

그는 뜬금없이 식사를 같이하자고 했다. 어차피 고양이를 찾기 위해 만날 텐데 그 전에 식사를 같이 해두자는 것이다. 오늘이 복날이거든요, 라는 말을 듣고 그녀는 성가신 일이 계속 생긴다고 느꼈다. 그리고 의아했다. 자신이 성가신 일을 향해 스스로 나가고 있기 때문이었다. 아홉 살 이후 자신을 위한 일이 아닌 것에 관심을 가진 적은 단 한 번도 없었다. 그와 이른 저녁을 같이 먹기 위해 택시를 타고 그의 동네까지 찾아가면서 미친 짓을 하고 있다고 자신에게 충고했다. 〈운명의 러브콜〉에 나가려면 단식원에라도 등록해서 살을 빼고 뭔가 배우러 다녀야 했다.

그깟 노란 고양이 때문에 이러고 있는 자신이 한심했다. 하지만 그러면서도 노란 고양이를 찾고 난 뒤가 궁금했다. 그의 집은 그녀의 집과 멀지 않은 곳에 있었다. 그녀는 택시에서 내려 그를 기다리다가 길가에 쪼그리고 앉아 보았다. 높은 신발 때문에 몸이 앞으로 쏟아질 것 같았다. 손을 바닥에 짚고 차 아래를 들여다보았다. 동물은 없었다.

그를 따라 들어간 집은 아주 작고 낡았지만 마당이 있는 주택이었다. 마당에 들어서자 5마리의 개가 그에게 우르르 달려들었다. 집 안에는 강아지 3마리와 고양이 4마리가 뒤섞여 있었다. 동물 냄새가 그녀의 코를 찔렀다. 그는 생뚱맞게도 떡국을 끓이고 있었다.

그는 집안의 모든 동물에게도 고기만 담긴 국물을 한 그릇씩 내놨다. 한여름에 좁은 집에서 개와 고양이에 둘러싸여 떡국을 먹고 있으려니 덥고 불편했다.

-제가 떡국을 좋아하거든요. 복날에는 가족들과 함께 소고기 넣은 떡국을 먹습니다. 미영 씨는 떡국 끓일 줄 아시나요?

그녀는 고개를 저었다. 음식은 대개 사 먹었다. 그는 후루룩 국물을 마시고는 말했다.

-육수에 떡을 넣고 끓이면요. 처음에 바닥에 가라앉았던 떡이 수면 위로 떠오르거든요. 물의 대류현상을 따라 떡은 위로

올라왔다가 아래로 다시 내려가고 위로 떠올랐다가 아래로 다시 내려가요. 그걸 보고 있으면요. 저는 떡국에서 가장 중요한 것은 물, 이라는 생각이 들어요.

-물이요? 소고기나 떡이 아니고요?

-네. 소고기와 떡을 어우러지게 만드는 가장 기본적인 것이 물이니까요. 건더기가 많지 않아도 물로 양을 불려서 많은 이들을 먹일 수 있고요. 건더기의 맛을 연결해주는 존재기도 하니까요. 건더기 같은 주인공이 아니라도 그 모든 걸 껴안고 있으니 멋지지요.

식사를 마친 그는 거실 구석의 강아지 배변 통을 치우러 화장실로 들어갔다. 밥을 먹고 있는 사람 옆에서 똥을 싸는 동물이나 똥을 치우는 주인이나, 무례했다. 하지만 똥을 대하는 그의 행동이 거침없고 아주 자연스럽다는 생각이 들었다. 노란 고양이의 똥을 치우면서 고양이에게 몇 번 짜증을 냈던 그녀였다. 그녀는 문득, 자신은 지금껏 지뢰처럼 도처에 숨겨진 똥을 피하기 위해 살아왔다고 깨달았다. 실제인지 확신도 못하는 똥 따위를 두려워하며 꽃이 활짝 핀 잔디를 찾아서 무작정 걸어가고만 있었다. 몹시도 외로워진 그녀는 국물을 후루룩 들이켰다. 짭조름한 국물은 고소했다.

그녀의 집 앞에 도착했을 때는 밤이었다. 그녀가 집으로 들

어가 남은 사료를 가져왔다. 전에 뿌려두었던 사료 자리를 확인
했더니 말끔히 사라졌다. 그는 노란 고양이가 먹은 것이 아니라
도 계속 사료를 뿌려두어야 한다고 했다. 사료를 뿌려가며 구석
구석을 살폈다. 집 근처의 어두운 골목 어귀에서 그가 발을 멈
췄다. 고요 속에 그의 땀 냄새가 퍼졌다. 그녀가 그에게 말했다.

　-사실은요. 고양이와 있을 때요. 고양이에게 여러 가지 이름
을 붙여서 불렀어요. 이름이 있을 테지만 진짜 이름을 모르니까
요. 불러보고 반응하는 이름이 있으면 그 이름으로 부르려고 했
어요. 결국 어떤 이름도 못 붙였지만.

　-그럼 그때 불렀던 이름들을 다 불러보세요. 당신 목소리를
알 테니 고양이가 나타날지도 몰라요. 고양이 실종 전단지를 붙
이는 사람들이 많이 하는 실수가 고양이 이름을 크게 쓴다는 거
예요. 전단지를 본 사람들은 길에서 그 고양이를 만나면 이름을
막 불러요. 사례금이 걸린 경우는 쫓아가기도 해요. 고양이로서
는 모르는 사람들이 자신을 다그치듯 부르니 더욱 무서워지지
요. 그래서 더 먼 곳으로 도망치기 일쑤예요. 도도하고 무신경
한 동물이라고 알고 있지만 사실 고양이는 여리고 겁이 많은 동
물이거든요. 그러니 고양이를 찾을 때는 아는 사람의 목소리가
필요해요. 다만 크지 않게, 천천히, 조심히 불러주세요. 그리고
아주 오래 기다려주세요. 그러면 나타날 거예요.

그녀는 망설였다. 낯간지럽다는 생각이 들었다. 그러자 그가 먼저 고양이를 불렀다.

미영아―, 하고.

그녀는 자신의 이름에 질감이 있다는 것을 처음 알았다. 용기를 내서 그동안 불러봤던 고양이의 이름을 소리 냈다. 나비야―, 라고. 그러자 그가 진아―, 노랑아―, 꼬마야―, 하고 나지막이 고양이를 불렀다. 이 세상 모든 고양이가 하던 일을 멈추고 그의 목소리에 귀를 기울일 것 같았다. 그녀는 다시 고양이를 불렀다. 수빈아―, 지니야―, 아영아―.

봉순아, 고래야, 투야, 순대야, 행주야, 초코야, 오월아, 춘봉아, 시도야, 참아, 두리야, 예령아, 혜영아, 영희야, 소연아, 나윤아, 효주야, 소진아, 민아야, 미정아, 혜원아, 희선아, 하전아, 귀옥아, 신영아, 희진아, 수현아, 경진아, 수미야, 수라야, 성아야, 미령아, 경애야, 소영아, 선영아. 그 이름 모두가 고양이의 이름 같았고, 그 모두가 고양이의 이름이 아닌 것 같았다. 생각나는 이름을 죄다 부른 그녀는 한참 동안 골목 안을 응시하고 냄새를 맡고 귀를 기울였다. 무언가 나타날 때까지 기다리겠다는 표정으로. 저 멀리서, 노란 고양이가 자신의 이름을 듣고 찾아오고 있을지도 모른다.

2

손잡고 허밍

밤, 소리

소리 많은 밤.

버스에서 내리면서 사위가 푸른빛으로 물드는 것을 느꼈는데 정류장 낡은 의자에 앉자마자 곧 어두워졌다. 아주 옛날에 만들어졌을 정류장은 콘크리트 구조긴 했지만 곧 허물어질 것 같았고 더러웠다. 이젠 사라지고 없는 옛 마을 이름이 정류장 벽에 아직 적혀 있었다. 짝이 맞지 않는 등받이 의자 두 개가 놓여 있을 뿐 표지판 하나 서 있지 않았다. 숲에서부터 뻗어 나온 잡풀이 무성해서 주의 깊게 보지 않으면 정류장인지도 모르고 지나칠 만했다.

정류장 뒤편 숲에서 푸드덕, 무언가 날아가는 소리가 들렸다. 막 생각난 것처럼 풀벌레가 갑작스럽게 울기도 했다. 그때마다 손을 들어 허공을 저었다. 아까까지만 해도 손가락의 윤곽이 보였는데 이제는 그마저도 보이지 않았다. 아무것도 보이지 않아 신도시로 들어가는 셔틀버스가 그냥 지나치면 어쩌나 무서워지는데 파르르, 하고 어딘가 숨어 있던 가로등에 노란 불이 들어왔다.

내가 가야 하는 길을 따라 노란 불이 차례대로 켜지기 시작했다. 다음 가로등까지는 아주 먼 거리였다. 그 불빛에 닿을 때까지는 온통 어둠이었고 그 불빛 다음부터도 온통 어둠이었다.

불이 켜지자 이상하게 더욱 무서워졌다. 내가 모르는 것들이 숨죽여 움직이다가 방심하는 틈에 눈앞으로 툭, 튀어나올 것 같았다. 그리고 꿀꺽….

허공을 젓던 손을 얌전히 거두어 깍지를 꼈다. 봄밤인데도 소름이 돋았다. 아주 먼 곳에서 누군가 우는 소리가 희미하게 들렸다.

생존 도시

국내 최초 생존 도시, 이 세상 마지막까지 빛을 보실 분은 바로 당신입니다.

오전 열 시가 되자 신도시 홍보 방송이 저 먼 곳에서부터 울려 퍼졌다. 모델하우스 방문자가 몰려왔다는 뜻이다. 월요일에는 물량 재고 조사팀이 방을 도는 날이라 몸을 일으켜 세웠다. 동이 터 오는 것을 알리기 위해 새벽 여섯 시부터 한쪽 벽의 조명 세기가 조금씩 세지더니 이제는 방 전체가 아침처럼 환했다. 잠을 못 자서 뻑뻑해진 눈이 시려왔다.

전 주인이 블랙아웃 대비용으로 구비한 난방 텐트를 접으려다가 어려워 포기하고 다용도 금박담요만 대충 접어 가방에 넣었다. 어젯밤 잠도 오지 않고 궁금해서 방을 뒤지다가 발견하고 펼쳤는데 쿰쿰한 냄새 때문에 안에서 자는 일은 무리였다. 재고조사팀이 오면 접어 달라고 해야 하는데 지난번 4주짜리 생존배낭 세트를 해체해 놓고 넣는 순서를 몰라 도움을 요청하고 혼이 나서 어떻게 말을 꺼내야 할지 고민됐다.

세수만 하고 나가 엘리베이터에 탔다. 휴게실, 목욕탕, 세탁실 등이 구비된 지하 7층으로 내려갔다. 환기시설이 뛰어나다고는 하지만 희미하게 곰팡이 냄새가 나는 것 같았다. 그걸 가리려고 락스 소독을 하고 방향제도 뿌리겠지만 눅눅한 기분은 어쩔 수가 없었다.

이곳은 '둠스데이(doomsday), 지구 최후의 날'을 대비하기 위한 계획도시다. 수도권에서 두세 시간 거리인 이곳은 예전엔

평범한 농촌 지역이었다. 하지만 수도권이 커지면서 이곳에도 개발의 광풍이 불었고 산과 들을 모두 평평하게 깎아 아파트촌이 들어서게 되었다.

경제도시, 국제도시 등의 이름을 붙이기에는 높은 산이 둘러싼 내륙지역이라 교통이 원활하지 않았다. 그럼에도 불구하고 정·재계의 여러 이해관계가 얽혀 신도시로 만들어지게 되었다. 건설을 추진하던 기업 중 한 곳에서 '인류 멸망을 준비하는 도시'라는 좀 과격한 아이템을 들고 나섰는데 생각보다 반응이 아주 좋았다. 그도 그럴 것이 마야 문명이 예견한 2012년의 종말론이 성행했고 이런저런 국제적 재난을 겪으며 다들 얼마간의 공포를 가진 상태였다.

지구 멸망에 대한 우려는 종말론을 믿는 광신도에게만 있는 일이 아니다. 냉전 시대부터 시작된 이 우려에 대한 대비는 널리 알려지지 않았을 뿐, 지금까지 여러 형태로 이어져 오고 있었다. 둠스데이 프레퍼스라고 인류 멸망을 준비하는 사람들이 있다. 남들이 골프, 등산 등의 여가 생활을 즐기는 동안 그들은 닥쳐올 비상 상황에 대비해 개인 벙커를 짓고 여러 비상식량을 구비하고 사냥과 직접 식량을 재배하는 법 등을 공부한다.

이곳은 그 '준비'를 알아서 해주는 생존 도시다. 환경 위기를 비롯한 지진과 해일, 홍수 등의 '재난', 전염병 등의 '재앙', 블랙아웃이나 금융대란 등의 '세계 대공황', 핵 등을 이용한 '전쟁' 등에 대비해서 만들어진 생존 도시. 콘크리트 구조가 아닌 철강 구조로 내벽을 지지하는 내진설계가 특징이라 웬만한 지진에도 끄떡없다고, 모델하우스 홍보관은 하루 네 번씩 홍보 영상을 통해 그 사실을 알렸다.

요즘 유행하는 신도시답게 전면 통유리의 화려한 초고층 아파트는 기본이다. 여기에 유사시 대피해서 살 수 있도록 만든 지하 초저층 패닉룸을 옵션으로 지어 분양했다. 여가와 생존 연습을 병행할 수 있는 캠핑장과 공원, 숲. 그 밖의 부대시설. 평소 별장처럼 이용하다가 생존 시설로 이용할 수 있는 고급스럽고 세련된 서바이벌 콘도까지 짓고 있다. 이 콘도의 경우 VVIP가 계약하는 지하 시설에는 수영장, 영화관, 도서관, 텃밭, 인공호수, 병원까지 구비될 예정이다.

반응은 수도권에 사는 부유층이 가장 먼저 보였다. 지하 생존 도시 계약을 원하는 사람들의 경우 직업, 연령, 재산, 종교까지 조사를 받아 선별작업을 하는데 그 부분이 부유층에게 '차별화된 안전'을 확인시켜 준 것 같았다.

기업은 가장 먼저 시설직원 숙소이자 모델하우스 겸용으로 원룸형 생존 콘도 1호를 지었다. 실제 서바이벌 콘도의 4분의 1 크기로 지어 방문객이 시설 확인을 해볼 수 있고 업체 측에서도 실험 입주민을 대상으로 여러 가지 상황을 체크하고 문제점을 찾아 고칠 수 있었다.

나는 여러 가지 사정을 겪으면서 이곳의 입주민으로 흘러들어왔다. 2012년 12월 21일 자정에 온다던 지구 멸망이 아무 일 없이 지나가던 즈음 나는 그 지구 멸망을 간절히 바라고 있을 만큼 좋지 않은 상황에 있었다. 친구의 친구 아는 분의 지인을 통해 이곳을 소개받았다. 입주자 한 명이 믿고 있던 2012년 종말 시기가 지나자 직장 생활을 지속하기 위해 대신 살아줄 사람을 구한다는 것이었다.

건물에 들어올 사람은 선별해서 뽑는데 나처럼 글을 쓰거나 언어, 기록 매체와 관련 있는 직업을 가진 사람이어야 한다고 했다. 여러 가지 불편한 사항들이 있었지만 나는 무턱대고 가겠노라고 했다. 이곳에만 오면 주변과 연락을 끊고 안정된 생활이나 마음의 평화를 찾을 수 있을 거라 여겼기 때문이다.

휴게실로 가서 커피를 한 잔 마시며 스크린을 올려다봤다. 스크랩한 신문 기사가 정리되어 한 페이지, 한 페이지 슬라이드 영상으로 나왔다. 내가 정리한 기사였다. 이곳에서 맡은 내 역할은 지구 멸망과 관련된 기사를 정리해서 올리는 것이었다. 오늘은 아마 우주의 쓰레기에 관한 기사가 나올 것이었다.

블룸버그 비즈니스위크는 50만 개가 넘는 우주 쓰레기가 지구 궤도를 돌고 있다고 보도했다. 미국 국방성은 시속 2만 8163㎞로 지구 궤도를 도는 50만 개 우주 쓰레기를 파악했다. 2만 개가 넘는 파편은 야구공보다 크며 50만 개는 구슬 크기 정도다. 우주 쓰레기는 지구 궤도로 진입하는 유성과 인류가 만든 인공위성이나 발사체 등 두 종류다. 각종 우주 실험 중 버려지는 기기도 지구 궤도를 떠돈다. 엄청난 속도를 가진 파편은 위성을 파괴하고도 남는다. 수명이 다해 우주 쓰레기가 된 인공위성과 발사체 역시 지구로 떨어지거나 우주 시설물에 막대한 피해를 줄 수 있다. 1996년 프랑스 인공위성은 10여 년 전 쏘아 올렸던 로켓 파편과 충돌해 피해를 입었다.

-전자신문 인용, 정리 입주민 417호

sothsdmfwkqdk@survivalvill.com

휴게실의 사람들이 텔레비전의 사진 자료를 향해 일제히 시선을 돌렸다. 우주 쓰레기가 무수한 흰 점의 모양으로 지구 주변을 둘러싸고 있었다. 그 흰 점들은 누가 훅, 하고 입김을 불면 지구로 날아가거나 들러붙어 우리가 사는 이 세상을 모두 망칠, 분말 형태의 폭탄처럼 불길해 보였다. 나처럼 호기심이나 개인 사정으로 이곳에 들어와 살게 된 사람 몇몇을 제외하면 대개가 직장도 바꾸고 콘도에 입주할 만큼, 지구멸망을 진지하게 받아들이는 사람들이었다. 화면을 보는 몇 사람의 표정이 심각했다. 이들 중 절반은 자신의 방으로 돌아가 재난 시 급히 들고 나갈 비상용품 가방을 다시 재정비할 것이다. 나머지 사람들은 이 기사가 끝난 뒤 나오는 방호 용품 광고를 눈여겨보며 살까 말까, 고민하겠지.

이곳에 있으면 지구 멸망을 믿지 않는 사람도 분위기에 휩싸여 재난 구호품을 사곤 했다. 가장 인기 있었던 구호품은 서바이벌 키트였다. '북한 무력 도발'이라는 제목의 기사를 수십 개씩 올리던 때였다. 사흘 정도 생존에 필요한 물품으로 구성된 키트에는 3,600Kcal 에너지 바, 물, 휴대용 정수기, 방수 모포 등이 들어 있다. 한동안 종말 관련 기사가 주는 우울에서 허우적거리던 나 또한 그 키트를 구매했다. 생존 도시 외부에서는 들을 수도 없던 생존 관련 물품이 수도 없이 많았다. 매일 광고를 통해 그 제품들이 소개되고 주문되고 소비되었다. 아직 한 번도 쓰지 않은 그 물건들을, 언제 쓸지도 모르는 그것들을 매일 광고하고, 매일 사들이는 이곳에서 건물 밖으로 빠져나가는 물건은 거의 없었다. 생존 물품 광고까지 보기는 싫어 남은 커피를 버리고 서둘러 휴게실을 빠져나왔다. 눈이 더욱 뻑뻑해졌다.

천 개의 손, 천 개의 눈

낮 시간에는 바깥출입이 힘들었다. 금지된 것은 아니지만 밖은 온통 공사 중이라 먼지와 소음이 가득했기 때문이다. 여섯 시 공사마감 시간이 지나 한두 시간 여름 햇빛이 사그라질 때까지 잠깐 해바라기를 하고 돌아오곤 했다.

내가 입주한 건물은 지하 7층 위로 지상 3층의 공간이 있었는데 분양사무소 겸 홍보실, 관리실까지 모여 있었다. 옥상은 평평한 공사 지역을 한눈에 살펴볼 수 있는 테라스 형태였다. 옥상의 투명 돔형 지붕은 겨울이나 비가 오는 날에만 덮여서 옥상에는 뽀얀 먼지가 더께로 내려앉았다. 방문객이 모두 돌아가고 난 뒤의 옥상 차양막 아래에 서서 차가운 보리차를 한 모금 마셨다. 8월, 한여름의 더위는 기세를 꺾을 줄 몰랐고 그래서 아무도 밖으로 나오지 않았다. 내가 마주한 난간 앞으로 그늘 하나 없는 바둑판 모양의 땅이 펼쳐져 있었다.

공사가 시작되자 이곳에서 제일 처음 한 일은 구역을 나눠 땅을 닦는 것이었다. 땅을 평평하게 고르고 난 뒤 바둑판 모양으로 블록을 나누고 도로를 닦았다. 검은 도로 사이로 먼지가 폴폴 날리는 황무지가 자리 잡고 있었는데 군데군데 흙 사이에 섞인 풀씨가 싹을 틔웠지만 오랫동안 비가 오지 않아 말라 죽어가고 있었다. 비쩍 마른 사철나무가 뽀얗게 먼지를 뒤집어쓴 채 건물 울타리로 서 있을 뿐, 주변에 풀숲은 어디도 보이지 않았다. 이곳에서 누군가 땅을 일구고 푸른 잎을 싱싱하게 키워내며 살았다는 게 상상이 되질 않았다. 까마득히 먼, 바둑판의 저쪽 끝에는 거대한 십자가 모양의 고공 크레인과 공사 중인 건물들의 콘크리트 벽면이, 높이가 맞지 않는 여러 개의 병풍처럼 늘어서 있었다.

그날, 구남 씨를 처음 보았다. 공사 현장을 보다 눈을 가까이 돌리고 보니 그는 그 지저분한 풍경을 등진 채 바둑판의 한가운데 서 있었다. 흡사 사막의 신기루 같았다. 천천히 주변을 둘러본 그가 이쪽 건물을 향해 걸어왔다. 그가 걸을 때마다 황무지의 흙이 폴폴 날려 그를 뽀얗게 뒤덮었다. 난간에 기대서서 그를 자세히 뜯어보았다. 기묘한 차림새였다.

침낭과 장우산이 달린 아주 큰 배낭을 짊어진 그는 몹시 그을린 피부를 가지고 있었는데 키는 컸지만 몸피가 말라서 금방이라도 배낭 쪽으로 뒤집혀 넘어질 것만 같았다. 흔들흔들 걷는 그가 기묘했던 진짜 이유는, 가방의 둘레로 거대한 위성 접시 안테나 같은 원형의 판이 펼쳐져 있었기 때문이다. 중세 그림에 나오는 신의 형상 뒤에 그려 놓은 아우라 같기도 했는데 처음에는 이곳 사람들이 가지고 있는 서바이벌 담요나 태양열 조리기를 펼쳐 붙여 놓은 줄 알았다. 그래서 '심각한 준비족인가 보군' 하고 실소를 하며 내려다봤다. 그런데 조금 지나고 보니 원형의 판에 무언가가 그려져 있었다. 원형의 패널엔 지구가 그려져 있었고 그 둘레의 끝에는 수많은 '사람의 손'이 매달려 있었다. 그 각각의 손은 사진을 한 장씩 들고 있었다. 원형의 판은 비닐로 코팅되어 있었다. 그가 걸을 때마다 햇빛에 반사되어 반짝반짝, 눈부셨다.

천수천안관세음보살. 언젠가 천 개의 눈이 달린 천 개의 손을 가진 보살의 모습을 사진으로 본 적이 있다. 그것처럼 그는 사방으로 사람의 손을 펼치고 있었다. 너무나 기묘해서 그 사람에게 집중하느라 이마에서 땀이 흘러내려도 닦지 못했다. 흘러내린 땀이 턱에 맺혔다가 보리차가 든 컵으로 똑, 떨어지는 순간 정지 마법에 걸렸다가 풀린 사람처럼 보리차를 한 모금 마셨다. 건물 앞에 선 그가 몹시 지친 표정으로 나를 올려보며 인사했다.

이곳도 사람 사는 곳 같진 않군요, 하고.

뒤로 넘어질 것처럼 한껏 젖힌 그의 상체를 내려다보다 현기증을 느꼈다. 그를 둘러싼 수백 수천 개의 손이 활짝 펼쳐져 나를 향해 뻗어 나온 것처럼 보였다. 그 손들은 아주 멀리 있는 듯 가까이 있어서 몹시 비현실적으로 보였다. 나도 모르게 그 손들로 내 손을 뻗을까 봐 난간을 꽉 쥐었다. 철제 난간은 손이 델 것처럼 뜨거웠다.

맹목(盲目)의 밤

는다잠이오지않는다잠이오지않는다잠은언제오는가잠은언
제오는가잠을자면좋겠다잠을자면좋겠

눈을 감고 머릿속에 단순 문장을 반복해서 적어 넣는다. 글
자는 천천히 내려왔다.

깜깜한 어둠 속에서 침대에 누우면 아직 오지 않은 잠에 대
한 막연한 조바심이 생겨났다. 잠이 오지 않으면 어쩌나, 하는 걱
정은 가장 가까운 벽과 천장 사이의 모서리에서부터 새어 나오
기 시작해서 제발, 로 끝나는 문장으로 변하곤 했다. 그래도 잠
은 여전히 오지 않았고 어둠은 길었다.

여러 가지 방법을 써 보았다. 천 마리의 양을 세기 시작했다.
하지만 그 양들은 곧 눈을 찌르는 바늘로 바뀌곤 했다. 서른하
나, 서른둘, 서른셋, 서른넷, 서른다섯… 정신 차려 보면 나는 내
눈의 망막 위에 벌겋게 달궈진 붉은 바늘을 하나하나 세어가며
조심조심 세우고 있었다. 바늘을 몰고 오는 구름떼 같은 양(羊)
의 양(量). 양羊의양量양羊의양量양羊의양量양羊의양量… 아로
마 향초를 구해서 켰다. 강렬한 향기가 글자로 변해서 방안을 가
득 채웠다. 향향향향향香향향향향향향香香향향향향향香… 나
는 향기의 빽빽한 그 밀도에 질식해 죽을 것 같았다. 반신욕을

해보았다. 이틀째까진 괜찮았지만 그 후론 밤새 피부가 가려워 고생했다. 방안을 떠도는 글자가 피부 아래로 스며든 것이 아닐까, 허튼 상상까지 했다. 누군가 정신과 상담을 권유했지만 수면제를 먹고 싶지 않았다.

어둡고 어두워서 나와 어둠의 경계가 어딘지도 알 길이 없는 지하 4층의 밤. 허공에 손을 휘저어봤지만 아무것도 보이지 않았다. 독서등을 켰다. 홑이불을 귀까지 끌어당겼지만 귀마개를 했지만 지상의 모든 소음이 내가 누운 좁고도 긴 방에 울려 퍼지는 기분이었다.

머리 위 환풍기의 어두운 구멍으로 바람이 들고 나는 소리가 왱왱, 울렸다. 어디선가 졸졸졸졸, 정체를 알 수 없는 물 흐르는 소리가 들렸고 갉작갉작, 무언가 긁히는 소리가 들렸다. 어떨 땐 유리로 만든 물체가 깨지는 소리가 들렸고 와악, 하고 누군가 비명을 지르기도 했다. 그때마다 양팔을 들어 내 손의 윤곽에 집중했다. 하지만 소음들은 이미 글자가 되어 벽을 타고 모여들었다.

천장과 벽 사이의 모서리에서 '왱'이라는 글자들이 뚝, 뚝, 바닥으로 떨어졌다.

갉작갉작갉작갉작갉작갉작갉작 개미만큼 작은 글자의 집단이 벽의 둘레를 따라 뱅글뱅글 나선형으로 맴돌며 바닥으로 모여들었다. 의미를 알 수 없는 소리가 보이는 밤.

뚝

뚝

는다잠이오지않는다잠이오지않는다잠은언제오는가잠은언제오
는가잠을자면좋겠다잠을자면좋겠

뚝 뚝 뚝 뚝 뚝 뚝 뚝 뚝 뚝 뚝 뚝 뚝 뚝 뚝 뚝 뚝 아 악 뚝 뚝 뚝

뚝 뚝 뚝 뚝 뚝 뚝 뚝 서른하나서른둘서른셋서른넷서른다섯서른

여섯서른일곱서른여덟서른아홉서른아홉서른아홉서른

뚝 뚝 뚝 뚝 뚝 뚝 아 악 갉 작 땡 갉 작 쿵 아 악 갉 작 땡 갉

작 쿵

양羊의양量 양羊의양量 양羊의양量 양羊의양量 뚝 뚝 뚝 뚝 뚝

뚝 아 악 뚝 뚝 뚝 뚝 뚝

뚝 뚝 뚝 뚝 뚝 뚝 꾸엑 꾸엑, 꽤액, 꽤—액. 뀌엑 뀌엑 뀌엑 꾸에

엑 손 손 손을 손이 손을 잡 꽤액 꾸에엑 꽤액 뀌에엑 아 악 갉

작 갉 작 왱 왱 왱 왱 왱 땅 땅 땅 땅 꽤액…

향향香향香香향향香향向향鄕향響향香향향향향香香向鄕響響
響響響향향향향

   환풍기의 구멍을 통해 누군가 나를 보며 비웃고, 미처 뽑히

지 못한 흙 속의 나무뿌리가 자라나 건물 내벽을 뚫고, 그 틈으로 지하수가 타고 들어와 건물을 조금씩 잠식하고, 나무뿌리에 살던 개미들이 새집을 짓기 위해 모든 것을 먹어치우고 사람들은 지하의 어두운 속에서 조금씩 미쳐가고 조리대에서 누군가 끓이다 깜박 잊은 라면 냄비가 불에 활활 타오르고 무언가 죽고, 죽고, 또 죽고, 썩고, 또 썩고, 이유도 모른 채 망가지는 모든 상황이 눈앞에 보였다. 양치기의 거짓말보다 생생한 천 마리 양의 저주처럼 온통 알 수 없는 글자의 나열이 내 방을 꽉꽉 채우며 숨통을 조이고 있었다. 눈을 감을 수가 없었다. 조바심은 가장 가까운 벽 모서리에서 새어 나와 가장 먼 벽 모서리까지 채워지고 있었다.

지옥이다, 정말. 나는 귀를 막고 눈을 감았지만 소리는 계속 보였다. 모서리부터 채워진 글자가 사방 벽을 뒤덮고 바닥과 천장을 조밀하게 채워질 때까지 뒤척이다가 아침이 올 때쯤 겨우 토막잠을 잤다.

고향을 다녀온 그 이듬해 봄. 고시원, 모텔, 찜질방 등을 전전하면서 도시에 살았다. 한밤중에 낯선 곳에서 자주 깨어 어리둥절하던 그때. 세상은 한밤중에도 시끄러웠다. 온갖 이동 수단이 내는 굉음과 취객이 내는 주정, 어디선가 사납게 짖는 개들. 발정 난 도시 고양이의 절규. 하지만 이곳, 모든 것이 '준비'된 지하세계에 들어오면, 세상 모두 물속에 잠긴 것 같은 고요를 느낄 수 있을 거라 생각되었다. 따뜻하고 점액질이 묻어날 만큼 끈끈한 잠의 고요.

물론 고요는 어디에도 없었다. 잠은 오히려 명확하게 사라지고 글자는 더욱 명징하게 보였다.

그가 안으로 오기까지

나와의 짧은 인사 후 그는 곧 시야에서 사라졌다. 누구일까, 그는. 공사 인부와 방문객은 모두 돌아간 시간이었다. 한참 동안 그를 둘러싼 천 개의 손이 붙들고 있던 사진들을 생각하고 있는데 아래쪽에서 희끗희끗 무언가 나타났다 사라지곤 했다. 몸을 숙여 보고 있노라니 휘청거리는 그의 몸이 나타났다 사라지고 있었다. 테라스 난간 참 아래로 흔들흔들 보였다 사라졌다, 하는 모양새가 건물의 둘레를 따라 걷는 중인 것 같았다. 그러다 그가 홱, 하고 햇볕 아래로 다시 나타나 나를 올려보며 외쳤다.

여기, 들어가는 입구는 어디인가요? 하고.

서바이벌 콘도답게 홍보관 입구가 폐쇄되면 들어오는 입구를 찾기가 힘들다. 나는 내려가서 작은 문을 열고 그를 불렀다. 그가 발갛게 달아오른 얼굴로 웃으며 말했다.

날이 너무 더워서 혼났네요. 사람이 이렇게 반가울 줄 몰랐습니다.

땀을 흘리던 그가 내게 손을 내밀었다.

나는 그 손을 내려다보다 들고 있던 차가운 보리차를 내밀었다. 얼음은 거의 다 녹았지만 아직 차가운 물을 그는 시원하게 마셨다. 그의 목울대가 위아래로 오르내리는 것을 보며 내 땀이 저 속에 떨어졌다는 생각을 했다. 내 얼굴이 조금 붉어진 것을 그는 알지 못했다.

그가 손을 내밀어 내게 '악수를 청했다'고 깨달은 것은 그곳을 떠나오고도 아주 오랜 시간이 지난 뒤였다.

지옥의 크기

지름 30미터, 깊이 10미터의 구덩이에 천 마리의 돼지가 빠진다. 그 좁고도 어두운 땅에 트럭으로 실려 온 돼지 수십 마리가 우르르 구르며 떨어진다. 떨어지지 않으려 기를 쓰는 돼지를 포클레인이 툭, 툭, 구덩이로 밀어낸다. 황급히 도망가는 돼지를 주인과 장정 서넛이 덤벼들어 잡아 구덩이에 밀어 넣는다. 방금 떨어진 그 돼지는 다음 달이 산달이었다. 맨 처음 떨어진 돼지들은 자신들의 위로 떨어지는 돼지들의 무게에 압사한다. 압사한 돼지를 발판삼아 돼지들은 서로의 몸을 올라타며 구덩이 밖으로 나가기 위해 발악한다. 돼지가 비처럼 쏟아진다. 아래로, 아래로, 깔린 돼지들이 터지고 그 터진 틈으로 신음을 내며 서서히 죽어간다. 엄마 젖을 먹다 끌려 나온 12마리의 아기 돼지들도 구덩이에 빠진다. 꽤액, 뀌에에에엑, 꾸에에엑, 아침부터 시작한 1,050마리의 돼지 생매장이 새벽 2시까지 이어진다. 꽤액, 꾸에에엑, 뀌에에에엑, 쿠엑, 쿠엑, 꺽꺽꺽꺽꺽꺽… 흙으로 덮었지만 맨 위층에 묻혀 아직 살아있는 수십 마리 돼지가 사나흘 동안 절규한다.

돼지는 잠잠해졌지만 닷새째부터 진짜 지옥문이 열리기 시작한다. 마을 사람들의 귓가에 돼지의 처절한 울음소리가 끊임없이 들리기 시작하고, 돼지가 썩으면서 생긴 물이 지하수를 오염시키고, 땅이 척박해지며, 죽음의 악취가 마을 전체를 휘감는다. 수십 명이 농약을 먹거나 목을 매거나 동물의 안락사에 쓰이는 근육 이완제를 스스로 투여하고 자살한다. 지옥의 크기는 매일, 조금씩, 꾸준히 늘어난다.

자연과 인공 사이

그를 관리실로 안내하면서 알게 된 것은 그의 이름이 구남, 이라는 것과 이곳의 한시적 음향기사로 왔다는 것이다. 조잘조 잘 떠드는 그를 뒤로 두고 걸으면서 나는 아무 말도 하지 않았 다. 그가 내 이름과 직업을 궁금해할 것이라는 것을 눈치챘지만 말을 꺼낼 수가 없었다. 내 이름이 현림이라는 것, 아버지의 경 상도식 발음 때문에 늘 '햇님'이로 불렸다는 것, 이곳에 오기 전 에는 글을 썼지만 이제 어떤 단어도 마음 편하게 쓰지 못한다는 사실은 초면인 그에게 더더욱 말할 수가 없었다.

관리실에서 나오고 한 시간 뒤, 건물 전체에 클래식 음악 소 리가 울려 퍼졌다. 이곳에 들어오고 관리실에서 음악을 켠 일은 처음이었다. 귀에 거슬리지는 않았다. 음악이 기분전환에 도움 이 된다는 것도 새삼 알게 되었다. 그것이 구남, 이라는 사람이 하는 일이라는 것을 짐작했다. 그 후로 하루 몇 차례 음악이 들 려오곤 했다. 오전 홍보 멘트 방송 직전 십분 간, 점심시간 1시 간, 저녁시간 1시간씩 들렸다.

특이한 점은 바깥의 기온이 '이례적 폭염'으로 기록될 만한 날에는 간헐적으로 '매미' 우는 소리를 튼다는 것이었다. 매미의 울음소리는 계곡물 흐르는 소리와 함께 들렸는데 어느 산골짜기 의 소리를 녹음해서 들려주는 모양이었다. 열대야가 심한 날에 소쩍새 우는 소리와 숲에 이는 바람 소리가 들리기도 했다. 어느 밤, 불면에 시달리며 뒤척일 때 아주 작게, 그러나 또렷하게 들리는 소쩍새 우는 소리에 눈물을 찔끔 흘렸다.

계획도시에 그런 사람이 고용되어 일한다는 것을 그때 처음 알았다. 인공적으로 만든 공간에 없는 자연의 소리를 깃들게 하는 사람 말이다. 매미, 귀뚜라미, 소쩍새, 개구리, 소나기, 바람, 눈 오는 소리 등의 계절 소리를 알게 모르게 틀어 아파트 전체에 울려 퍼지게 하고, 노인정, 공원 등의 공동시설에 아름다운 클래식 음악을 들려준다. 그는 그 일을 '감성적 풍요를 주는 직업'이라고 광고한다고 말했다. 서바이벌 콘도 메신저를 통해서였다. 그곳에 있는 동안 우리는 종종 메신저를 통해 각자의 이야기를 주고받았는데 대다수 오해에서 비롯돼 오해로 끝나는 이야기들이었다. 훗날 알았지만 감성적 풍요를 주는 직업, 이라는 말 역시 그가 좋은 의미로 한 표현이 아니었다.

한숨도 못 자던 한밤중에 벌떡 일어났다. 자꾸만 보이는 소음을 구남 씨의 음악 소리 같은 것으로 덮는다면 어떻게 될까, 그런 생각이 들었기 때문이다. 급히 컴퓨터를 켰다. 음악 사이트에 접속해서 '자연의 소리'를 검색했더니 굉장한 수의 곡 이름이 떠올랐다. '치유', '힐링', '명상', '휴식', '숙면', '낮잠' 등의 연관검색어가 함께 떴다.

잠시 고민하다가 인기가 아주 높은 순서로 몇 개의 앨범을

골라 돈을 지불했다. Deep Sleep, 백색소음, 휴식을 주는 클래식 명곡, 평온한 숙면, 뉴에이지 테라피 등등. 처음에는 효과가 있었다. 딱따구리 소리와 여러 겹의 물 흐르는 소리와 밤의 곤충이 속삭이는 소리, 거기에 덧입힌 여러 악기의 잔잔한 울림, 이 모든 것의 반복… 삼십 분, 한 시간씩 토막잠이긴 했지만 잠들다 깨기를 반복했다. 그것만도 고마운 일이었다.

하지만 그 효과는 이틀 뒤 사라졌다. '인공'적이라는 것이 문제였다. 자연의 소리에 여러 가지 악기의 색을 덧입혀 같은 소리가 반복적으로 나는 것이 사람 정신을 몽롱하게 만들기는 했다. 하지만 짧은 시간 녹음한 자연의 소리를 반복해서 재생하다 보니 자연에서 느낄 수 있는 '공백'이 없었다. 그것이 사람을 불안하게 만들었다. 매미가 쉬지 않고 운다. 그리고 단박에 끊긴다. 일 초도 되지 않는 시간이겠지만 내 머리에서는 매미와 매미가 있던 나무와 나무가 있던 숲이 단칼에 잘린다. 그리고 그 잘린 것을 억지로 붙인 것처럼 매미가 갑작스럽게 나타나 쉬지 않고 운다. 그때부터 매미는 스스로 우는 것이 아니라 타의에 의해 억지로 우는 것이 된다. 그런 상황을 몇 번 맞닥뜨리자 잘린 부분에 자꾸 신경이 쓰였다. 그러다 보니 또 글자들이 벽을 타고 넘나들기 시작했다. 자연의 소리를 최대한 가공하지 않고 오래 녹음한 것이 필요했다.

메신저를 켰다. 관리실에 재난 관련 기사를 정리한 파일을 넘기거나 관리실의 공지사항을 받을 때, 비상시 다른 호실의 사람들과 연락을 해야 할 때 메신저가 필요했다. 하지만 한 번도 다른 입주민에게 말을 걸어 본 적이 없었다. 몇 번인가, 입주민 대표가 말을 걸어오거나 입주민이 만든 소모임 초대 쪽지가 왔지만 모두 무시했다. 언젠가 휴게실에서 종교 활동을 하거나 재난 대비 정보를 서로 공유하는 사람들을 보았다. 그 관계가 오히려 얄팍해 보여서 쓸데없는 일인 것처럼 느꼈다. 그런 내가 메신저를 열어 사람을 찾다니. 메신저 아이디를 호수만 적었다면 찾지 못할 터였는데 다행히 '둥근남자구남이'라는 별명이 덧붙어 있었다. 그에게 몇 호에 사는 사람인지 적고 자연의 소리 파일이 필요하다고 적어 쪽지를 보냈다. 짧지만 예의 바르게 쓰려고 노력했다. 다음날 오후, 그에게서 쪽지가 왔다. 그의 쪽지는 내가 보낸 것보다 더욱 간략했다.

만나서 얘기합시다.

쪽지에는 그렇게 적혀 있었다.

대숲에 무지개가

휴게실에서 만난 그는 거대한 판넬 가방을 메고 있지 않았는데 그것이 너무 멀쩡해 보여서 속으로 놀랐다. 그가 가진 '자연의 소리' 파일은 최대 5시간까지 녹음된 것이 있고 다른 소리 삽입 등을 통한 편집은 전혀 하지 않은 것이라 했다. 왜 그 파일이 필요한지 내게 묻는 그에게 다른 형태의 대답을 했다. 사례는 하겠습니다, 라고.

구남 씨는 눈을 동그랗게 떴다.

이 일을 하면서 입주민에게 감사하다라거나 고맙다는 말은 한 번도 들어본 적이 없습니다. 왜냐하면, 그들이 내는 관리비에 그 음악과 소리를 들을 수 있는 대가가 포함되어 있기 때문입니다. 사례라는 것은 말이나 선물을 통해 고마운 뜻을 나타내는 것입니다. 당신이, 그래요, 저는 아직 그쪽 이름도 모르지만요, 어쨌든, 당신이 말하는 그 '사례'에는 고마움이 포함된 것입니까? 고마움을 느끼려면 내가 당신에게 이 파일이 얼마나 절박한 것인지 알아야 하고, 제가 이 파일을 어디서 어떻게 만들었는지 당신이 먼저 헤아려 보는 것이 전제되어야 합니다. 다시 말씀하십시오. 그저 대가를 지불하시는 거면 저는 팔지 않겠습니다.

그의 말을 듣고 무안해서 얼굴이 붉어졌지만 그의 얼굴이 더 붉어서 다행스러웠다. 죄송합니다. 나는 머릿속으로 여러 가지 말들을 찾았지만 마땅히 떠오르는 말이 없었다. 죄송합니다. 파일 이야기는 그냥 없었던 이야기로 하시지요. 죄송합니다. 나는 도망치듯 휴게실을 떠났다.

그날 저녁 메신저를 통해 '자연의 소리' 파일이 전송되어왔다. 구남 씨가 보낸 것이었다. 첨부파일에 붙어 있는 메시지에 이렇게 적혀 있었다. '죄송합니다, 가 두 번만 나왔어도 안 보냈을 텐데 세 번이니까 봐줍니다. 대신, 답례는 제가 원하는 방식으로 받겠습니다.' 파일에는 신도시가 들어선 이곳의 없어진 옛 마을 이름이 적혀있었다. 구명리 대숲.

나는 조금 망설이다 파일을 열었다. 총 5시간 6분 32초. 쏴아아아아, 하고 비 오는 소리가 들렸다. 한참 뒤에야 그것이 대나무 숲을 지나가는 바람 소리라는 것을 깨달았다. 간간이 타닥, 타닥, 하고 바람에 흔들리는 대나무가 서로 부딪는 소리도 났다. 대숲 바람이 좁고도 어두운 내 방을 통과하는 것 같아 뒤통수가 서늘해졌다. 볼륨을 한껏 올렸다. 멀리서 어느 절의 풍경 소리가 들렸다. 어느 집 개가 웅웅, 하고 짖는 소리는 밭에서 돌아온 주인을 반기는 것 같았다. 그렇다면 막 해가 지는 시간일 것이다. 미에에, 염소 소리도 아주 작게 들리고 위엥, 하고 녹음기 주변을 지나는 날벌레 소리도 들렸다. 그리고… 아까부터 자꾸만 부시럭, 부시럭, 거리는 소리가 났다. 아마도 녹음한 사람이 내는 소리, 그러니까 구남 씨가 내는 소음 같았다. 바닥의 낙

엽이나 흙을 밟는 소리일 것이다. 카메라로 사진을 찍는지 철컥, 하는 소리가 들렸고 그는 감기에 걸렸는지 훌쩍, 크룽, 코 먹는 소리도 났다. 피식, 웃다가 불을 끄고 침대에 누웠다. 컴퓨터 화면보호기 설정 때문에 방안에 여러 가지 색깔의 빛이 떠다녔다.

여전히 잠이 오지 않았다. 대나무 숲 바람 소리 사이로 구남 씨의 소리가 들렸다. 대나무 사이사이로 걷는 그의 걸음이, 무언가 하는 그의 뒷모습이 자꾸 보이는 것 같았다. 소리 사이사이의 여백에 안달이 나기도 했다. 그는 무엇을 하는 것일까. 소리는 계속되었고 무지갯빛은 계속 맴돌았고 나는 그를 보기 위해 골똘했다. 나의 좁고도 어두운 방에 누군가의 총천연색 꿈이 펼쳐지고 내가 그 꿈을 대신 꾸는 것 같았다. 소리 파일을 연지 5시간 6분 32초 만에 나는 까무룩 잠이 들었다.

그는 대숲에서 울고 있었다.
다음날 그 사실을 문득 깨달았다.

나는 너를 보고 너는 나를 듣고

그의 파일을 열어 본 다음 날은 비가 오고 있었다. 물론 그 사실을 바로 알진 못했다. 공사 마감 시간에 맞춰 시원한 보리차를 들고 옥상에 올라갔는데 돔형 투명 지붕이 씌워져 있었다. 모처럼 내리는 비라 반가웠다. 늘 가던 자리로 가서 풍경을 바라보았다. 투투투투툭, 비가 지붕을 때렸고 맞은편 보이는 공사현장은 지붕 판이 가로막아서 온통 물방울로 얼룩져 있었다.

그리고 그 물방울 사이로 그, 구남 씨가 보였다. 커다란 장우산을 쓰고 비 오는 벌판을 걷고 있었다. 그는 아스팔트가 깔린 길로 걷지 않고 진흙과 물웅덩이가 있는 곳으로 삐뚤빼뚤 걸었다. 오른편으로 가는가 싶었는데 갑자기 왼쪽으로 몸을 꺾었고 주변을 둘러보다가 내가 있는 건물 쪽으로 걸어왔다. 그때 보았다. 그가 걷는 자리를 따라 투명 지붕판에 사인펜으로 표시가 되어 있는 것을.

그가 걷는 곳을 따라 지붕판에 펜으로 줄이 그어져 있었다. 그 줄은 바둑판 모양의 구획이 아닌 새로운 구획을 만들고 있었는데 크기도 모양도 제각각이었다. 구남 씨는 투명판 바깥으로 그 구획에 나 있는 길과 비슷하게 따라 걷고 있었다. 각각의 구획에는 아주 조그만 볼펜 글씨로 회관, 우리 고추밭, 논, 밤나무, 순남 아재, 동훈이집, 재실댁 등이 적혀 있었다.

그가 어느 지점에 서서 이쪽을 바라보았다. 그가 선 자리에는 볼펜으로 희미하게 글자가 적혀 있었다. 417호 님, 이 글을 보는 즉시 나오세요. 같이 좀 걸읍시다. 깜짝 놀라서 나도 모르게 뒷걸음질 쳤다. 그는 내가 서 있는 것을 아는지 모르는지 계속 그 자리에 서서 이쪽을 바라보았다. 이런 글을 남긴 것을 보면 구남 씨가 그림을 그렸을 것이다. 그는 없어진 마을을 잘 아는 사람이었던 것이다. 내가 매일 이곳에 올라와 차를 마시는 것을 어떻게 알았을까. 나는 보리차가 든 잔을 놓고 계단을 내려갔다.

문 앞에서 망설이다 비를 뚫고 뛰어갔다. 그가 나를 발견하고 맞은편에서 뛰어왔다. 그가 큰 우산을 받쳤지만 난 이미 많이 젖어 있었다.

아니, 뭐가 그리 급해서 우산도 쓰지 않고 왔나요? 그가 물었다.

아니, 저는 우산이 없어요. 밖에 나갈 일이 없어서. 내가 말했다.

그가 아, 하고 웃더니 그가 서 있던 자리로 나를 데리고 갔다. 발에 진흙이 마구 튀는 것을 보면서 건물 밖으로 나온 일이 처음이라는 것을 깨달았다. 걸을 때마다 그와 자꾸 팔이 부딪혀 신경 쓰고 있는데 그가 말했다.

여깁니다. 우리 마을 대나무 숲이 있던 자리. 공사가 확정된 날 이곳에서 바람 소리를 녹음했거든요. 대숲 너머 저쪽에 작은 절이 있었고 우리가 보는 앞쪽으로 마을과 밭이 펼쳐져 있었어요.

그는 그렇게 말했지만 그곳은 다른 바둑판과 똑같은 평지였고 아무것도 있지 않았다. 바둑판 구획 앞 수로를 통해 빗물이 빠지고 있을 뿐이었다.

그는 마을이 사라지기 전, 대숲의 소리를 녹음하며 울고 있었다. 문득 그런 생각이 들었다. 사진을 찍고 여기저기 기웃거리면서 다섯 시간 동안이나 울고 있었구나, 생각하니 나도 모르게 코끝이 찡해왔다. 내가 본 그 무지갯빛 꿈이 슬픈 꿈이었다니, 다 큰 사내가 그렇게 오랜 시간 울며 헤맸다니, 나는 그가 조금 좋아졌다. 그래서 며칠 동안 고민했다.

그의 소리를 봤으니 나도 나의 글을 들려주고 싶었다.

내 손등을 핥고 너는

추운 겨울이었습니다. 200만 마리의 소와 돼지가 살처분 당했다는 뉴스가 연일 보도되고 있었습니다. 살처분(殺處分). 사전에는 없는 단어입니다. 굳이 뜻을 풀이하자면 죽여서 치운다, 는 말인데 실상은 그렇지 않았습니다.

2010년의 나는 대학원에서 언어를 공부하고, 번역 일을 하거나 소설을 쓰고, 여기저기 소소한 에세이를 기고하며 바쁘게 살고 있었습니다. 그해 겨울에 글 한 편을 청탁받았습니다. 구제역에 관한 르포였습니다. 고향 집이 시골에 있긴 했지만 가축을 키우고 있진 않았습니다.

고향에서 수의사 생활을 하던 친구 유에게 연락을 했습니다. 친구는 아주 피로한 목소리로 미안하지만 도와줄 수 없다고 했으나 저는 막무가내로 고향에 내려갔습니다. 르포 원고도 써야 했지만 무엇보다 소설의 좋은 소재가 될 것 같아 포기할 수 없었습니다.

친구를 따라 소를 키우는 민가에 갔습니다. 그곳 축사에는 소 다섯 마리가 있었고 송아지가 한 마리 있었습니다. 축사 주인은 친구와 축협 직원들에게 마구 화를 냈습니다. 그 소들은 구제역에 걸린 소들이 아니었습니다. 인근의 돼지농장에 방문하던 트럭이 오염된 농장에 다닌 차량이라 '예방 차원 살처분'을 당하게 되었습니다.

직원이 계속 사과를 하는 동안 주인은 소들에게 고급 사료를 먹였습니다. 어미젖을 배부르게 먹은 송아지가 제 손을 핥았습니다. 주인이 이 일은 부당한 처사라며 저에게 이 억울함을 꼭 글로 써 달라고 주문했습니다. 저는 축사 주인의 인터뷰만 하고 돌아가려고 했습니다. 그런데 친구가 아파 보여 자리를 먼저 떠날 수가 없었습니다.

수의사 친구가 아까부터 계속 헛구역질을 하더니 마당 옆 수 돗가에 가서 노란 위액을 토했습니다. 그리고 돌아와 식사를 마친 소에게 주사를 놓았습니다. 주사를 맞은 소는 30초 후 바로 반응을 보였습니다. 친구가 말해주었습니다. 마취약 없이 놓은 주사라 엄청난 고통을 느끼고 있을 것이라고. 거대한 포유류가 쓰러지는 것은 결코 아름답거나 위대해 보이지 않았습니다. 조금 전 제 손등을 핥아준 송아지는 주사를 맞고 비틀거리다 어미젖을 찾아 물고 죽었습니다.

　　그날 오후에는 어느 산에 올랐습니다. 그곳에서 돼지 농장의 돼지를 구덩이에 생매장하는 장면을 보았습니다. 2010년 11월 28일에 대한민국은 청정국 지위를 상실했습니다. 이 청정국 지위를 다시 얻으려면 6개월 이상 걸립니다. 하지만 백신을 놓지 않고 구제역을 퇴치하면 마지막 구제역 발생일로부터 3개월 후에 청정국 지위를 신청할 수 있습니다. 이미 30만 마리를 처분한 다음에야 백신을 접종한 이 나라는 급속도로 번져가는 비상사태에 몰살, 이라는 방법을 택했습니다. 돼지에게는 주사도 없이 생매장이라는 방법을 썼습니다. 결국 시장에 빨리 진입하기 위해, '고기'를 팔기 위해, 그 많은 생명이 함부로 잔인하게 죽었던 것입니다. 구제역에 걸린 짐승들을 잘 돌보면 다시 낫는다는 기록도 있다지만 낫고 나서의 짐승은 제값 받는 '고기'가 되지 못할 것입니다.

저는 그때까지만 해도 소설 생각만 했습니다. 하지만 집으로 돌아온 뒤부터 돼지들이 매장당하며 내던 소리가 이명처럼 들려왔습니다. 제 손등을 핥던 송아지가 꿈에 나왔습니다. 다음 해 설에 수의사 친구가 자신의 팔에, 소에게 놓던 근육이완제 주사를 놓고 숨졌습니다. 죽기 전 회사에 사직서를 썼으나 반려되었다고 합니다. 외부인의 출입을 제한하는 바람에 저는 고향에 내려가지 못했습니다. 그 뒤의 제 꿈에는 제 손등을 핥는 친구가 나왔습니다.

저는 더 이상 글을 쓸 수가 없었습니다. 매일 밤 불면에 시달리게 되었습니다. 그 일이 자꾸만 저를 괴롭혔습니다. 그래서 저는 이곳으로 흘러들어오게 된 것입니다.

씨앗의 크기

그의 씨앗을 보았다. 그가 이 마을을 떠나기 전날 밤이었다. 겨울이 다가오고 있었지만 아직도 귀뚜라미 우는 소리를 아파트에 들려주곤 했다.

처음에는 그의 요란한 가방을 보려고 했는데 그는 가방 속에서 보라색 주머니를 꺼냈다. 주머니에는 여러 번 밀봉한 손바닥 크기의 지퍼백이 가득 들어 있었다. 각 지퍼백에는 견출지가 붙어있었는데 그 견출지에는 밀양-용이네 상추씨, 밀양-석순 할매 옥수수씨 등의 이름이 적혀 있었다.

올해 수집한 종자입니다. 제가 땅을 샀거든요. 내년에 이 씨앗을 심을 겁니다.

조상 대대로 살아온 땅을 내주고 다른 곳으로 이주하게 되자 그는 전국을 돌아다녔다고 했다. 계획도시에 들어가 음향기사로 밥벌이를 하거나 재개발이나 수몰 등의 국가토목사업 때문에 사라지는 마을을 돌아다녔다. 시골뿐만 아니라 도시의 오래된 골목마을도 사라지기 전에 들렀다. 들리는 곳마다 그곳의 '소리'를 녹음했다. 그 소리를 다른 계획도시에서 들려주고, 곧 사라질 마을에 들러 새로운 소리를 녹음했다.

소리를 녹음하는 동시에 씨앗도 수집했다. 자신의 마을에서 마지막으로 수확한 농작물의 씨앗을 시작으로 들리는 마을마다 씨앗을 조금씩 얻거나 샀다. 그것들 모두 자신이 새로 장만한 땅에 심고 키울 것이라고 했다.

그의 가방에 붙어 있는 손이 가진 사진, 그것은 사라진 마을과 사라진 숲과 사라진 강과 사라진 사람들과 사라진 동물들, 사라진 마음들이었다. 사라지는 마을을 들릴 때마다 마을 사람들은 땅값으로 하도 시달려 외부인에 대한 경계가 심했다고 한다. 그래서 이렇게 자신의 의도를 보여주고 사연을 설명해주고 일을 거든다고도 했다.

이 씨앗이 지금은 작지만요. 제 땅이 손바닥만 하지만요. 얼마든지 클 수 있으니까요.

방으로 돌아와 그가 보내준 구멍리 대숲 파일을 틀어 놓고 자리에 누웠다. 그동안 그와 대화를 나누고 그의 소리 파일을 들으며 토막잠을 잤다. 마음은 한결 편해졌지만 모서리를 통해 방 안을 채우는 글자들은 사라지지 않았다. 대숲을 어슬렁거리며 다섯 시간 동안 크룽, 훌쩍, 코를 먹는 그를 떠올리며 그가 가진 씨앗을 생각했다.

좁고도 어두운 내 방을 떠돌던 글자들이 좁고도 어두운 내 마음으로 들어왔다. 나는 그동안 내가 놓친 글자와 마음의 크기를 생각했다. 큰 결심이 필요했다. 벌떡 일어나 잠옷 차림으로 복도를 나섰다.

지하 2층 복도를 지나 그가 묵는 숙소의 방을 조심스럽게 두드렸다. 자다 일어난 얼굴로 문을 연 그는 눈도 제대로 뜨지 못했다. 나는 급히 하고 싶은 말을 꺼냈다.

내 글자들을, 당신이, 싹 틔워 주세요.

손잡고 허밍

신도시를 벗어나 서틀버스에서 내리자 어느새 어둠이 내렸다. 가을의 건조한 바람 냄새가 났다. 길가에 난 잡풀 사이로 코스모스가 가득 피어 있었다. 신도시에 들어가는 셔틀버스 정류장 낡은 의자에 그가 앉아 있었다. 일 년 사이 그는 더욱 까만 얼굴을 하고 있었는데 원형 가방이 아닌 평범한 가방을 메고 있었다.

머리가 많이 자랐네요. 그가 웃으며 말했다. 여기서부터 버스로 한 정거장 정도 거리를 걸어야 해요. 걸을 수 있겠어요?

나는 고개를 끄덕이며 그가 들고 있던 우산을 대신 들어주려고 손을 내밀었다. 그는 우산을 다른 손에 들더니 내 손을 쥐었다. 내 얼굴이 붉어졌지만 다행히 깜깜해서 그가 알아채지 못했다.

나는 구남 씨 양손이 무거워 보여서 우산을 들어주려고 그랬는데요.

내가 말하며 손을 빼려고 하자 그가 내 손을 세게 움켜쥐며 말했다.

메일을 받을 때마다 자꾸 손을 잡아 달라고 그래서요. '내 손을잡아' 라고 메일 주소를 만들 정도로 그렇게 간절히 원하

78

는데 부탁을 안 들어줄 수가 있어야지요. 내가 부탁을 들어줬으니 햇님 씨가 사례를 하세요. 사례로… 걷는 동안 우리, 음악을 들어요.

이미 자연 속에 있는데 무슨 소리를 틀려고요?

자연 속에 있으니까 사람이 만든 음악을 들읍시다.

그가 이어폰 한쪽을 내게 주었다. 나는 이어폰 한쪽을 내 귀에 꽂았다.

그가 생존 도시를 떠나고 일 년 동안 우리는 계속 연락을 주고받았다. 그는 가는 곳마다 녹음한 소리 파일을 보내주었고 나는 내가 쓴 조각 글을 보내주었다. 나는 소리를 통해 그를 봐 주고 그는 글을 통해 내 말을 들어주었다. 내가 생존 도시를 떠나고 싶다, 고 알리자 그는 데리러 오겠다, 고 말했다. 그 말이 나오지 않을까 봐 참 조마조마했다.

어쿠스틱 기타 소리가 나더니 사내의 말랑말랑한 목소리가 나왔다.

…버스를 기다려 널 싣고 모퉁이를 돌아 내 앞에 멈출 버스를.

…내리는 사람들 모두 살피다 내게 오는 너의 손을 잡겠어.

내 심장이 크게 두근거렸지만 다행히 음악 소리가 커서 그는 알아채지 못했다.

…너와 함께 걷는 길 여름은 지나고 가을꽃 피었네.

…그대 두 눈을 감아 어젯밤 꿈에 흐르던 멜로디, 멜로디를 따라.

그가 나지막이 콧노래를 흥얼거렸다.

…우리 함께 걷는 길 별들은 빛나고 달빛은 조용해 다시 나를 불러줘 너의 눈처럼 투명한 목소리, 너의 목소리로.[1]

우리가 가야 하는 길을 따라 노란 불이 차례대로 켜지기 시작했다. 다음 가로등까지는 아주 먼 거리였다. 그 불빛에 닿을 때까지는 온통 어둠이었고, 그 불빛 다음부터도 온통 어둠이었다.

구남 씨, 이 노래는 우리 이야기네요. 참, 통속적이네요. 나는 속으로 생각하며 그의 흥얼거림을 들었다. 깜깜하다고 허공에 손을 젓지 않아도 되는 밤. 그의 손을 통해, 체온을 통해 내가 여기에 있다고, 내 손이 이곳에 잘 있다고 알게 되는 밤은 무섭지 않았다.

햇님 씨, 이거 우리 이야기에요, 라고 그가 담담히 말했다.

순간, 그가 내 속의 글자를 자신의 목소리에 심어 싹을 틔우

---

1) 재주소년 앨범 4집 〔유년에게〕 중 <손잡고 허밍>.

고 있었다. 그 글자가 얼마나 자랄지 그 글자에서 나오는 열매가

얼마나 예쁠지 나는 보지 않아도 볼 수 있었다.

3.

허공의 케이

꿈에서 물소리를 들었다. 물소리가 나오는 꿈은 몹시도 지친 날 꾸는 것이라 내가 지금 피곤하구나, 케이는 생각했다.

꿈속의 그곳은 온통 검은 흙으로 뒤덮인 땅이다. 길의 시작과 끝이 어딘지도 모른 채, 앙상한 나무마저 검게 얼어붙은 추운 지방의 멀고 먼 길을 케이는 걷는다. 고단하고 힘거워서 휘청거리는 케이는 눈은 마구 감기고 온몸이 경직되어 움직이기도 불편하다. 그러면서도 왜 걸어야 하는지 이유는 모른다. 기계적으로 사지를 버둥거리며 오직 앞만 보고 갈 뿐이다. 그냥 멈춰 서서 쉬면 될 텐데도 그럴 생각은 하지 못하고 쫓기듯 걷는다.

그러다가 어딘가에서 폭포수처럼 쏟아져 내리는 물소리를 듣는다. 그 소리가 들리면 그제야 케이는 쓰러지듯 바닥에 눕는다. 눈을 감은 케이는 꿈을 꾼다. 눈을 감고 꾸는 꿈에서 다시,

눈을 감고 꿈을 꾸면 어딘가에 숨어있던 적막이 물속에 가라앉는 붉은 털실처럼 헤실헤실 풀려 나온다. 따뜻한 수증기 같은 그 고요함. 흡사 해빙기처럼. 습하지만 따뜻한 물 냄새를 맡는다. 예전에 알던 익숙하고 그리운 냄새다. 뭉쳐있던 근육이 말랑말랑해지고 케이는 곧 깊고 깊은 잠이 든다. 그리고 동시에

꿈에서 깬다.

케이가 눈을 떴을 때 흙색의 구슬이 케이의 앞으로 굴러갔다. 포도알만 한 흙 구슬은 여러 개라 마룻바닥에 요란한 소리를 내며 떨어졌다.

딱! 따라라라라라라, 똑! 또로로로로로로…, 하면서. 천기토天氣土 찜질방의 구슬이다. '하늘의 기운을 간직한 흙'으로 만들었다는 구슬이 가득한 그 방은 모래찜질을 하듯 구슬 속에 폭 파묻혀 땀을 빼는 곳인데 따뜻해서 잠들기 일쑤라 벽에는 온통 위험, 취침금지라고 쓰여 있다. 그 방에서 방금 고등학생으로 보이는 여자애와 남자애가 손을 잡은 채 비척이며 나왔다. 아이들의 옷 구석에 숨어있던 '하늘의 기운'이 바닥으로 떨어졌다. 그때마다 킥킥거리는 아이들의 깡마른 몸이 가볍게 팔랑거렸다.

또 또 또 저 망할 노무 애 새끼털. 저녁이면 말이야, 엉? 집구석에서 곱게 잠이나 처, 자던가 말이야, 엉? 책 펼쳐놓고 공부를

하던가. 이거 뭐, 왔다 갔다, 들락날락, 정신 상그럽게, 엉? 어른
이 누워 있는데 아무렇지도 않게 머리 위를 획획 넘어다니고 말
이야, 엉? 년이고 놈이고 아무렇게나 포개져서 자빠진 저 저 꼬
라지 봐라. 아이고, 이 노무 세상.

사내케이가 떠들었다. 술을 마시고 왔는지 바닥에 축 늘어져
서 아까부터 개불 같은 얼굴로 욕을 섞어 지껄였다. 여름이라 찜
질방 손님은 얼마 없었으나 꼬마 아이들을 데려온 몇몇 여자들
이 사내를 계속 흘겨봤다. 그럴수록 그는 더욱 큰 소리를 냈다.
그러곤 케이를 보고 동의를 구하듯 피식, 웃었다. 케이는 사내케
이와 한패로 보이기 싫어 벌떡 일어섰다. 매점으로 건너가 구운
계란 2개를 샀다. 선 채로 계란을 삼켰다. 저녁으로는 차지 않는
양이지만 케이에게 남은 돈이 얼마 없었다.

찜질방 홀에 있는 텔레비전 화면에 자식이 왜 죽었는지 알려
달라고, 무기한 단식을 선언한 사내가 나왔다. "광장을 보장하
라! 광장에 프란치스코 교황을 환영하는 꽃을 심은들, 그 꽃이
과연 화해의 꽃이겠는가? 낮은 데로 임하라는 교황의 메시지를
실천하라"는 외침과 변호사들이 동조단식 동참을 선언했다는 자
막이 나왔다. 다음 영상에는 고층빌딩의 첨탑에 누가 올라서서
생존권이라고 적힌 깃발을 흔들었다. 단식을 하는 사람이나 깃
발을 든 첨탑의 사람은 둘 다 위태로워 보였다. 케이는 오를 떠

올렸다. 오는 요양병원에 두 달째 입원 중이다. 젊은 나이에 몸을 혹사시킨 오는 예순도 못되어 치매를 앓기 시작했다. 심각한 상태는 아니었지만 가끔 저지르는 실수가 치명적일 수도 있어 혼자 둘 수가 없었다. 오는 그곳이 갑갑해서 견딜 수가 없다고 했다. 아들을 불러주지 않으면 밥을 먹지 않겠다며 식판을 엎었다는 일을 전해 들은 것이 일주일 전이었다. 지난 주말에 방문하겠노라, 약속했지만 결국 가지 못했다.

배가 쳐 불렀네. 나라 경제 꼴이 이렇게나 말이 아닌데, 저래서야 나라 망하라는 거지. 거, 거, 싹 다 쓸어서 감옥살이시켜야지. 텔레비전을 보던 사내케이가 떠들기 시작했다.

아이고, 쫌!

매점 여자가 버럭, 소리 질렀다. 아저씨, 시끄러워 죽겠어. 하루 이틀도 아니고 허구한 날 떠드니 미치겠어, 내가. 아저씨 그렇게 떠드는 건 내 장사 망하라는 거야, 뭐야? 어머, 어머, 뭐야? 그 이불은 또 왜 그렇게 많이 가져다 깔았어요? 여기 적어놨잖아요. 일 인당 두 장, 두우 장! 사내케이가 잠시 조용해졌으므로 그가 어떤 욕설을 늘어놓을지 몰라 케이는 조금 긴장했다. 사내케이가 잠시 후 입을 열었다. 에헤이, 아줌마. 바닥이 딱딱해서 그랬지, 엉? 사람도 얼마 없구만, 엉? 내가 오늘 처음으로 다섯 장써 본거야. 지금까지 한 번도, 단 한 번도! 여러 개를 갖다 써본

적이 없는 사람이야, 내가. 오늘 처음 그래 봤어. 으흐흐흐…. 그래, 나도 거, 식혜 하나 줘 봐요. 사내케이는 매점 여자의 신경질이 은근히 반가운 눈치였다. 하지만 매점 여자는 식혜 통을 꺼내며 작게 중얼거렸다. 아이고, 새벽에 또 오줌 싸겠네….

소년케이의 말에 따르면 사내케이는 찜질방 사장의 오랜 친구로 기러기 신세라고 했다. 번 돈은 모두 필리핀에 보내고 친구도 없이 혼자 술에 취해 찜질방을 찾는, 매상을 꽤 올려주는 단골손님이지만 직원들의 블랙리스트에는 오줌싸개로 악명이 높다.

또록또록, 문자 오는 소리에 케이는 휴대전화를 꺼냈다. 학원 마치면 맥도날드 햄버거 사 갈게요. 소년케이다. 햄버거라니, 다행이다. 케이는 소년케이가 올 때까지 두 시간이 남는다는 것을 계산하고 수면실로 향했다. 부족한 잠을 더 자둬야 새벽 알바를 나갈 수 있다. 여름방학 동안 케이는 파트타임 아르바이트를 세 개씩 한다. 아르바이트 세 개 사이의 시간차는 매번 불규칙하고 애매해서 케이는 잠을 쪼개서 잔다. 삼십 분이거나, 세 시간이거나, 머리를 붙이면 언제든 눈을 감는다. 요즘 케이는 잠을 자기 위해 시간을 쪼갠 건지, 시간을 쪼개기 위해 잠을 자는 건지, 학교를 다니기 위해 아르바이트를 하는 건지, 아르바이트를 하기 위해 학교에 다니는 건지, 자주 헷갈렸다.

남탕의 수면실에는 실오라기 하나 걸치지 않은 뚱뚱한 사내 둘이 텔레비전을 향해 옆으로 누워있었는데 정수리를 마주한 채였다. 한쪽 손으로 머리를 받친 그들의 뒷모습은 똑같아서 수면실을 반으로 접었다가 펼친 데칼코마니를 보는 것 같았다. 예능 프로그램에서 한 코미디언이 말도 안 되는 농담을 지껄일 때마다 뚱뚱한 사내들의 살이 출렁거렸다. 케이는 이불을 가져와 배만 덮은 채 잠을 청했다. 하지만 잠이 오지 않았다. 뚱뚱한 사내들이 큰 웃음을 터트릴 때마다 살이 출렁거렸는데 케이는 그 요란함이 부담스러웠다. 그들의 출렁거림이 너무 흡사해서 혹시 그들은 형제이거나 쌍둥이가 아닐까, 그렇다면 그들은 생식기도 비슷하게 생긴 것일까, 궁금해졌다. 생식기가 비슷하다면 거웃의 숱이나 굵기도 마찬가지일까. 저들은 함께 크면서 서로의 고추를 비교했을까. 음경의 크기는 바라보는 시점의 투시 각도와 원근법 때문에 항상 옆 사람 것이 자기 것보다 더 크게 보인다고 했다. 케이는 그들의 앞모습이 너무나 궁금하여 몸을 일으켰다.

케이는 텔레비전 앞으로 걸어가 뚱뚱보들의 앞에 아무렇게나 놓인 목침을 하나 주웠다. 사내 둘은 텔레비전 화면을 가린 케이가 불쾌하다는 표정으로 노려봤다. 그들은 머리끝부터 발끝까지 어디도 닮지 않았다. 형제도 부자도 친구도 아닌 것처럼 보였다. 만약 아버지가 살아있었다면 그의 음경은 어떻게 생긴 것이었을까. 케이는 어린 시절부터 지금까지도 가끔 아버지의 것을 상상했다. 자신의 것과 같을 거라고 한다면 좀 시시했다. 케이는 목침을 한쪽 구석에 던져버리고 수면실을 나왔다. 뚱뚱보들이 똑같이 고개를 뒤로 젖혀 케이를 노려봤다. 사실 그들은 이란성 쌍둥이였지만 케이는 그 사실을 알아차리지 못했다.

  매머드를 만났어.

  케이가 말했다. 케이의 말에 소년케이가 물었다.

  매머드라면, 털 난 코끼리, 원시시대의, 멸종한, 그거요? 케이는 대답은 않고 고개를 갸웃했다. 나는 이제 땅에 발붙이고 사는데. 그런데 오늘 다시 만났어. 커다란 매머드를. 이곳 온탕에는 구멍도 없는데.

  어젯밤 목욕탕에서 케이는 매머드를 만났다. 때가 둥둥 떠 있는 더러운 탕에서. 샤워기 앞에서 머리를 감다가 촤륵, 물이 넘치는 소리에 뒤돌아봤는데 온몸이 털로 뒤덮인 거대한 매머드가 탕 속에 서 있었다.

  소년케이는 종이봉투를 열어 음식을 꺼내다가 행동을 멈추고 케이의 말이 무슨 말인지 이해해보려고 했다. 형, 꿈꿨어요? 케이는 소년을 빤히 바라보다 말했다. 꿈이라면 항상 꾸지. 근데 매머드는 아니야. 도대체 무슨 소리야. 소년케이는 햄버거를 한

입 베어 물고는 맥도날드 상표가 새겨진 종이컵의 빨대를 물었다. 그리고 캬아—, 소리를 내질렀다.

케이는 햄버거를 우물거리다가 종이컵의 빨대에 입을 가져갔다. 그리고 켈룩, 켈룩, 야, 너, 이거. 하고 물었다. 소년케이가 씩 웃으며 말했다. 그거 나랑 나눠 마셔요.

햄버거 세트 두 개를 포장한 소년케이는 화장실에서 콜라 컵을 비우고 소주를 가득 채워왔다.

고등학생인 소년케이는 대학생인 케이에게서 수학을 배운다. 이곳, 낙원찜질방 사장의 아들인 소년케이의 수학 성적은 좋은 편인데 그것은 소년케이의 어머니가 케이를 전적으로 신뢰하게 만들었다. 다행히 케이는 방학 때와 수중에 든 돈이 떨어질 때면 고시원에서 나와 이 찜질방에서 숙식을 해결했다. 케이는 문학을 전공하지만 과외선생으로서는 수학을 가르친다. 문학을 전공하지만 토익을 공부하고 문학을 전공하지만 자원봉사 실적은 인지도와 경쟁률이 높은 국제영화제에서 얻고 싶어 지원했다. 이대로라면 취업도 문학을 전공한 것과 관계없는 일을 하게 될 확률이 높았다. 물론 취업이 된다는 가정하에 말이다.

케이와 소년케이는 감자튀김을 안주 삼아 소주를 나눠 마시며 찜질방 홀의 텔레비전을 봤다. 평일 여름밤이라 손님은 없었다. 사내케이는 땀을 빼러 간 건지 목욕탕에 간 건지 보이지 않았다. 텔레비전에서는 얼마 전 침몰한 배 사건과 관련된 내용이 나오고 있었다. 배 안에, 물속에 갇힌 채 유리창을 치며 절규하는 사람들이 나왔다. 아, 못 보겠어. 가슴 아파서. 매점 아줌마가 채널을 돌려버렸다.

바뀐 채널에는 북극곰이 나오고 있었다. 녹아서 점점 작아지는 얼음 조각에 올라탄 북극곰이 결국 익사하는 장면이 나왔다. 육지에서 바다로 나가지 못하는 북극곰은 풀을 뜯어 먹다 결국 자신의 새끼를 잡아먹는 장면이 나왔다. 저건, 볼 수 있는 내용일까.

매머드라는 이름은 흙의 동물이라는 뜻에서 비롯되었대. 케이가 말했다.

유라시아 지방, 그러니까 유럽과 아시아에 살던 야쿠트족이나 퉁구스족은 설빙 속에서 시체상태의 매머드를 발견하곤 했거든. 어쩌다 보는 매머드가 항상 죽어있으니 아, 얘는 흙 속에서 살다가 밖으로 나오면 죽는 동물이구나, 그러면 얘는 흙의 동물, 그렇게 부른 거지. 그렇다면 북극곰도 이름을 바꿔야 하는 거 아닐까. 물의 동물. 아, 얘는 물속에서 살다가 밖으로 나오면 죽는 동물이구나, 하고.

뭐야, 그게. 그럼 사람은요? 사람은 집의 동물인가? 육지의 동물? 땅의 동물? 케이가 말해주었다. 아니, 사람은 관계의 동물.

사람 속에서 살다 밖으로 나오면 죽는 동물. 한 번 나오면 그 속에 다시 들어가기 위해 죽어야 하는 동물. 소년케이가 붉어진 얼굴로 말했다. 형, 취했어요?

케이는 아니, 취하지 않았어. 조용조용 말했다. 죽었으니 흙속에 있었고 죽었으니 물속에 있었고 죽었으니 사람 속에 있는 거잖아. 문제는, 죽은 뒤에 발견되었다는 것 아니겠니. 왜, 죽어야 보이는 거냐. 케이는 이런 속엣 말은 하지 않았다. 그나저나 매머드는 왜 그렇게 잘 아는 거예요? 아까 매머드를 봤다더니 걔가 그래요? 자기가 흙의 동물이라고? 큭큭. 케이는 한 아이가 거대한 매머드를 만나 한순간 어른이 되어버리는, 아주 오래된 이야기를 해주었다.

아이에게는 비밀이 있었다. 발이 땅에 닿지 않을 때가 있다는 것. 아무도 알아채지 못하지만 아이가 길을 걷다 우뚝 멈춰서서 주변을 천천히 둘러보거나 가방이나 주머니를 뒤져 뭔가를 찾는 모습을 보일 때 아이의 발은 바닥에서 1~2센티미터쯤 떠 있었다. 어른들이 봤을 때 아이가 의젓하고 얌전해서 몸도 마음도 많이 컸구나, 하고 느낄 때는 십중팔구 허공에 떴을 때다. 아이는 그때마다 엄마에게 다리에 쥐가 났다고 했다. 엄마는 아이가 학교 가는 길에 멈춰서 움직이지 않아 자식이 거짓말쟁이에 고집쟁이라고 생각했는데 통닭을 사러 가는 길에도 움직이지 않자 심각성을 느끼고 병원에 데려갔다. 병원에서는 건강에 아무 이상이 없다고 했다.

아이는 물을 좋아했다. 겁도 없이 물에 들어가 첨벙거렸다. 아이가 일곱 살이 되던 해 놀러 간 계곡에서 아이의 아버지는 익사했다. 아이에게 아버지에 관한 기억이란 이상하게도 그날의 기억이 전부다. 이틀 전에 내린 비가 만들어낸 급류 지역에서 한참 떠내려간 곳에서 아버지는 발견되었다. 물에서 건져낸 아버지의 얼굴. 바위에 부딪히며 떠내려갔으므로 몸이 많이 상했을 텐데 얼굴은 상처 없이 하얗고 속눈썹에는 물방울이 맺혀 있었다. 이상하게도 아버지, 하면 그 얼굴밖에 떠오르는 것이 없다. 그보다 훨씬 오래전 누군가 자신을 안고서 창문 바깥을 보여준 기억이 있는데 그 사람이 아버지인가, 하고 생각해보면 그 사람의 얼굴은 눈을 감은 창백한 얼굴이다. 계곡의 급류에 휩쓸려 떠내려가다 누군가의 손이 자신의 팔을 잡아당겨 살아났는데 그 손의 주인이 아버지인가, 생각하면 그 사람 역시 눈을 감은 모습인 것이다.

아버지의 장례식을 치르면서 아이는 곡소리를 하고 향냄새가 가득한 장례식장에 온종일 서 있었다. 상주 옷에서 나는 독한 냄새에 얼이 빠져 있다가 아이는 문득 자신의 발이 바닥에서 붕 떠올랐다고 느꼈다. 몸은 가벼웠지만 다리가 저려왔다. 주변 사람 누구도 아이의 몸이 공중에 떠 있다는 사실을 알아차리지 못했다. 물론 그때의 아이에게 사람들이 관심을 가져주기는 했다. 다가와서 안아주거나 격려해주었지만 아무도 아이의 고충을 알진 못했다. 다른 사람들도 허공에 떠 있는 걸까. 아이는 유심히 살폈지만 텅 빈 공중에 서 있는 사람은 오직 아이뿐이었다.

그 후로도 가끔, 아이는 허공에 서 있었다. 짧게는 몇 분, 길게는 삼십 분까지도 떠 있었는데 그 마법이 풀리기 전까지 아이는 다른 곳으로 걷질 못해서 이동하지 못했다.

장례식을 마치고 집으로 돌아온 후부터 아이는 다시 볼 수 없는 것들, 확인할 수 없는 것들에 관심을 가지기 시작했다. 예를 들면 매머드나 공룡 같은 것. 또는 아버지처럼 알 수 없는 '것'. 아버지라면 사진을 자주 들여다봐서 얼굴은 익숙하다. 하지만 아이에게는 사진 속 얼굴이 자신의 아버지 얼굴을 뜻하는 것은 아니었다. 그 얼굴은 일종의 보통명사 같은 것이었다. 교과서에 나오는 '철수의 아버지' 같은, 아버지 그 자체. 하늘나라에 계신 우리, 아니 케이의, 아버지.

소년케이가 소주 두 모금을 마시고 취했다. 처음에는 횡설수설했다. 그러다 중학교 다닐 적 자신을 괴롭혔던 동급생을 비난하고 욕하다가 눈물을 보였다. 소년케이는 심각한 교내폭력을 당하다가 자해를 시도했고 정신과 치료를 오래도록 받았다. 가끔 우울이나 불면 등의 증상이 나오곤 하지만 대체로 꽤 좋은 컨디션을 유지하고 있었다. 케이는 어머니의 소개로 소년케이를 만나 과외를 시작했는데 케이 입장에서는 크게 이상할 것이 없는 평범한 고등학생이었다.

소년케이는 이년 전 자신을 괴롭힌 아이가 오토바이 사고로 죽었다는 것을 알게 되었다. 그 후로 마음을 잡지 못하고 방황하고 있는 중이었다. 죽었다는 말을 듣고 나서 마음이 편해질 줄 알았는데 소년케이의 불안이 시작되었다. 소년케이는 길을 걷다 그 동급생을 만날까 봐 무서워했다. 병원에서 약을 받아먹고 많이 좋아졌지만 요즘엔 동급생이 다시 생각나는지 가끔 먹어본 적도 없는 술을 사 들고 오는 등 케이에게 들러붙어 찜질방에 죽치고 있다 가곤 했다.

일어나. 꾸벅꾸벅, 조는 소년케이를 케이가 툭툭 쳤다. 집에 가서 자든지. 아님 씻고 와. 이불 펴둘게. 소년케이가 케이에게 말했다. 형, 여기 추워요. 여름 맞아요? 원래 목욕탕은 불 안 때면 무쟈게 추워. 여름이라도. 소년케이가 말했다. 아니거등여. 울 집 목욕탕 아니거등여. 찜질방이거등여—. 케이가 말했다. 목욕탕이나 찜질방이나.

목욕탕이라면 케이도 일가견이 있다. 케이가 아이였을 때, 허공에 발을 둔 채 머뭇거리고 있을 때 케이의 어머니, 오는 세신사라는 직업을 선택했다. 초등학교 3학년 때까지, 케이는 낙원탕의 여탕에서 살았다. 여탕 탈의실에는 좁은 계단이 놓여 있었다. 그 계단을 따라 지하로 내려가면 부엌이 딸린 작은 방이 나왔는데 거기서 나가시-세신사였던 오와 둘이 지냈다. 목욕탕 주인은 오에게 세를 내주고 여탕 청소와 소소한 관리까지 맡겼다.

오와 케이의 살림은 지하방에 차렸지만 습기 많은 목욕탕이라 곰팡이가 자주 생겼다. 둘은 밤마다 여탕 탈의실 널찍한 공간으로 이불을 옮기고 잠을 잤다. 그 시절 목욕탕의 보일러는 나무를 태워 돌렸는데 보일러를 꺼도 방바닥은 오랜 시간 따뜻했다. 불을 끄고 오와 나란히 누우면 목욕탕 천장에 맺혀있던 물방울이 뚝, 뚝, 떨어지는 소리가 바깥까지 들렸다. 바닥으로 떨어진 것들은 찹, 하고 얇은 소리를 냈지만 샤워기, 플라스틱 바가지, 대야, 장판을 입힌 작업대, 물이 흘러가는 길에 덮어놓은 철판에 물이 떨어지면 투둑, 하는 소리가 왕왕 울려 꼭 비 오는 것 같았다.

밤마다 비 오는 소리를 들으며 아홉시, 열 시에 잠이 들면 새벽 두세 시쯤에는 추워서 깨곤 했는데 오는 그제야 전기장판의 스위치를 켰다. 다 식어버린 방바닥에 누워 있으면 높은 천장을 가진 욕탕에서 수상한 소리가 나곤 했다. 어린 케이는 춥고 무서워서 오 품을 파고들곤 했는데 어느 날은 무서움보다 호기심이 강하게 일었다. 깜깜한 곳을 더듬어 욕탕 유리문 앞에 섰다. 안팎이 깜깜해 아무것도 보이지 않았다. 눈을 바짝 대고 보다가 깜짝 놀랐다. 거대한 무언가가 온탕에 웅크리고 있었기 때문이다. 케이는 얼른 이부자리로 돌아와 누웠다. 가슴이 두근거렸다. 오가 말했었다. 우리가 자는 새벽이면 큰 짐승들이 찾아와 목욕을 하고 간다고. 그래서 탕이 저렇게 크고 넓은 것이라고. 온탕에는 탕의 물을 순환식으로 돌려 낮은 폭포수처럼 쏟아지게 만든 큰 구멍이 있었는데 고장이 난 건지 돈이 아까웠는지 쓰지 않고 있었다. 오는 그 구멍에서 동물이 나온다고 했다. 잠이 오지 않는 밤이면 오는 이런 이야기를 하며 얼른 잠들어야 한다고 했다. 한밤중에 탕에 들어가 장난이라도 치다가 다칠까 봐 들어가지 말라는 뜻으로 무서운 이야기를 하는 줄 알았는데 그게 아니었다. 진짜 동물들이 찾아오는 것이다. 아, 그래서, 낙원탕이구나, 케이는 그렇게 이해했다.

2학년까지의 케이는 탈의실에서 고스톱을 치는 이모들의 담배 심부름을 하고 구석에서 텔레비전을 보는 것이 아무렇지도 않았다. 하지만 학년이 올라갈수록 여탕에서 살기가 곤란했다. 같은 반 여자애가 목욕을 하러 오면 그날 케이는 지하방에 박혀있었다.

케이는 학교를 마치면 학원에 들렀고 그 후에는 아이들과 놀이터에서 놀다가 아주 늦은 저녁이 되어서야 목욕탕에 돌아갔다. 손님이 많은 일요일에는 남탕에서 시간을 보냈는데 아저씨들은 재미없는 텔레비전 프로그램만 봐서 지루했고 세신사와 이발사는 자꾸 심부름을 시켜서 귀찮았다.

오는 왜소한 케이와 다르게 크고 우람한 체격을 가졌다. 물이 잘 빠지는 검은 망사로 된 브라와 팬티를 입고, 젊지만 아름답지 않은 오는 큰 몸을 움직여 하루 종일 일을 했다. 새벽 네 시에 일어나 욕탕에 물을 채우고, 밤새 마른 수건을 개켜 두고, 아침을 짓고, 도시락을 싸고, 케이를 학교에 보내고, 마사지를 위해 계란과 오이를 사와서 손질하고, 우유와 음료 등의 주문량을 체크하고, 손님이 오면 때를 밀고, 마사지를 하고, 술집에서 일하는 단골 이모들의 신세 한탄을 들어주고, 작업이 쉽도록 손님이 없는 틈틈이 때수건을 두 개씩 연결해 꿰매놓고, 다 쓴 수건을 세탁기에 돌리고, 널고, 생리대를 아무 데나 버리는 버릇없는 년을 욕하며 화장실의 막힌 변기를 뚫고, 손님의 대중없는 호출에 한 끼를 몇 차례에 나누어 먹고-그 때문에 다 식어버린 밥을 먹기 일쑤고, 영업시간이 끝나면 목욕탕 구석구석을 청소하고, 씻고, 늦은 저녁을 지어 케이에게 먹이고, 세탁기를 한 번 더 돌리고…. 이 밖에도 많은 일을 해냈다.

케이에게 오는 주술사였다. 그녀의 작업대에 누운 사람들은 죽으면서 동시에 살아났다. 오는 타고난 체력과 힘으로 손님 피부의 때를 벗겨내고 통통한 손으로 조물조물 안마를 했다. 누운 여자들은 모두 자기도 모르게 탄성과 신음 소리를 흘렸다. 손님들은 아이고, 아이고, 아이고, 곡소리를 하다가도 몸을 향해 세차게 촥, 내리붓는 마무리 물세례를 받고 나면 다시 태어난 사람처럼 벌떡 일어섰다. 비싼 재료를 들인 마사지도, 피부가 꼬들꼬들해지는 세신도, 오의 안마 서비스만 못했다. 나중에는 안마 서비스를 받기 위해 마사지나 세신을 받는 형국이 되었다.

여탕에 살면서 케이가 좋아했던 일은 평일 오후, 손님이 별로 없을 시간에 얼린 빠빠오를 손에 쥐고 온탕에 떠다니는 때를 세보는 일이었다. 천장 가까이 죽 둘러선 창에는 스테인드글라스를 씌웠는데 오후의 햇살이 들이치면 목욕탕 곳곳에는 조각조각 분할된 무지개색이 떠다녔다.

미지근하게 식은 온탕으로 똑, 똑, 천장에 맺힌 물방울이 떨어지면, 케이는 단물이 다 빠진 빠빠오를 핥으며 온탕의 커다란 구멍을 통해 다시 볼 수 없는 것들이 드나드는 상상을 했다.

그런 날의 목욕탕에 있는 사람들은 모두 여유로웠다. 오는 늘어진 젖가슴을 가진 할머니에게 빨대 꽂은 요구르트를 대접하고, 단골 이모들은 오에게 팁을 더 얹어주고, 목욕탕 주인아줌마는 냉장고에 남은 재료를 넣고 아무렇게나 쓱쓱 비빈 밥을 가지고 와서 단골 이모들과 케이의 가족에게 나누어주었다. 남탕에서는 결코 누릴 수 없는 여유와 포만감이었다.

케이는 마지막으로 허공에 발이 떴던 날을 기억한다. 한겨울이었다. 그때쯤엔 왜소한 케이도 많이 자라서 여탕에는 거의 들어가지 않게 되었다. 밤사이 한파가 몰아칠 거라는 예보가 있던 평일의 어느 저녁 시간. 오는 케이에게 목욕탕 손님이 얼마 없으니 청소하기 전에 탕에 들어가 몸을 미리 덥혀놓으라 일렀다. 탕에는 할머니 두엇만이 남아 있었다. 케이는 가볍게 샤워를 하고 온탕에 들어갔다. 꽤 식어버렸지만 케이의 몸에는 딱 알맞은 온도였다.

야, 넌 사내새끼가 다 커서 여탕에나 있고, 뭐냐? 그 고추는 장식이냐? 그거 떼서 나 줘라. 아줌마가 떼 가서 김치찌개에 넣어 먹어야겠다. 금은방 여사장이었다. 꽤 큰돈을 번다는 그녀는 오의 단골손님이었다. 여사장은 대놓고 케이가 가진 고추에 대해 농담을 던졌다. 온탕에 함께 있던 할머니 둘이 그 말을 듣고 크게 웃으며 한마디씩 거들었다. 작아서 먹을 것도 없다는 둥, 그래도 혹시 아냐, 작은 게 맵다는데 라는 둥, 지금 같았으면 성희롱으로 신고했을 법한 말들을 늘어놓았다. 오는 케이의 눈치를 살피며 그저 웃기만 했다. 케이는 얼굴이 벌게졌지만 온탕에서 나오지 않았다. 하필, 몸이 바닥에서 떠올랐기 때문이다. 엉덩이와 발바닥이 물속에 살짝 떠서 케이의 몸은 난파선처럼 약한 물살에도 쉽게 출렁였다. 케이는 내가 원해서 가지게 된 고추가 아닌데, 내가 고추를 가졌기 때문에 군대에 가서 나라를 지키지 않느냐. 혼자 중얼거릴 뿐 항변할 수 없었다. 몸이 흔들리니 멀미가 났다. 화장실도 가고 싶어졌다.

여사장은 샤워를 마치고 미지근한 온탕에 들어와 아이, 차가워라, 소리를 지르고는 뜨거운 물을 틀었다. 할머니들이 나가고 몸이 조금씩 뜨거워졌지만 케이는 나갈 수 없었다. 그저 눈을 감고 견딜 수밖에 없었다. 손으로 자신의 고추를 가리고 배수구 아래 살고 있을 공룡과 매머드를 떠올렸다. 소행성과 지구가 충돌해서 생긴 기후변화로 인해 공룡이 멸종했다는 학설이 지배적이다. 짧고 굵은 목을 하고 몸집에 비해 머리통은 큰 티라노사우루스. 여사장은 티라노사우루스를 닮았다. 앞으로 티라노사우루스는 절대 공상에 넣지 않을 거라 다짐했다.

얼마간의 시간이 지나자 여사장은 뜨거운 물을 잠그고 양팔을 물에 담근 채 온몸을 흔들어대며 물을 섞었다. 아래의 찬물과 위의 뜨거운 물이 섞이면서 탕 속의 모든 불순물도 섞었다.

그때 케이는 여사장에게 작은 고추의 매운맛을 보여주고 싶었다. 조용한 복수가 무엇인지 알려주고 싶었다.

케이는, 물속에 얌전히 앉아, 길고 긴, 오줌을 눴다.

여사장은 턱까지 물이 오도록 몸을 담그고 다리를 천천히 흔들었다. 그리고 벌게진 얼굴을 탕 속의 물로 세수했다. 케이의 얼굴 또한 붉어지고 있었다. 어지러웠지만 나갈 수가 없었다.

잠시 후, 오줌으로 더러워진 여사장을 작업대에 눕히고 오는 여사장의 몸을 구석구석 매만지기 시작했다. 오는 죄가 없는데. 케이는 참담한 심정으로 오가 여사장의 몸 속속들이 때를 밀고 마사지하는 모든 과정을 지켜보았다. 때를 밀고 우유를 몸에 바르고 오이 팩을 얼굴에 얹고 여사장의 머리를 감기고 머리끝부터 발끝까지 주무르는 그 과정들을.

마사지의 절정에 이르자 오는 엎드린 여사장의 등을 타고 올라섰다. 오가 목욕탕 천장에 손을 받치고 힘을 조절하며 천천히 여사장을 밟았다. 여사장은 에구, 에구, 죽어가며 다시 살아났다. 오의 몸에서 땀이 흐를 때마다 케이는 안절부절못했다. 꼭 목욕탕을 머리에 이고, 아니 지구를 머리 위에 이고 세상을 굴려가는 형벌을 받은 죄인의 모습이었다. 우주를 떠받들고 지구를 살려내는 여신이라기엔 오의 모습이 몹시 지쳐 보였다.

모든 과정이 끝나고 오는 오염된 탕의 물을 끼얹으며 땀을 씻어냈다. 온몸이 익을 대로 익어버린 케이는 꼬르륵, 물속으로 실신했다. 케이에게는 오의 자궁 속 양수도 결코 편하지 않았을 것이다.

그날 새벽, 응급실에 다녀온 케이는 내도록 자다가 추위에 깼다. 바닥은 전기요 덕분에 따뜻했지만 케이는 오싹한 한기를 느꼈다. 케이의 옆에는 오가 입을 벌린 채 자고 있었다. 욕탕에는 서리라도 내린 듯 유난히 냉기가 가득했다. 케이는 일어나서 유리문에 다가갔다.

욕탕의 한가운데 놓인 거대한 온탕. 텅 비어있는 그곳에 매머드 한 마리가 앉아 있었다. 케이는 그것이 무얼 하는지 궁금했지만 가만히 앉아있는 실루엣만 보일 뿐 무엇을 하는지 전혀 알 수 없었다. 한참 후에 매머드가 뒤를 돌아보았다.

빙하기와 해빙기를 지나, 멀고 먼 시간과 공간을 지나, 매머드가 케이와 눈을 마주친다. 문득 케이는 더 이상 아버지의 얼굴을, 아버지와의 추억을 떠올리려 애쓰지 않아도 된다는 생각이 들었다. 케이는 오 곁으로 돌아와 자리에 누웠다. 그날 케이의 꿈에 물소리가 들렸다. 온탕에 뜨거운 물이 콸콸 쏟아지는 소리. 아마 목욕탕 개시를 위해 오가 온수 밸브를 열어두었을 것이다. 얼었던 몸이 조금씩 녹았다. 이곳이 따뜻해져서 매머드는 추운 곳으로 다시 돌아갔겠구나. 습하지만 따뜻한 물 냄새가 났다. 케이는 깊고 깊은 잠에 들었다. 그리고 동시에잠에서 깼다.

봄이 되어 케이는 목욕탕을 떠나 이사를 했고 그 후로 단 한 번도 허공에 뜨지 않았다.

화장실에 다녀온 케이는 소년케이가 보이지 않아 찾으러 다녀야 했다. 깨워도 일어나지 않아서 이불을 두 장 겹쳐 덮어주었는데 벌레가 허물을 벗은 것처럼 이불만 둥글게 말려 놓여있었다.

이불 옆으로는 수면실에서 만난 이란성 쌍둥이가 똑같은 찜질방 옷을 입은 채 바닥에 누워있었다. 그들은 이번에는 마주 보고 누워있었는데 수면실에서와 똑같이 옆으로 누워 한쪽 손으로 머리를 받친 채 스마트폰을 보고 있었다. 그들은 '좋아요'를 '터치'하며 키들거렸다. 케이는 그들에게 다가가 소년케이를 보지 못했느냐 물었다. 그들은 대답도 않고 귀찮다는 듯 고개만 살짝 내저었다.

소년케이가 추웠다고 말한 게 기억나서 천기토 찜질방 문에 동그랗게 난 유리창을 들여다보았다. 역시 소년케이는 그곳에 있었다. 오랜 세월 동안 화산작용과 풍화작용을 받은 광석에서 생기는 알칼리 미네랄 흙이라는 천기토 구슬에 푹 파묻힌 채였다.

저곳에서 잠들면 위험하다는 생각에 깨우기 위해 찜질방 문을 열었다. 뜨거운 열기가 훅, 끼쳤다.

찜질방 문의 맞은편에는 커다란 원적외선 온열판이 붉은빛을 내뿜고 있었다. 온통 붉은 그곳에 무덤 같은 두 개의 봉분이 나란히 있었는데 하나는 소년케이이고 하나는 사내케이였다. 둘 다 찜질방 마룻바닥의 냉기를 벗어나러 들어온 것 같았다.

둘의 머리맡에는 천기토의 효능이 적힌 판넬이 비석처럼 붙어 있었다. 피식 웃던 케이는 자신도 천기토 풀장에 들어가려고 한 발 들었다. 순간, 케이의 몸이 허공에 떠올랐다.

텅 빈 공중에 선 그 느낌이 너무 오랜만이라 케이는 처음에 피식 웃었다. 어릴 때처럼 고작 1, 2센티미터 떠오른 것이 전부였다. 하지만 케이는 허리 아래로 마비가 온 것처럼 움직일 수가 없었다. 케이는 심호흡을 하며 발이 땅에 닿기를 잠시 기다렸다. 하지만 온몸에서 땀이 펑펑 솟구치는데도 발이 땅에 닿을 조짐은 보이지 않았다. 한 시간쯤 흘렀을까. 케이의 몸이 조금씩 더 가벼워지는 것 같더니 다리와 땅의 거리가 더욱 멀어졌다. 십 센티미터는 뜬 것 같았다. 케이는 당황했다. 혹시, 술에 취해서 그런 것이 아닐까 싶어 정신을 차리려 애를 썼다. 정신은 멀쩡했다.

60도가 넘는 이곳에 오래 있으면 케이는 곧 졸도할지도 모른다. 이곳에서 잠들면 큰일 날 것이다. 그것은 소년케이와 사내케이 역시 마찬가지이다. 케이, 일어나, 케이. 케이는 소년케이와 사내케이를 향해 외쳤다. 일어나, 일어나, 어서. 둘 다 눈을 뜨지 않았다.

케이는 천기토 찜질방 문의 손잡이에 손을 뻗어보았다. 문은 잡히지 않았다. 동그란 유리창 밖으로 스마트폰을 내려다보며 키들거리는 쌍둥이 사내 둘이 보였다. 케이는 그들을 향해 손을 흔들었다. 그때마다 케이의 땀이 투둑, 투둑, 떨어졌다. 누구도 찜질방을 찾지 않았고 조용했다.

작은 유리문 안에서 케이가 온 힘을 다해 몸을 흔들며 땀을 흘리는 동안 바깥의 이란성 쌍둥이가 대화를 나눴다. 이거 봤어? 찜질방에서 술 먹고 죽었대. 찜질방 주인 겁나 불쌍하다. 그러네. 이거 진짜 골 때리는 새끼네. 둘은 메신저를 통해 주고받은 동영상과 사진과 기사를 SNS에 올렸다. 그리고 서로의 글에 좋아요를 눌렀다.

잠시 후 천기토 찜질방 벽 너머 배관을 통해 위층 목욕탕의 물이 세차게 쏟아지는 소리가 들렸다. 목욕탕 청소를 하는 시간이었다. 케이는 이것이 꿈이라면 좋겠다고 생각했다. 따뜻한 물소리가 들리는 꿈. 케이는 눈을 감았다. 이것이 편안해지는 꿈으로 바뀌면 금세 잠에서 깰 것이라 생각하며. 꿈에서 깨면 곧바로 아르바이트를 나가야 할 것이다. 내일 저녁엔 오를 만나러 가야겠다. 내가 매머드를 만난 이야기를 들려줘야겠어.

텅 빈 공중의 케이 몸은 계속해서 떠올랐다. 떠오르면 떠오를수록 케이의 존재감은 엷어졌다. 그것은 곧 보통명사 케이에서 고유명사 케이로 바뀌는 일이기도 할 것이다. 시간이 흐르면 누군가는 케이를 발견할 것이기 때문이다.

4.

반짝반짝, 빛나는

인간의 삶이 지속되는 한, 배변 활동은 멈출 수 없다.

변비가 와도, 치질이 생겨도, 화장실이 너무 더러워도, 화장실이 없어도, 똥은 눌 수밖에 없다. 화려함으로 충만한 인생이라도 말이다. 싫다면, 삶을 포기하든지. 그래서 나는 해가 중천에 뜬 여름날의 재래식 변소 앞에서 삶을 포기할 것인가 고민한다. 태양열에 잘 익힌 변소는 마녀의 솥처럼 은근한 냄새를 무럭무럭 피워낸다. 나는 변을 보기 전에 죽을까, 변을 보다 죽을까?

참으로, 그림 같은 화장실이다. 오른쪽 벽에 난 손바닥만 한 구멍 말고는 빛이 들어오는 자리가 없어 문을 닫으면 낮에도 어둡다. 타일이 깔리지 않은 시멘트 바닥은 여기저기 금이 가 있고 오줌 찌꺼기가 말라붙어 누런 얼룩이 어지럽다. 화장실에서 가장 '세련'된 물건인 도기 변기에도 오물이 튀어 있어 구토를 유발시킨다. 학교 화장실로 올라가기에는 차림새가 부끄럽다. 공동 수돗가에 가서 고무호스를 화장실까지 끌어다 놓고 물을 튼다. 조금 떨어진 곳에 사는 할머니가 월세를 걷는 날에만 청소를 해놓을 뿐 이 집에서는 아무도 화장실 청소를 하지 않는다. 이가 다 빠진 플라스틱 빗자루로 바닥을 대충 긁는다. 더러운 물이 대문 밖까지 흐른다. 변기 속으로 물이 떨어지자 구더기가 웅성거린다. 락스를 뿌릴까 생각하지만 금세 귀찮아진다. 화장실 문을 활짝 열어두고 한 번도 잠근 적 없을 녹슨 대문 앞에 쪼그리고 앉는다. 뜨거운 햇볕에 드러낸 어깨 위로 화장실에서 나온 파리들이 자꾸만 앉는다. 담배를 피워 문다. 담배 연기가 향하는 아랫길로 눈을 가늘게 뜬다. 집들이 빼곡히 들어찬 산허리가 징그럽다.

100에 20. 자취할 집을 알아보러 다니다 만난 주인 할머니는 방세를 말하고서 급히 말을 덧붙였다. 비싸다고 생각 마라! 이 집서 지-일로 큰 방이고 부엌도 있다이가. 보일라 돌아가니까 겨울에 씻을 수도 있지. 학교도 자빠지면 코 닿는다. 좋지, 뭘.

5분이면 도착했으니 학교가 가깝긴 했다. 얼굴도 모르는 남의 집 마당을 질러가야 하지만. 네 개의 쪽방이 한 줄로 늘어선 마당 구석에 공동 수돗가가 있었고 공동 수돗가까지 이어지는 벽은 군데군데 벗겨진 페인트가 들떠 울퉁불퉁했다. 대문 옆에 붙은 화장실은 지금껏 봐온 것 중에 가장 최악이었지만 다른 선택의 여지가 없었다. 학자금 대출로 진 빚만 1,900만 원이었다. 고향에 손을 벌리는 것은 애당초 불가능했고 더 이상 대출을 내면 직업을 가지기 전에 신용불량자가 될 것 같았다. 일단 살던 원룸 보증금 500만 원을 빼서 한 학기 등록금을 치렀다. 생활비가 빠듯했으므로 한 달에 30만 원씩 주는 고시원보다는 이 집이 나은 상황일 터였다. 원룸에서 제공되는 살림살이로 살아왔기에 구형 컴퓨터와 옷가지 말고는 짐이 얼마 없었다. 없는 물건이 많아 처음에는 불편했지만 살아보니 또, 살아졌다.

변소 아래쪽으로 연결되는 한 평 정도의 공터에 열린 상추와 고추가 푸르다. 주인집 할머니가 심은 것이다. 이 동네 사람들은 손바닥만 한 땅도 그냥 놀리지 않는다. 아주 좁은 자리라도 먹을 수 있는 식물을 심어놓는다. 몇 번인가 주인집 할머니가 키우는 밭에서 라면에 넣을 파를 가져다 먹은 적이 있었다. 재래식 화장실의 똥통을 한 번도 퍼내지 않았는데 똥 웅덩이의 높이가 항상 일정한 것을 보고 밭에서 채소 가져다 먹는 것을 중단했다. 화장실 바닥의 깨진 어느 틈에서 새어 나온 오물이 비료가 되어 밭으로 가는 것이란 생각이 들자 먹고 싶은 마음이 싹 사라졌기 때문이다. 나를 포함해 화장실을 사용하는 사람들을 떠올리면 그랬다.

휴대폰이 울린다. 졸업을 해서 직장에 다니는 같은 과 동기, 김이다. 한참 동안 액정만 들여다본다. 이제는 지인들이 전화를 해도 잘 받지 않는다. 그런데 이 녀석은 요즘 매일 한 번씩 전화를 해댄다. 무슨 일이 생겼나. 폴더를 열자 **야, 이 씹새야. 뭔 사업을 하는데 전화도 안 받노?** 김의 새된 목소리가 들린다. **야, 이 개새야. 그냥 바쁜갑다 생각하지 왜 이리 귀찮게 구노?** 김을 따라 소리 지른다. **이 씹새. 잘 사나?** 못살지만 **그래 개새야,** 라고 말해둔다. **씹새, 행님 결혼한다.** 갑작스런 소식에 나도 모르게 입을 벌린다. **뭐한다고?** 두 달 뒤에 결혼한다고. 김은 후배 여자애와 사귀고 있다. **아기 생겼나?** 속이 꼬여도 배배 꼬였나 보다. 축하는 못할망정 애 들어섰냐는 얘기부터 하다니. **씹새, 말하는 꼬라지 봐라. 할 때 됐으니까 하지. 청첩장 보내게 문자로 주소 넣어라. 와서 밥이나 한 끼 하고 가라.** 쿨하게 받아치는 김의 목소리에 속이 더 꼬인다. **안 갈란다. 왜? 백수라서 축의금 낼 돈 없다.** 괜히 꼬인 심보를 보인다. 사실 진심이다. 돈이 없다. **새끼, 니가 언제부터 그런 거 챙겼노. 왔다 얼굴이라도 보고 가라.** 김은 농담으로 여기고 넘긴다. 그런데 녀석의 말이 더욱 기분을 상하게 한다. 겨우 축하한다는 말을 하고 전화를 끊는다. 김은 자신의 아버지 지인 소개로 직장에 자리를 잡고 바로 결혼을 한다. 나는 여자 친구에게 차이고 이 년째 직장 없이 똥통 청소나 하고 있는 신세라는 생각이 들자 기분이 우울해진다. 주소는 보내지 않기로 한다. 오늘도 공부는 다 했네. 아, 종아리가 저려온다. 이제 그만 변소로 가야겠다.

　화장실에 들어가 바지를 깐다. 너무 어둡다. 문을 살짝 열어 놓는다. 문틈으로 다닥다닥 붙어있는 미닫이 새시 문 세 개가 보인다. 날품팔이 일을 하는 아저씨가 혼자 사는 방과 며칠에 한 번씩 들러 잠만 자고 간다는 여자가 사는 방에는 자물쇠가 걸려 있다. 나머지 한 개는 깨진 유리에 노란 테이프를 발라 났다. 깨진 유리방 옆, 화장실에서 보이지 않는 구석 집이 내가 사는 방이다. ……끄응. 며칠 전 새벽에 들여다본 깨진 유리방에는 가구가 하나도 없었다. 너무 시끄럽다고 항의를 하러 간 참이었다. 가구 하나 없는 방에 생뚱맞게 에어컨 한 대가 붙어 있었다. **누, 누구십니까?** 문 너머로 경계하는 목소리가 들렸다. **옆집에 사는 사람인데요.** 창호를 바른 미닫이문이 조금 열렸다. 내 얼굴을 확인하더니 주인 사내가 문을 조금 더 열었다. 둥글게 모여 앉은 네 명의 사내가 몸을 웅크린 채 나를 노려봤다. 화가 나서 욕부터 하려고 했는데 신경질적인 사내들의 표정에 멈칫, 망설였다. 러닝셔츠만 입은 누군가의 팔뚝에 조잡한 용이 그려져 있었다. 형광등 주변으로 연기가 자욱했고 미장이 잘못돼 울퉁불퉁한 벽에 바른 벽지는 원래의 꽃무늬가 무슨 색이었는지 모를 만큼 누렇게 시들어 있었다. 새벽 내내 네다섯 명이 쉴 새 없이 담배를 피워대는 통에 벽지까지 연기가 배어들어 그럴 것이다. 마른침을 삼키고 말했다. **아니, 밤마다 너무 시끄럽잖아요. 옆집 사람 잠도 못 자고 이게 뭡니까?** 그러자 사내가 **아이고, 죄송합니다—**, 말했다. 다아, 하고 끝을 올려 길게 빼는 말투가 살짝 기분 상하게 했지만 더 이상 해야 할 말이 떠오르지 않았다. **좀 조용히 해 주세요, 네?** 그리고 돌아서면서 **씨발, 애들도 아니고……**, 하고 중얼거린 다음 잽싸게 그 집을 빠져나왔다. 방으로 돌아와 생각해보니 그 방의 사내는…, 으……합! 비쩍 마른 그 사내는 편의점에 자주 오던 손님이었다. 자양강장제와 맥주, 마른안주, 커피, 담배, 트럼프카드를 자주 사가던, 벌건 눈을 한 그의 표정에는 비굴함이 가득했다. 아주 오랜 시간 동안 비굴함으로 몸을 단련시킨다면 그의 구부정한 자세와 입가의 주름과 처진 눈 끝에 달린 불안이 저절로 생길 것이다. 새해가 지나고 로얄카드 값이 4,000원이나 오른 게 내 탓인 것처럼 욕했던, *개색…끄으……핫!*

옆집의 그 새끼 때문에 지독한 변비가 왔다.

이곳으로 이사 오면서 과민성대장중후군이 생겼다. 편의점 알바를 할 때는 설사로 고생했다. 속에 들어가는 모든 것이 주르륵 힘없이 쏟아지던 밤. 편의점 문을 잠그고 화장실로 몇 번씩 달려가곤 했다. 유통기한이 몇 시간 지나서 폐기시켜야 할 음식들을 집어 먹고 나면 더욱 그랬다. 삼각김밥, 우유, 요구르트, 빵, 운 좋으면 스파게티나 캘리포니아 롤 따위의 프랜차이즈 음식까지 먹을 수 있었는데 식비에 보탬이 되기도 했다. 언제나 배가 고팠으므로 와구와구 음식물을 집어 먹으면 대장에 신호가 왔다. 쾌변을 위한, 혹은 위를 생각한 요구르트를 두 병 이상 마시는 날은 속이 다 빌 때까지 화장실을 들락거리는 대참사가 벌어지기도 했다. 평소보다 배로 먹었지만 몸무게는 자꾸 빠졌다. 피로가 누적되자 낮에 움직이는 것이 몹시 힘들어져 결국 한 달 전, 일을 그만두었다. 일을 그만두고 사흘 정도는 몸도 마음도 참 편했다. 하지만 일주일째부터 잠을 못 자기 시작했고 변비가 왔다. 밤에 자는 것에 익숙해 질 때쯤 밤마다 옆집에서 사람들이 내는 소리에 잠을 설쳤고 생활리듬이 다시 깨지기 시작했던 것이다.

잠을 설치고, 그것 때문에 늦잠을 자고, 밥때를 놓치고, 졸린 눈으로 책을 보고, 서류합격자 명단에 내 이름이 없음을 확인하고, 이력서를 서너 장씩 쓰고, 모기업 인턴선발 공고를 보면서 지원 자격이 없음에 분노를 느끼고—왜 국문과 출신은 '자격'이 없는가. 경영학과 수업을 듣지 않은 것을 뒤늦게 후회하다 또 밥때를 놓치고 삼각김밥으로 끼니를 대충 때우고 다시 책을 보면 떨어진 회사에 보내느라 허비한 증명서 수수료가 떠오르고,

다음 달 토익 접수비 삼만 구천 원을 어떻게 만들 것인지 고민이
되고. 졸업을 지연시키기 위해 다음 학기를 또 휴학하면 과연 답
이 나오긴 할지 복잡한 마음이 들고. 알바 삼아 공공기관 인턴
을 하려니 다른 회사 지원에 도움이 되거나 미래가 보장된 것도
아니라 시간 허비일 것 같고. 인간으로서도 자격이 없는 게 아닐
까 자괴감에 빠져 있다가 도서관 문 닫는 시간이 되면 집으로 돌
아와 잠을 청하지만 옆집의 소음 탓에 또 잠을 설치고……. 벌써
서른을 넘어선 나이인데 아직 백수라니, 흔해빠진 서사를 지녀
서 스스로가 생각해도 용서가 안 된다.

제대로 된 생산 활동을 못 하니 대장도 운동을 멈춰버렸나
보다.

다리가 저려온다. 슬쩍 아래를 내려다본다. 코가 마비되었는
지 이젠 냄새도 잘 나지 않는다. 저 아래, 내 속에서 나온 소량
의, 색이 다른 한 덩어리의 똥이 보인다. 오십 원짜리 불량식품
을 먹다가 뱉으면 꼭 저 모양일 것 같다. 가족이 아닌 타인과 공
동 화장실을 함께 쓰는 집에서 살고 싶지는 않았다. 재래식 화
장실은 더욱 싫었다. 어머니가 계신 시골의 고향 집에도 재래식
화장실을 쓴다. 유치하지만 내게는 재래식 화장실을 벗어나는
것이 성공의 첫 열쇠라고 생각했다. 그래서 입학을 하고 원룸에
자리를 잡았을 때 벌써부터 성공한 것처럼 기뻐했다. 이 집으로

이사 오고 반년 뒤면 이곳을 벗어날 줄 알았는데 벌써 일 년 반이 흘러버렸다.

락스로 청소한 마른 타일 바닥이 깔린, 비누 향인지 샴푸 향인지 달콤한 냄새가 폴폴 나는 화장실에서 용변 소리 따위 개의치 않고 느긋하게 일을 보고 싶다. 오목한 좌변기 속에 오직 내 체온만이 몽글몽글 풀어지는, 오직 내 변만이 호젓하게 잠기는, 그런 화장실이 갖고 싶다. 하지만 지금 나는 거대한 똥 웅덩이를 아래에 두고 코에 침을 발라가며 앉아 있다. 삶이 지속되는 한 똥은 눌 수밖에 없고, 꿈도 꿀 수밖에 없다.

세 번이나 로그인-로그아웃을 반복했다. 〈더커피더-서류전형 합격을 축하합니다!!〉로 시작되는 메일 때문이다. 더커피더에서 낸 채용공고문 기억이 나질 않고, 느낌표 두 개가 경박스럽긴 하지만 '합격'이라는 진행의 의미를 가진 단어는 일단 반갑다. 메일을 열어 찬찬히 읽어 내려간다. 안녕하십니까. 〈더커피더〉 채용담당자입니다. 2009 상반기 인턴 공채 서류전형에 합격하신 것을 진심으로 축하드립니다. 앞으로의 공채 진행일정을 아래와 같이 알려드립니다. 〈더커피더〉의 1차 면접은 단체면접과 조별면접으로 진행됩니다. 지역별 일정과 시간, 장소를 확인하시고 자율복장으로 면접에 임하시면 됩니다. 추가 문의사항은 채용담당자에게 문의하여 주십시오. 이제 시작이지만 여러분의 모든 역량으로 좋은 결과가 있길 바랍니다. 감사합니다.

부산의 면접까지는 앞으로 한 달여 남았다. 지금껏 지원한 회사에서 서류전형에 통과한 것은 다섯 손가락에 꼽을 정도이고 구 개월 만에 보는 면접이라 어깨에 힘이 들어간다. 우선 '취업 갈아 마시기' 카페에 접속한다. 더커피더를 검색하자 벌써부터 탐색을 위해 글을 올린 사람이 많다. 더커피더는 커피전문점 프랜차이즈였다. 직원관리, 매장관리, 고객관리 등 전반적인 사항을 감독하는 매니저를 뽑는다던 모집공고가 이제야 생각난다. 커피라……. 자판기 커피, 믹스 커피만 들이키는 내게 커피전문점이 가당키나 한 걸까. 거기다 박봉에 힘들다는 댓글이 계속 올라온다.

─더커피더 인턴 서류전형 통과했는데요. 제가 정보가 너무 없어서요. 더커피더 정보 있음 공유해요. 그리고 저 부산인데요. 면접 스터디 없나요?

ㄴ일 해보시면 알게 되지만 이것저것 혜택 생각하면 적은 금액 아니에요. 하지만 요식업계가 워낙 힘드니까요. 이쪽 업계에서 받는 돈에 비해 나쁘지 않단 거죠. ㅎㅎ

ㄴ지금 더커피더 인턴으로 근무하고 있습니다. 인턴 직원이 정직원 되기까지 박봉으로 2년은 있어야 할 겁니다. 그래서 고민

이에요. 시작한 지 일 년 안 됐지만, 왜 내 스펙으로 이러고 있어야 하나, 그런 생각도 들어요. 그래도 워낙 커피를 좋아하고 취업도 너무 안 되니까요. 여기라도 붙어 있다가 다른 곳 공고 뜨면 열심히 써 보고. 아님 정직원까지 고고!란 생각으로 일합니다.

└님하. 지금 약 올리시는 중? 작년에 여기 지원했다가 떨어진 사람입니다. 다시 도전할 생각입니다. 지방 4년제. 토익 750. 학점은 낮고 커피숍 알바 경험 있어요. 님하, 스펙 좀 알려주세요. 면접 때 뭐 물어봐요?

└커피를 너무 모르는데요. 바리스타가 아니라 매니저니까 커피 잘 몰라도 할 수 있지 않을까요?

└솔까말 저 같으면 면접 안 가요. 3년 전에 알바 했을 때 하루에 2잔 커피 마실 수 있는 것 빼고는 너무 힘들었는데요. 매장관리직도 엄청, 엄청 박봉! 정직되기도 엄~~청 힘들구요. 면접 때 압박 심하게 한다던데요. 서비스직에 관심 있으신 분만 넣으세요.

└이 사람, 경쟁률 낮추려고 이상한 소리 하네. 알바들은 가라!

└더커피더 너무 달아서 싫던데.

└여기 통신사 카드 할인 없지 않나요? 스타벅스가 더 좋아요.

┗탐앤탐스 허니브래드 최고~!

┗위에 분 뭥미? 입사정보에 관련된 얘기하실 분만 글 써주세요.

┗야, 이 씨ㅂ놈아. 내가 너한테 커피 사 달랬냐? 거지 같은 x.

┗열폭하냐? 아이, 진짜 x나게 재수 없네.

┗삭제된 댓글입니다.

┗왜 싸우고 지랄들야. 취업 안 할껴?

한밤의 인터넷에는 실시간으로 싸움판이 벌어진다. 주전자에 물을 올리고 찬장을 뒤져 커피믹스 한 봉을 꺼낸다. 맥스웰하우스. 어린 시절, 모닥불 앞에서 스테인리스 컵에 커피를 타마시던 건장한 남자가 나오던 광고를 보고 커피를 마시면 진정한 사내가 된다고 믿었던 적이 있었다. 나는 성인이 되어 커피를 마시지만 진정한 사내가 되었다고 말하기는 곤란하다. 터질 것 같은 근육질 가슴을 지니지 못했고 여유롭게 캠핑을 다니지 못하며 맥스웰은 가장 싼 커피믹스 이름일 뿐이므로.

여름밤에 뜨거운 커피를 들고 있으니 덥다. 냉장고에 얼음이 있을 리가 없다. 컵을 들고 마당으로 나온다. 깨진 유리방 문 안이 환하다. 오늘도 사내들은 말다툼을 벌인다. 산동네의 노름꾼은 이 집에 다 모인다. 노동일을 하는 세 번째 방 아저씨도 자주 보이는 얼굴 중 하나다. 거의 매일 네다섯 명이 둘러앉아 노름을 하고 애들처럼 징징거리거나 화를 내는 식이다. 테이프를 바른 깨진 유리도 아마 싸워서 그런 것일 터. 경찰에 신고를 해버릴까 생각하다가 대문 밖으로 나가버린다. 나는 가로등 불빛을 모닥불 삼아 산 아래를 굽어본다. 가로등 불빛에 벌레가 끊임없이 날아들어 타닥타닥, 나무 타는 소리처럼 들린다. 온통 싸움터인 이 세상, 나의 전장은 어디인가. 내일모레면 서른둘인데 아직도 아군과 적군을 구별할만한 소속을 만들지 못했다. 그나마 불러준 곳이 커피전문점이라니. 마지막으로 커피숍에 갔을 때를 떠올린다. **갓 뎀!** 윤에게 차이던 날이었다. 평소 같으면 내가 사는 자취방에 가서 커피를 끓여 마셨을 텐데 굳이 커피숍에 가자 했다. 그녀는 오천 원짜리 카푸치노를 시켰고 생활비가 아쉬운 나는 물만 마셨다. 못마땅한 표정으로 커피를 한 모금 마신 윤은 대뜸 헤어지자 그랬다. 장난하냐고 물었는데 윤은 지금 장난하는 거로 보이냐고 했다. 그럼 우리가 삼 년 동안 만난 건 장난이었냐고 물었고 윤은 장난이었나 보다고 했다. 그리고 윤이 먼저 나갔고 나는, 윤이 남긴, 더럽게 맛없는, 라면 아홉 봉지짜리 카푸치노를 다 마시고 나왔다. 우스꽝스러운 행동이었지만 가계부 앞에서 장난치고 싶지는 않았다.

그래도 면접을 보러 가는 자리 아닌가. 비록 다시 잘릴—차일지언정, 어느 정도 규모 있는 회사다. 작은 중소기업에 몇 번 면접을 보러 가봤을 뿐, 다른 경쟁자와 함께 면접을 보는 것은 처음이다. 그나저나……, 어떤 옷을 입어야 자율복장이 되는 걸까. 면접 때마다 입던 오래된 춘추용 양복이 하나 있긴 하다. 하지만 자율복장이라니. 혹시 양복 정장이 아닌 평소의 옷 입는 센스를 보려고 그런 걸까? 양복이 아닌 옷이라고는 낡은 청바지 두어 개와 목이 늘어난 면 티셔츠 몇 장이 전부다. 친구 만나는 일을 포함한 문화생활은 엄두도 못 내고 윤을 끝으로 연애 기회는 다시 갖지 못했으므로 옷을 사지 않아도 큰 불편이 없었다. 옷을 사야 하나. 산다면 어떤 옷을 사야 하나. 신발도 사야 하는데. 돈은 어디서 구하지? 지금 있는 생활비도 부족한데. 아, 부식 가게 아줌마한테 외상값 안 드렸네. 여러 생각이 머릿속을 맴돈다.

깨진 유리방 문이 열리고 사내가 나온다. 만 원짜리 몇 장을 손에 쥐고 나오다가 나와 눈이 마주치자 예의 비굴한 웃음으로 꾸벅 묵례를 한다. 서른 후반에서 마흔 초입으로 보이는 그는 직업이 없다. 노름방에서 장소 제공 명목으로 나오는 돈으로 살아가는 것일 터. 그는 편의점에 갈 것이다. 늘 사오던 식료품과 담배, 자양강장제를 사기 위해 왕복 삼, 사십 분의 거리를 걸을 것이다.

남은 커피를 입에 털어 넣고 자리에서 일어선다. 그때다. 가파른 계단을 내려가던 사내가 휙 돌아서서 이쪽으로 다가온다. 가로등을 등지고 선 그의 얼굴이 어둡다. **보소, 총각. 미안한데 집에 커피 있으면 몇 잔만 좀 타 주면 안 될까? 내, 사례금은 줄게요.** 며칠 동안 잠 못 자게 만들어놓고 뻔뻔한 얼굴로 부탁까지 하다니 이 무슨 상황인가. 나를 우습게 생각하는 것이 분명하다. 애당초 경찰에 신고를 했어야 했다. 단호하게 거절하려는데 나도 모르게, **몇 잔이요?** 묻는다. 결코, 사례금 이야기 따위에 흔들린 것이, 맞. 다. **넉 잔.** 사내가 비굴하게 웃으며 한 계단 더 올라선다. 나는 내뱉은 말을 후회한다. 이건 아니잖아.

사내가 준 네 개의 종이컵에 커피를 넣고 물을 붓는다. 어쭙잖은 폼으로 접시에 잔을 담고 옆집의 문을 두드린다. 내 표정이 신경 쓰인다. **아이고, 잘 묵을께요―이.** 방 안에 있던 사람들은 자신들의 패만 들여다보며 건성으로 인사한다. 미닫이문이 닫히고 나는 손에 받아든 만 원짜리 지폐 두 장을 내려다본다. 나는 어쩌면 옆방이 시끄럽다는 소리는 더 이상 하지 못할 것이다. 사내들은 한잔에 오천 원하는 맥스웰 하우스 종이 커피를 들고 땀을 뻘뻘 흘리며 카드 패를 모닥불 삼아 한방에 판돈 긁어모을 궁리를 하고 있다. 한 방에 모여 앉아 대박을 꿈꾸는 한방 인생들. 과연, 사나이들인가. 꾸르륵, 커피를 마셔서 그런지 아랫배에 신호가 온다. 얼른 방으로 돌아가 휴지를 말아 쥔다. 쓰리고를 외쳐놓고 똥광 먹으려다 설사한 기분이다.

옆방의 사내는 내게 커피 한잔하자 한다.

냉장고가 없는 그는 내게 아이스커피를 부탁한다. 그 방의 남자들이 어쩌다 나를 이 군이라 부르게 되었는지 기억나지 않는다. 다만 내게는 냉장고와 개인 수도꼭지, 가스레인지가 있고 직장, 돈, 자존심이 없다는 것만 알고 있다. 늦은 밤, 토익 공부를 하다 울리는 전화를 받으면 사내가 말한다. **이 군아, 아이스커피 석 잔, 맥주 있으면 두 병. 히야시 잘 된 놈으로ㅡ.** 지난 일주일 동안 심부름을 해주고 이십여만 원의 돈을 받았다. 큰돈이다. 편의점에서 각얼음을 사다 미니 냉장고 냉동칸에 넣어두고 생수와 자양강장제, 맥주를 사다 냉장실에 넣어두었다. 책장 한편에는 남자들이 선호하는 담배가 한 보루씩 놓여있다. 남자들은 커피를 자주 마시는데 '여자가 그려진' 노란 커피믹스-맥심을 선호한다. 판돈이 적은 날은 옆방의 사내도 직접 노름판에 뛰어든다. 그런 날은 동네가 소란스러울 정도로 싸움이 난다. 행님이 개새끼가 되거나 좆같던 놈이 의리 있는ㅡ'뽀찌'를 오만 원이나 챙겨주는ㅡ 행님으로 변신하는 일이 다반사였다.

근처의 일용직 노동자들이 일거리가 없어 모이는 날은 싱거운 김치에 막걸리를 마시거나 판돈 적은 고스톱 판이 벌어진다. 제일 시끄러운 날이다. 끊이지 않는 웃음소리, 싸구려 유리컵이 깨지는 소리가 들리기도 한다. 가끔 나는 그들과 싸운다. 모처럼 자고 있는 밤에 깨워서 라면을 끓여달라고 부탁하거나 변소 바닥에 조준을 못 해 오물을 묻혀놓는 날이면 강박증에 걸린 사람처럼 소리를 지른다. 그들과 함께 있으면 미래의 내 삶을 보게 되는 것 같아 불편하다. 세 번째 방의 아저씨는 중학교에 다니는 아들이 있다고 했다. 건설현장을 따라다니며 일을 하는 통에 가족을 자주 보지는 못하지만 통장에 찍힌 송금 내역을 보며 아들이 얼마나 컸나, 가늠한다 했다. 하지만 막상 가족을 만나면 처음 만난 사람들처럼 데면데면 행동하다 용돈만 주머니에 찔러주고 돌아오곤 한다. 이곳에 모이는 대개의 사내들은 아저씨와 비슷한 처지였다. 일을 마치면 가족과 함께 있어야 할 텐데 화목함을 만들 줄 몰라서 가족과 어울리지 못하고 늘 밖으로 맴도는 것이다. 비가 오거나 일감이 없는 날, 집으로 돌아가지 못하는 사내들이 모일 수 있는 이곳은 다행인 공간이다. 그런 날, 세 번째 방의 아저씨가 내게 말한다. **이 군아, 니 나이는 나중에 생각해보면 억수로 반짝반짝했구나, 생각나는 때다. 내, 니 나이 때는 쇠도 씹어 묵었다. 으하하. 힘든 일이라도 뭐든지 닥치면 닥치는 대로 하면 되는 기라. 껍데기는 생각하지 마라. 행님요, 행**

님하고 이 군하고 처지가 엄연히 다른데 어디 갖다 댑니까? 명색이 대학물 먹은 사람하고 우리 곁이 얄궂은 일 하는 사람하고 같나? 야, 임마. 내가 대학물 안 묵은 사람 같나? 행님, 대학 나왔다꼬? 그래. 내 이 군 댕기는 학교 정보관. 그거 내 손으로 지은 거다. 그러니 대학물 먹었지. 하이고, 그러면 나는 뭐, 대학 총장 해야 되겠구만. 그래, 그러면 니, 총장 해라. 싱거운 농담을 가만 듣다 보면 그래서, 뭐, 어쩌라고? 이 시간에 노름방에서 노닥거릴 여유가 있나? 하고 속으로 그들을 욕한다. 일을 못한 날인데도 바보 같이 웃는 그들이 이해가 가지 않는다. 그런 날, 나는 미운 놈 떡 하나 더 주는 심정으로 막걸리를 두어 통 사다 밀어 넣어준다.

포커 판이 벌어지는 날은 어느 정도 돈이 있는 사람들이 모인다. 시내의 '하우스'에 단속이 심해지면 이곳에서 판을 벌인다. 판돈이 크게 걸린 날은 빛이 새 나갈까, 유리문에 이불이 걸렸고 너무나도 조용히 게임을 진행했다. 누가 신고를 하면 골치였다. 그럴 때마다 사내 방의 쓰레기통은 깨끗하게 씻겨 대라(딜러)비를 걷는 돈통이 되었다. 내가 해야 할 일이 생기면 옆방 사내는 하우스장이 된 것처럼 근엄한 표정으로 '명령'하듯 알려주고 쓰레기통의 돈을 팁으로 쥐여주곤 했다. 그는 문방 역할도 함께 했는데 대문을 들락거리며 경찰이 오지 않나, 자주 확인했다. 그런 날은 밤새 긴장하곤 했다. 꾸르륵, 장이 꼬이는 소리가 나도 쉽게 화장실에 가지 못했다. 언제 심부름이 생길지 몰랐고 심부름을 할 때마다 꽤 큰돈을 받았기 때문이다. 노름판은 자주 벌어졌고 변비와 설사는 교대로 찾아왔다.

쉽게 돈을 버는 일이 찝찝하고 무섭기도 하지만 '자율복장'을 생각하면 한결 마음이 편해진다. '취업 갈아 마시기' 카페에 들러 자율복장을 검색해 요즘 유행하는, 내게 어울릴만한 옷을 찾아보곤 한다.

─진짜 자율복장으로 가면 되나요? 정장 안 입어도 되나요? 청바지 입을 생각인데.

└운동화에 청바지 입고 가도 됩니다. 깔끔한 이미지만 갖추고 가세요.

└추리닝에 슬리퍼 신어도 아무 소리 안 합니다. 하지만 백스코라는 거! ㅋㅋ

└저는 흰 셔츠에 오부바지 입고 갈 거예요. 아침에 미용실 가서 머리도 하고. 이른 시간이라서 메이크업 예약은 안 된대요. 저 화장 못하는데 어케요.

└지금 청바지 입고 면접 보러 왔습니다. 미니스커트 입은 언니도 있네요. 하지만 얼굴이 안습.

└면접 보러 가서도 얼굴 따지고 있는 니가 더 안습.

서울을 시작으로 진행된 더커피더의 부산지역 면접이 내일로 다가왔다. 인터넷 쇼핑몰에서 브랜드 로고가 박힌, 청바지와 셔츠, 운동화를 사 놓은 상태이다. 브랜드 이름이 붙은 옷들은 비쌌다. 그럼에도 면접 볼 때 이 옷을 우습게 보면 어쩌나, 고민된다. 어쨌든 며칠째 면접을 다녀온 이들이 남긴 후기를 찾아 꼼꼼히 읽는다. 자기소개, 1분 스피치, 당황하게 만드는 질문 몇 가지를 적어두고 어떻게 대답할지 하루 종일 중얼거리고 있다. **이군아, 자나?** 옆집 사내가 문을 두드린다. 새벽 2시, 개념 없는 시각이다. 문을 열었더니 사내가 조용히 말한다. **공부하고 있었나? 미안한데 오늘 문방 좀 봐주면 안 되나? 시내에 단속이 심해졌다 캐서 여기로 옮겼는데…….**

　　엊그제 시내에서 벌이는 큰 판에 갔다더니 돈을 다 잃은 모양이었다. 심부름까지 해서 빚을 덜어보겠다는 심산이다. **내일 중요한 일이 있어서 오늘은 안 되는데요. 일찍 일어나야 합니다. 에이, 두 시간만 봐도. 엉?** 사내가 자꾸 붙잡는다. **죄송합니다, 행님. 내일 회사 면접 있습니다.** 인사를 하고 돌아선다. **에이, 씨발, 개새끼.** 등 뒤로 욕이 들린다. 판이 어느 규모 이상이 되면 돈 없이 얻어먹을 생각으로 주변을 얼쩡거리는 사람이 몇 명 있게 마련이다. 그들에게 부탁하면 될 텐데 꼭 나를 부른다. 돈을 더 적게 주려고 그럴 것이다. 심부름을 시작할 때 스스로에게 자율복장을 마련할 때까지라는 단서를 달았으므로 이제 더 이상 하지 않기로 했다. 돈이 조금 아쉽긴 하지만 주먹을 꼭 쥐고 들어간다. 어서 잠들어야 한다.

아저씨. 저 오늘 열한 시에 면접 있거든요. 빨리 좀 보내주세요.

오전 열 시. 지금 나는 경찰들을 붙잡고 하소연한다. **에이씨, 저 취업 못 하면 아저씨들이 책임질 겁니까? 무고한 시민 끌고 와서 사람 말도 안 믿어주고. 와, 나 미치뿌겠네.** 나도 모르게 버럭, 화를 내고 만다. 화를 내면서, 고스톱 판에서 아저씨들이 싸울 때 내는 어투를 그대로 흉내 내고 있다는 생각을 한다. **어이, 총각. 이리 와 봐라.** 나이가 있어 보이는 경찰관이 부른다. 화를 냈다는 것이 스스로 생각해도 아닌 것 같아 고개를 숙이고 걸어간다. **총각아, 자, 생각해보자이? 총각은 노름판에 있었고, 노름하던 사람들이 총각을 알고 있는데, 총각 같으면 그냥 보내줄 수 있겠나. 진짜 무고하냔 말이지. 재멸이 역할 했제? 문방하고 하우스장 어디로 갔노? 폰 번호 대라.** 여기 와서부터 계속 반복되는 질문을 듣는다. 사내는 어디로 갔는가. 내가 묻고 싶은 말이다.

아홉 시에 눈을 떴을 때만 해도 평소와 다르지 않았다. 알람에 맞춰 일어나 부엌에서 샤워를 했다. 방으로 돌아와 티셔츠를 입었을 때 배가 아파왔다. 면접 때문에 긴장을 했더니 과민성대장증후군에 시동이 걸린 것 같았다. 부정 탈 것 같은 예감에 새 티셔츠를 벗고 집에서 입는 티셔츠로 바꿔 입었다. 나오다가 옆방의 사내를 만났다. **이 군아, 담배 남은 거 있나? 담배가 다 떨어져서 사러 가는데 시간이 좀 걸릴 것 같아서 말이다. 이 돈 줄 테니까 옆방에 담배 몇 갑만 좀 갖다 줄래? 나는 다른 것 좀 사올게.** 그는 급히 편의점에 뛰어갔다. 방에 남은 담배는 내가 싫어하는 것들이라 가만히 말을 듣기로 했다. 받은 금액에 맞춰서 담배를 챙겨 들고 나왔다. 면접날이니까 특별히 제값만 받고 주는 선심을 썼다. 문을 열었더니 누런 얼굴과 붉은 눈을 한 네 사람이 패를 들고 있었다. 몇 번 봤던 얼굴들이었다. 그들이 내게 안부를 물었고 나는 웃으며 간단히 대답했다. 판돈은 컸고 이삼 일은 계속될 것 같은 분위기였다. 담배를 놓고 돌아서는데 누가 내 팔을 그러쥐었다. 경찰이 들이닥친 것이다. 나오던 똥이 쑥, 들어가는 순간이었다.

이런 일로 경찰서에 오게 될 줄 꿈에도 몰랐다. 하지만 정직하게 생각해보면 나는 무고한 사람이 아니다. **그러니까, 전에는 몇 번 심부름을 했었는데, 네, 죄송하지만 용돈 좀 벌려고 했습니다. 그런데 이제는, 안 합니다. 오늘은 담배 좀 달라 그래서 있**

는 거 갖다 준다고 잠깐 들렀습니다. ……죄송합니다. 나는 고개를 숙이고 말한다. 경찰들은 내 신상을 조회한다. 시계를 보니 면접 시작 시간이 사십 분밖에 남지 않았다. 지금 나간다고 해도 산동네 집으로 돌아가 옷을 갈아입고 나오기에는 턱없이 부족한 시간이다. 목이 다 늘어난 티셔츠에 찌든 때가 가득한 고무줄 반바지, 비치용 슬리퍼를 신은 꼴로는 면접을 못 본다. 이제 다 끝이구나. 한 달간 아저씨들과 싸우고, 돈 있는 사람들 앞에서 비굴하게 굴었던 시간이 눈 앞으로 흘러간다. 다시 면접을 볼 날이 오는지도 알 수 없다. 졸업은 하지 않았지만 나이가 많기 때문이다. 그때다. 내가 내려다보는 바닥에 불쑥, 흙 묻은 신발이 들어온다. 세 번째 방 아저씨다. 아저씨는 경찰들과 한참 동안 무언가 설명하고 부탁한다. 얼마 뒤 아저씨가 내게 말한다. **마, 이제 집으로 가자.** 괜히 눈물이 날 것 같다.

경찰의 훈계를 한참 듣고 경찰서를 빠져나오는데 아저씨가 묻는다. **오늘 회사에 시험 본다, 안 했나? 열한 시가진데 집에 들렀다 가기에는 너무 늦었어요. 택시 타고 바로 가면 안 되겠나. 이런 옷으로 어떻게 갑니까. 지금 가진 돈도 없습니다. …….** 아저씨는 잠깐 고민하더니 주머니를 뒤진다. **일단 택시 타고 가라. 가서 고민해보고 온나. 안되면 말고.** 그리곤 성큼 걸어서 택시를 잡아 나를 태운다. 내 손에는 아저씨가 주머니를 다 털어

내준 사만 이천 원이 들려 있다. 안되면 말고. 이상하게 아저씨의 마지막 말이 마음을 편하게 만든다.

택시에서 내리자 십오 분이 남는다. 면접 볼 건물 바로 맞은편에 대형마트가 있다. 그곳의 자주 이용하던 할인 가판대에 오천 원짜리 티셔츠 코너가 보인다. 그중 가장 단정해 보이는 것으로 고른다. 조금 떨어진 자리에 진열된 만 오천구백 원짜리 면바지와 특가 세일하는 샌들 코너에 가서 만 원짜리를 하나 집어 든다. 갈아입고 보니 평소에 입던 후줄근한 스타일이다. **아아, 씨발.**

조금 늦었지만 아직 시작하지 않았다. 이름표를 받아들고 면접장소로 들어간다. 모인 사람은 오십 명은 족히 될 듯싶다. 화려하게 치장한 그들을 보니 조금 주눅이 든다. 사람들은 종이에 적어 온 것을 계속 중얼거리거나 서로 어색한 표정으로 인사한다. 내게는 아무도 말을 걸어주지 않는다. 가만히 의자에 앉아 어제 생각해뒀던 대답을 떠올린다. 꾸르륵, 배가 다시 아파온다. 면접은 두 시간 넘게 진행한다 했는데 벌써부터 배가 아프다니, 느낌이 좋지 않다.

인사담당자라는 사람이 앞으로 나와 인사를 한다. **아무쪼록 편안한 마음으로 하고 싶은 말씀 다하고 가십시오.** 마지막

인사말을 끝으로 바로 단체면접이 시작된다. 사회자가 지원자들에게 질문을 던진다. 단상 아래 앉은 오십 명은 결코 편안하지 않은 자세로 앉아 있다가 질문이 끝나기도 전에 번쩍 손을 든다. 어미 새에게 먹이를 얻어먹기 위해 몸을 쫙 펴는 아기 새들처럼, 조용하지만 필사적이다. 나 역시 식은땀을 흘리며 필사적이다. 항문에 힘을 바짝 주고 있기 때문이다. 먹은 것도 없는데 뱃속은 바람 빠지는 풍선 소리까지 내며 야단이다.

번쩍, 내가 손을 들었을 때 사회자가 나를 지목한다. '발표하지 않은 사람 중에 지금 꼭 하고 싶은 말이 있는 사람, 손드세요.'라는 말이 끝난 뒤다. 나는 엉거주춤 일어나 다급하게 말한다. **저, 화장실 좀 다녀오겠습니다.** 와하하, 내가 농담을 한 줄 알고 사람들이 웃는다. 그들의 얼굴 중 몇 명은 미스코리아 표정에서 봤던 억지웃음의 부작용-경련을 보인다. 가까이에서 사람들의 태도를 보며 점수를 매기던 심사관이 다가와 다녀오세요, 말해주지 않았다면 아마 옷에 쌌을지도 모른다.

멀리 사회자의 목소리가 화장실로 아련하게 들린다. 아주 잔잔한 클래식 음악이 나오는 화장실은 참으로 아늑하다. 일 분에 한 번씩 분사되는 방향제 '아쿠아' 냄새가 시원하다. 대장은 한참 요동을 쳤지만 정작 나오는 것이 없다. 바다 위, 난파선을 타고 홀로 떠다니는 기분이 든다. 점수를 엄청 깎였겠지. 아까 심사관이 위아래로 나를 훑었던 것도 같은데. 면접장에 자꾸 신경이 쓰인다. 설명하기 힘들지만 여기 화장실은 결코, 편하지가 않다.

다시 홀로 들어서자 사회자가 **시원하세요?** 묻는다. **네**, 하고 외치자 사람들이 다시 웃는다. 심사관이 모두 모여 몇 마디 의견을 나누더니 조별 면접을 시작한다. 일곱 명씩 앉은 테이블에 면접관이 한 명씩 돌아가며 와서 질문을 하는 식이다. 모두 질문에 맞춰 자기소개를 하고 입사를 원하는 이유 등을 말한다. 마지막으로 내게 화장실에 다녀오라고 말해준 심사관이 앉는다. 연배로나 태도를 봐선 가장 높은 직책을 가진 사람인 듯하다. 그가 우리를 둘러보더니 말한다. **지금까지 마신 커피 중에 가장 맛있다고 생각하는 커피가 있으면 솔직하게 말해주세요.** 한 여자가 더커피더의 커피 메뉴 중 한 가지를 말한다. 옆자리의 남자는 더커피더의 메뉴와 자기가 선호하는 회사의 커피를 비교해가며 설명한다. 내 옆자리의 여자는 원두의 종류에 따른 맛을 설명하더니 해외에서 마셨던 커피 이야기를 꺼낸다. 여자의 이야기가 끝나고 심사관이 내 얼굴을 쳐다본다. 이런 분위기라면 나는 떨어질 것이 분명하다. **저, 지원자가 이런 말씀을 드려 죄송하지만 솔직히 커피숍에 가서 커피를 자주 마시지는 않습니다. 저는 커피 맛을 잘 모르는 사람입니다. 다만 정말 맛있게 마셨던 커피가 있다면 편의점에서 파는 카푸치노 반 잔입니다.** 심사관이 묻는다. **한 잔도 아니고, 왜 반 잔입니까?** 무엇이든 길게 이야기해야 기억에 남겠다 싶어 꺼냈지만 쓸데없는 말들을 늘어놓은 것 같아 금세 후회가 된다. 하지만 살아남기 위해서는 이야기를 이어나가야 한다. 그러니까 말하자면 이런 이야기.

편의점에서 알바를 할 때 별의별 사람들을 다 만났다. 하필 손님이 많은 시간에 백 원짜리 동전만 들고 와서 만 이천육백 원어치 물건값을 치르는 사람, 비밀번호를 불러주며 ATM 기계에서 현금 찾아 달라 부탁하는 사람 등등. 취업과 새 학기 등록금 때문에 머리가 터질 것 같던 지난겨울, 미니스커트를 입고 십 센티미터는 족히 넘을 구두를 신은 여자애가 술에 취해 들어온 적이 있다. 비틀거리며 한참 동안 냉장고 앞을 서성이던 여자애는 카운터에 와서 물었다. **저기요, 따뜻한 커피 없어요? 타 먹는 커피 있잖아요—.** 울었는지 여자의 눈가는 마스카라가 번져 까만 얼룩이 가득했다. 나는 온수기 옆을 가리켰다. 여자는 그곳에서 한참 고민을 하다가 카푸치노를 가지고 왔다. 계산을 하고 100원 거스름돈을 주려는데 여자가 개개풀린 눈으로 다시 물었다. **있잖아요—. 이거요—. 제가 타야 되는 거예요? 네, 손님. 셀프입니다.** 직접 타 주기에는 손님이 많았고 그녀의 응석을 여유롭게 받아주기에는 심신이 고달픈 때였다. 여자는 아항—인지 아흑—인지, 묘한 콧소리를 내며 온수기 앞으로 갔다. 한참 계산을 하고 정리를 하고 보니 여자는 가고 없었다. 온수기 앞으로 갔더니 포장 비닐이 여기저기 흩어져 있고 카푸치노 컵은 엎어져 있었다. 재수 없는 년일세, 중얼거리며 치우기 시작했다. 컵을 치우려고 보니 커피 가루가 1/2이나 남아 있었다. 그것에 온수를 담아 후루룩, 마셨다. 너무 추운 밤이어서 그랬는지, 여자의 몸매가 꽤 근사해서 그랬는지 모르겠지만 커피가 참 맛있었다. 고민이 고민을 낳던 시간이 잠시 멈춘 순간이었다. 카푸치노를 마시는데도 윤이 생각나지 않던 밤이었다.

버스를 타고 집으로 돌아오는 길, 면접 볼 때 내뱉었던 말들이 자꾸만 떠올라 괴롭다. 계속 꾸르륵거리던 배는 거짓말처럼 아프지 않다. 신호대기를 받고 있는 버스에서 문득 차창 밖, 고급 레스토랑 통유리를 본다. 통유리 속의 사람들은 대형마트 유기농 코너 신선 냉장실에 포장된 야채 같다. 가지런하고 싱싱한 그들의 삶을 과연, 나는 가질 수 있는 것일까. 높은 토익점수, 개성이라고 불리는 특별한-그러나 선호되는-취향들, 봉사점수, 인턴 경험, 면접관의 어떤 태클에도 넘어지지 않을 자신감. 그렇게 만들어지는 나를, 나는 해낼 수 있을까. 한 면접 심사관이 나를 보며 말했다. 서울에서 지방으로 내려올수록 사람들이 순해 보이는데 그게 사실 좋은 것이 아니라고. 요즘 세상에 약아지지 않으면 취업하기 힘드니 긴장하라고. 아, 내 삶은 이대로 영양가 없이 끝나는, 재래식 화장실에 던져지는 주인 할머니의 텃밭 채소 같은 것은 아닐까. 하지만 유기농 코너 신선실 야채도 결국 찌꺼기가 생겨서 버려지는 것은 같은데. 다른 게 있다면 재래식 변소에서 남들 것과 섞인 찌꺼기를 보느냐, 수세식 양변기에서 내 것만 보느냐가 조금 다를 뿐.

집으로 돌아오니 깨진 유리방에 사람들이 모여 있다. 돈 없는 남자들이 모여 노닥거린다. 유리방 주인 사내는 아침 이후 사라져 나타나지 않는단다. 내 기척을 듣고 세 번째 방 아저씨가 자신의 방에서 나온다. **시험 잘 봤나?** 면접이라고 했는데도 끝까지 시험이란다. 어쨌든 고맙다는 인사를 한다. 한방에 모인 그들은 머릿수가 채워졌다며 고스톱 판을 벌인다. 전보다 판돈이 더욱 작아졌다. 부산은 지금 불경기라 일을 구하기 어렵기 때문이다. 친구들도 모두 취업을 위해 서울로 옮겨갔다.

나는 다시 밖으로 나온다. 주머니에는 내 생활을 까발리고 면접비로 받은 이만 원이 들어있다. 식육점에서 돼지고기를 사고 부식 가게에 가서 쌀을 조금 산다. 집으로 돌아와 요리를 한다. 오랜만에 만드는 음식이다. 밥물을 안치고 밖으로 나온다. 옆방에서 옥신각신 다투는 소리가 난다. 계단을 내려와 화장실 아래 텃밭으로 향한다. 매운 고추와 상추가 싱싱하다. 고추를 썰어 넣어 매운 제육볶음을 만들고 상추를 씻어 상에 올린다. 냉장고를 열어 남은 맥주 두 병을 꺼낸다. 옆방으로 건너가 싸우는 아저씨들을 불러 모은다. 와구와구, 아저씨들은 먹는 소리도 시끄럽다. 이만하면 면접에서 떨어져도 만족스럽겠다는 기분이 든다. 길고 긴 하루가 끝나간다.

드디어 신호가 온다. 면접 볼 때 누지 못했던 것들이 나오려나 보다. 휴지를 말아 쥐고 화장실로 간다. 푸드덕 파드득, 하는 소리가 조용히 울려 퍼진다. 화장실에는 전등이 없어서 한밤에는 더욱 어둡다. 문을 조금 열려고 민다는 것이 그만, 활짝 열려버린다. 대문 앞 가로등 불빛이 화장실 안으로 쏟아져 들어온다. 가을이 오려는지 멀리서 귀뚜라미 울음소리가 들린다. 아, 고향의 화장실에 앉아 있는 기분이다.

고향의 재래식 화장실은 옆구리가 뚫려 있다. 비료를 잘 퍼오기 위해 변기-라기보다는 네모난 구멍- 위치를 일 미터 정도 높게 만들고 똥 웅덩이와 변기 사이의 옆벽을 뚫었다. 뚫린 옆구리까지 똥이 차거나 넘친 적이 없던 그 화장실은 구멍을 합판으로 살짝 막아놓아 밤이면 바깥의 불빛이 화장실 옆구리 틈으로 들이쳤다. 구더기가 가득했음에도 아니, 가득했으므로 구더기의 몸부림이 만드는 파문에 그때의 똥들은 반짝거렸다. 똥이라는 것도 예뻐 보일 수 있다는 것을 어느 날 문득 알게 되었다.

　모처럼 찾아온 새벽의 고요 속에 귀뚜라미가 울고 매미가 운다. 화장실에서 보이는 방들은 모두 컴컴하다. 아래를 슬쩍 내려다본다. 밖이 환해서 그런지 변기 속은 어둡다. 저 컴컴한 속에서 웅크리고 있을 똥-내 인생의 찌꺼기들-을 생각한다. 어둡고 어두우며 어두워서 없다고 해도 상관없을, 똥. 똥이라서 어두운 것이 상관없을, 더럽고 비루한 변기 속. 그래도 없을 수는 없는 것들. 하지만 보이지 않을 뿐이다. 저 아래에서 그것들은 빛나고 있을 것이다, 그렇게 믿기로 한다. 그렇다고 꿈꾸기로 한다.

　삶이 지속되는 한, 배변 활동은 멈출 수 없다. 그러니 달빛 받아 반짝이는 내 삶들을 언젠가는 볼 수 있을 것이다. 반짝반짝, 빛나는 작은 별처럼.

　다시, 엉덩이에 힘이 들어간다.

5.

축지법교본

한밤중, 지구의 한편을 부채꼴로 접었다 펴며 이동한다.

착, 착, 착, 착. 땅을 접는다.

땅이 접혔다가 펴진다, 내 발아래에서.

발을 디딘 곳마다 접은 선을 새기고, 스친 바람마다 촘촘한 구멍을 새기며 앞으로, 앞으로, 전진이다.

깜깜한 밤, 지구를 채우는 것들을 만난다. 산을 접었다 펴면서 고라니의 반짝이는 눈을 만나고, 계곡을 접었다 펴면서 달빛에 반사된 계곡물소리를 만난다.

그러다가 도시로 들어서면, 빛의 구멍들을 만난다.

빛과 소음.

도시의 바람을 쐬면서 빛들을 접었다 편다. 빛마다 사람들이 들어차 있다. 하나의 빛이 꺼지면 다른 빛이 금세 들어차므로, 새

빛은 더욱 환하므로, 많은 수의 빛이 한꺼번에 사라져도 아무도 모른다. 새로운 빛이 구멍을 다시 메운다.

도시의 먼지 사이를 떠돌다가 문득, 다리를 멈춘다. 나는 어디로 가야 하는가. 어디로 가기 위해 땅을 접었다 폈던가. 그러다 결국, 뒷주머니에서 종이뭉치를 꺼낸다. 여러 번 꺼내 읽어 닳고 닳아 너덜너덜한, 나의 축지법교본을.

1. 목격

꺄아―, 끼야―!

사각형 프레임 속, 가로세로 7줄로 늘어선 동물들이 놀란 표정으로 소리를 지른다. 손가락으로 그들의 위치를 바꿀 때마다 그들은 무언가 감추려다 들킨 것처럼 화들짝 놀라 펑, 하고 터진다. 애니팡. 스마트폰 유저라면 한 번씩은 해봤을, 중독성 강한 게임. 1분의 시간 동안 가능한 한 많은 동물을 터트리는 것이 관건인데 세 마리를 한 줄로 모으는 것이 여간 쉽지 않다. 구석에 있던 토끼를 짚은 순간, 누군가 외친다. 타임 오버.

우워어어어어어어어어어!

나도 모르게 자리에서 벌떡 일어난다. 조금만 더 터트리면 10만 점이 넘는데. 주변 사람들은 모두 20만 점을 향해 가고 있는데 나만 10만 점을 넘기지 못하고 있다. 다시하기 버튼을 누르려는데 또로록, 카카오톡 메시지가 들어온다. 장현상 님이 ♥를 1개 보냈습니다. 쌍, 하트라니. 다시하기 버튼을 누르려다 닫아 버린다. 장이 보낸 하트라니, 하트라니. 며칠 전에는 장에게서 자랑하기 메시지를 받았다. 529,420점으로 1위를 했다는 내용이었다. 동갑내기 장은 나와 비슷한 시기에 퀵서비스 일을 시작했지만 지금은 식당을 차려 아내와 함께 초등학교에 다니는 아들과 비교적 안정된 생활을 하고 있다. 나는 39살이지만 독립도, 결혼도 하지 못했고 애인도, 자식도 없다. 애니팡 점수마저 날 외면하지 않는가. 왜 나는 늦는가.

　머리를 싸매고 앉아 고민을 하는데 또로록, 문자 메시지가 온다. 의뢰인가 싶어 급히 메시지 확인을 한다. '카페모카 아이스 5잔, 치즈케이크.' 모르는 번호지만 이런 메시지라면 보낼 사람은 하나밖에 없다. 돼지영감. 이놈의 영감탱이는 하루가 멀다고 케이크와 커피를 주문한다. 이번에도 무료 급식소에서 폰을 가진 자원봉사자에게 문자메시지를 보내 달라 부탁했을 것이다. 아아, 귀찮다. 은인이지만 영감의 심부름은 정말 귀찮은 일이다. 커피를 사다 나르면 자원봉사자 아주머니들 앞에서 잔소리를 한바탕 퍼부을 것이다. 이번 달 후원금이 왜 이것밖에 안 되냐, 네가 얼마를 벌었는지 내가 다 안다, 내가 너를 어떻게 가르쳤는데,

돈독이 올랐다는 둥, 자세가 글러 처먹었다는 둥 오만가지 소리를 지껄여댈 것이 뻔했다. 좀 곱다 싶은 아주머니가 있으면, 특히 그 아주머니가 혼자 사실 것 같은데 영감탱이에게 호감을 보이기까지 하는 날이면 그날의 나는 혹독하게 털린다. 그러면 나는 또 그럴 것이다. 스승님. 이제 막 어머니 밀린 병원비 처리했습니다. 앞으로도 어머니 병원비는 나가야 하고 형님이 돌아오면 같이 살 전셋집을 구해야 하지 않겠습니까? 그러고 나면 영감은 자봉 아주머니들과 둘러앉아 조용히 케이크와 커피 맛을 음미하겠지. 저 새끼, 저거, 열심히 사는 게 나쁜 건 아닌데, 좀 약아빠졌어요, 첨엔 안 그랬거든, 중얼거리면서.

*

영감을 본 것은 벚꽃이 흐드러지게 핀 작년 4월의 어느 월요일이었다. 번화가의 대형 빌딩 주차장에서 보안요원과 입씨름을 했다.

-빨리빨리 빼주세요, 빨리빨리.

-서류 받고 나갈게요, 서류 받고.

고객님 서류만 받고 금방 뜰 거라고 얘기했지만 보안요원은 딴소리를 했다. 윗분들이 이렇게 시키니까 어쩔 수 없다고. 당장 오토바이 빼라고. 나는 헬멧도 벗었는데, 못생기거나 험악한 얼굴은 아니라고 자부하는데, 내 얼굴은 보지 않고, 아침부터 차암, 골치 아프게 차암, 그러면서 손만 휘이 휘이 내저었다. 그 윗분들은 뭐 하는 분들인지 모르겠다. 이렇게 큰 빌딩에 버젓이 주차장도 있는데, 오토바이 출입금지를 만든 윗분들은 돌대가리가 분명하다.

그때 고객님이 등장했다. 왜 이렇게 늦어요? 고객님이 서류를 건네며 짜증을 내셨다. 막판에 늘장 부리신 게 네놈이잖아, 말하지는 못하고 아이고, 죄송합니다 고객님, 그랬다.

-금액은 만원이십니다, 고객님. 쿠폰 여기 있으십니다, 또 이용해주세요, 고객님.

만원이신 돈을 모시고, 다음 기회를 부르시는 돈을 드렸다.

-빨리빨리 가주세요. 기차 시간 놓치면 끝장이에요.

나는 보란 듯이 오토바이를 꺾어 쌩하니 달렸다. 하지만 도로에 진입하자마자 사거리 신호등 앞에서 발이 묶였다. 뒤에서 고객님이 보고 있는 것이 아닌가, 괜히 마음이 급했다. 고객님의 재촉에 휘둘리면 사고 나는데. 눈을 부릅떴다. 서류를 받아야 하는 사내는 고객님의 상사였다. 왜 이렇게 늦어? 소리를 꽥 지른 그는 서류봉투를 받자마자 인사도 없이 뒤뚱뒤뚱 달려갔다.

이상하게 꼬이는 일이 많은 날이었다. 월요일엔 신경질을 부리는 사람들이 많았지만 유난했다고나 할까. 아침부터 이리저리 스트레스를 받아서 두 배로 기운이 빠졌다. 아침을 먹지 않아 그런가 싶어 편의점 앞에서 우유 한 팩 사 먹을까, 잠시 고민했다. 그러다 홱 몸을 돌려 출구를 향해 걸었다. 조금만 더 하고 점심을 사 먹는 것이 나을 것 같았다. 내일부턴 도시락을 싸다닐까 그런 생각도 잠깐 했다. 돈을 더 아껴야 한다. 이러다가 저단가 주문도 받게 되겠구나! 무서운 생각도 했다. 참으로 이상한 날이긴 했다.

올 땐 몰랐는데 오토바이를 대놓은 곳에 사람이 많이 모여 있었다. 행색이 누추한 사람들이 한편을 바라보고 줄을 길게 만들어 서 있었다. 봄이었지만 사람들은 때가 전 겨울 점퍼를 입고 곱은 등을 하고서 차례를 기다렸다. 줄의 저쪽 끝에는 무료급식소라고 적힌 현수막이 걸려 있었다. 현수막을 보고나니 밥 냄새가 났다. 문득 배가 고파왔다. 오늘 일한 것에서 순수입을 뽑으면 오천 원이 될까. 그것도 밥 한 끼 사 먹고 나면 끝이다. 그냥 저 줄에 들어가 한 끼 공짜로 얻어먹을까 싶었다. 가만히 보니 차림새가 평범해 보이는 노인들도 그 줄에 섞여 있었기 때문이다. 에이, 그래도 나는 엄연히 다른 처지에 있는 사람인데, 말이 안 된다고 피식 웃어버리며 몸을 돌렸다.

그래놓고 다시 생각하니 말이 안 될 것도 없었다.

퀵서비스는 사실, 불법이다. 오토바이는 승용차이므로 영업을 못 한다. 퀵서비스에 관한 법도 없다. 주소지 불분명으로 어디에 어떤 방식으로 살아가는지 아무도 알 수 없는 노숙자나, 존재하지만 사회적으로는 존재할 수 없는 퀵서비스맨이나 법 테두리 바깥에 놓인 자들이었다.

-그래, 살아있었네. 많이 묵자! 천천히 받자! 싸우지 말고!

한순간 줄 가운데가 소란스러웠다. 노숙자들이 어느 노인에게 인사를 했는데 그때마다 노인의 걸걸한 목소리가 우렁우렁했다. 노인은 아주 작고 말랐지만 어깨까지 오는 머리를 한데 모아 쫑쫑 땋아 내린 모습이었다. 겉모습은 여자 같은데 목소리는 남자였다. 노숙자인지 아닌지 구분하기도 애매했다. 배식을 돕던 중년의 남자가 노인에게 다가와 인사했다. 덕분에 봄나물 반찬을 만들었습니다. 많이 드시고 가세요. 아암, 그래야지! 입에 침이 고이기 시작했다. 한 건 더하고 점심을 사 먹자. 피댕이(PDA)를 켰다. 저질 업체들이 올린 저단가 주문만 가득했다. 택배 일이 분명해 보이는 다섯 건짜리가 삼만 원이라는 말도 안 되는 금액으로 올라 있었다. 경쟁을 한답시고 퀵사 저질업주들이 자꾸 가격을 낮춰서 주문을 받는 바람에 퀵 기사들만 죽어나고 있다. 절반 값으로 오더를 찍어놓고 '전화하지 마세요. 추가 요금 절대 불허.'라는 코멘트를 달아놓은 업체에는 기가 찰 노릇이었다. 그나마 근처 출판사에서 시청 앞까지 만 원짜리 한 건이 떴다. 속도가 생명이다. 얼른 헬멧을 썼다.

전에는 팔천 원이면 되던데 요즘이 비싼 거 아니냐고, 나보다 어려 보이는 출판사 여직원이 인상을 쓰며 따져왔다. 저단가, 저질업체, 기름값, 목숨값, 생계, 이런 단어들이 머릿속을 밝혔지만 말은 나오지 않았다. 빨리 오지도 않았잖아요. 영수증을 휙, 낚아채며 여직원이 자리로 돌아갔다. 내가 뭘 잘못했나, 오기가 생겼다.

헬멧을 든 채, 인상을 쓰고 여직원의 자리로 갔다. 왜요? 여직원의 목소리는 아직 뾰족했지만 얼굴에 겁먹은 티가 어렸다. 이것 봐라, 아가씨야. 으린 것이 싸가지 없게 그러면 안 된다. 너나 나나 얼마 주지도 않는 돈 벌어먹으려고 힘들게 살지 않냐. 그르지 마라.

이런 말을 하고 싶었지만.

-쿠폰 여기 있으십니다. 쿠폰 모으시면 공짜도 있으시니까 비싼 거 아니십니다. 다음에 또 이용해주세요. 고객님.

꾸벅 절까지 하고 나와서 계단을 내려왔다. 비싸다는 말이야 참을 수 있지만 빠르지 않다는 말은 가슴에 박혔다. 늦었다는 말이 아니라, 빠르지 않았다는 것이 내 생계를 위협하다니.

시청 광장 앞 도로로 나와 신호를 기다리는데 가로수 사이로 노란색 조끼를 입은 한 무리의 사람들이 바삐 움직였다. 거기도 무료급식소였다. 줄을 서서 초조하게 기다리는 사람들이 보였다. 그러고 보니 고등학교 다닐 때 저녁을 먹기 위해 급식소까지 뛰어가던 일이 떠올랐다.

종이 치면 세렝게티를 이동하는 코끼리군단처럼 요란한 발소리를 내며 아이들이 뛰어갔다. 옆 건물까지 뛰는 동안 나는 자꾸 뒤처졌다. 왜 뛰어야 하는지 의문이었다. 뛰지 않아도 음식과 시간은 넉넉한데. 줄 서서 기다리는 것이 지겹다고 하지만 고작 오 분인데. 삼백 명이 위태롭게 계단을 달려 내려가는 모습이 우습기도 했다. 물론 능장을 부려서 마지막쯤 들어가면 실해 보이는 건더기가 적긴 했다. 조금 전 여직원과의 일을 돌이켜보니 깨달음처럼 뭔가 떠올랐다. 그래서 빨리 가야 하는 거구나. 내 밥그릇 내가 챙기는 것이 전쟁이라는 것을, 그때 나는 몰랐던 것이다.

신호가 길어지고 배가 고파왔다. 하, 진짜 저기서 한 그릇 얻어먹을까. 그러고 있는데 어? 어어? 하고 나도 모르게 입이 벌어졌다. 조금 전 기차역에서 본, 숱 없는 흰 머리를 쫑쫑 땋아 내린 작은 노인이 그곳에 있었기 때문이다. 노인은 아까처럼 줄을 서 있었다. 그곳에서 밥을 먹고 여기까지 와서 다시 줄을 서 있다는 건 현실적으로 불가능했다. 내가 그곳에서 물건을 받아 배송하고 여기까지 나오는 데 십오 분밖에 걸리지 않았다. 차를 타고 왔다고 해도 오토바이인 나보다 빠를 리 없었다. 저런 생김새의 노인이 두 명이라는 것도 있을 수 없는 일이다. 저 노인은 무슨 수로 저리 빠르게 이동했을까. 뒤에서 출발을 재촉하는 경적 소리가 울렸다. 노인을 뒤로하고 일단 달리기 시작했다. 밥그릇을 그리 빨리 챙길 수 있다니. 노인의 비법이 자꾸만 궁금했다.

2. 견학

바람이 잔다. 폭염으로 푹푹 찌는 더위를 앞에 두고도, 휴가철인데도, 무료급식소는 성황이다. 영감이 일을 마친 자봉 아주머니들과 노닥거리는 동안 폰을 꺼내 애니팡을 실행시킨다.

사람들에게 하트를 날려야 한다. 단골고객과 지인들의 이름을 확인하며 하트를 보낸다. 1위에 랭크된 장현상에게는 보내지 않기로 한다. 하트를 받으면 게임을 한 판 할 수 있는 기회가 생긴다. 물론 기본적으로 다섯 개의 하트가 지급되지만 하트 하나가 새로 돋아날 때까지는 8분의 시간이 필요하다. 그 시간을 기다리기 힘들고, 게임을 할 수 있는 기회를 많이 얻어야 높은 점수를 받을 수 있는 확률도 높았으므로, 하트의 개수는 인기의 척도이기도 했으므로, 사람들은 자주 하트를 보냈다. 친하지 않은 사람들에게도 하트를 날렸다. 하트를 날리고 보내는 동안은 아무도 개인적인 대화를 잘 나누지 않았다. 안부 인사도 없이 가볍게 하트 하나를 보내는 것, 하지만 내 존재는 보여주는 것. 그것이 중요했다. 이렇게 편리한 관계유지방법이 어디 있는가. 얼굴을 보지 않아도 대화를 나누지 않아도 관계를 유지할 수 있다니.

-총각, 어머니가 어디가 아프시유?

어딜 가나 참견하기 좋아하는 아주머니는 꼭 있다. 못 들은 척하려는데 퍽, 하고 뒤통수에 영감의 손바닥이 날아온다.

-이눔이 폰 바꾸더니 오락에 빠져서 정신을 못 차리네. 이 녀석 어머니는 중풍으로 요양원에 계십니다. 위로 하나 있는 형은 일이 잘 안 되어서 파산신청인가 뭔가, 하고 소식이 없답니다. 그래서 어머니 요양원에 맡겨놓고 혼자 이래저래 벌어먹으려고 애쓰는 거지요.

-아이고, 총각, 고생이 많네.

내 개인사를 저렇게 아무에게나 까발리다니, 이럴 때마다 정색할 수도 없고. 또로록, 카톡 메시지가 뜬다. 누군가가 보낸 하트다. 나는 벌떡 일어나서 주문이 들어와서 일하러 가야겠다는 거짓말을 한다. 영감은 그래, 그래, 한 건이라도 더 해야 먹고 살지, 하며 나를 보낸다. 사무실로 돌아가는 내 등 뒤로 영감의 말들이 따라온다.

-저 녀석이 처음에 일 배우겠다고 왔을 때 얼마나 절박해 보였는데요. 쉬운 일 아니니까 그만두라 그랬는데도 내 다리를 잡고 애원하지 않겠습니까.

에휴, 이 동네 자원봉사자들은 모두가 내 사생활을 알 것만 같다. 영감의 오지랖에 치가 떨리지만 어쩌겠는가. 은인인 것을.

*

빠른 입금 부탁드립니다. 이번 달 말이 최종기한임을 꼭 유념해주시고 입금 확인이 안 될 시 바로 퇴원 수속을 진행하오니 양해 바랍니다. 엄마가 있는 요양원이었다. 요양비 결제를 연체했더니 전화가 왔다. 전화를 받지 않았더니 하루에 한 번씩 문자를 보내기 시작했다. 형이 사기를 당해 전셋집을 말아먹으면서 우리 세 가족은 흩어졌다. 나는 고시원으로, 형은 친구가 운영하는 농장에서 더부살이를, 거동이 불편한 엄마는 지인의 소개로 규모가 작고 저렴한 요양원으로 모시게 되었다. 언제부턴가 요양원으로 돈 부치는 일을 내가 다 부담하게 되었는데 경기가 어렵다 보니 자꾸 요양비 맞추는 일이 늦어졌다. 형에게 연락을 한다고 해도 뾰족한 수가 없지만 연락이 잘 닿지 않았다. 일단 고시원에서 방을 빼고 통장 잔고를 탈탈 털어 입금을 하면 요양비 한 달분은 나올 것 같았다. 그러고 나면 숙식은 어떻게 해결하나? 잠은 찜질방에서 자고…, 나머지 돈은 어떻게 맞추나…, 오토바이로 하늘을 날 수도 없고, 어떻게 한 건이라도 빨리 처리할 수 있을까, 대리운전을 또 병행해야 할까, 이래저래 머리를 굴리다가 요전에 본 무료급식소가 떠올랐다. 그래, 무료급식소에서 한 끼를 해결하자. 그러다가 그 노인도 생각이 났다. 범상치 않은 그 노인을 관찰하고 어떻게 빨리 이동하는지 알아보자.

인터넷으로 무료급식소에 대한 정보를 찾아서 시간대별로 장소를 체크했다. 다음날 무료급식소 첫 개소시간에 맞춰 찾아갔더니 역시 그 노인이 있었다. 노인은 비빔밥을 가볍게 해치우고 일이초 사이에 사라졌다. 13분 만에 다음 급식소에 도착해 노인을 찾았다. 노인은 벌써 그곳 식사를 끝내고 식판을 반납하고 있었다. 다음날도 그다음 날도 노인은 무료급식소마다 찾아가서 식사를 했다. 배식받는 것을 보자마자 다음 급식소로 출발해도 노인은 이미 그곳에 도착해 배식을 받고 있었다. 짧은 시간에 공간 이동하는 것도 놀랍지만 최대 서너 끼를 한 번에 해결하는 것을 보면 도인이거나 외계인이거나 하늘을 나는 돼지가 분명했다. 찜질방에 누워 밤마다 고민했다. 결국 직접 확인했으므로 사기꾼이 아니란 것만은 확실하단 생각에 노인을 찾아가 다짜고짜 매달리기 시작했다. 살려달라고.

3. 입문

지금도 '의뢰'가 아닌 경우에는 오토바이를 타고 이동한다. 퀵서비스를 할 때처럼 쫓기듯 달리지 않아서 오토바이를 탈 때면 '도시의 바람'에 대해 자주 생각하게 된다. 오토바이를 타고 시내 곳곳을 달리면 바람이 내 몸속의 구멍을 훑는다. 눈, 코, 입, 귀, 목덜미, 겨드랑이, 신발 속. 바람은 구멍을 훑고 구멍을 뚫고 내 몸을 관통한다. 도시의 바람이란 불순한 것들을 훑는 경우가 많으므로, 불순한 것들이란 늘상 인공적인 것들에서 생겨나게 마련이므로, 그 바람을 따라 알 수 없는 종류의 먼지들이 들어온다. 먼지는 몸 구석구석 빈틈없이 들어찬다.

퀵 서비스를 하던 시절에는 고시원 샤워실에서, 찜질방에서 오랜 시간 공들여 씻어도 귓속이나 살이 접히는 부분에는 먼지가 매달려 있었다. 오토바이 핸들을 놓은 채 헬멧도 쓰지 않고 도로를 달리는 영화 주인공을 지금 본다면 나는 가장 먼저 그 몸뚱어리에 깃들 먼지들을 떠올릴 것이다. 헬멧을 쓰고 마스크를 써도 저녁에 코를 풀면 시커먼 것들이 나왔다. 아직도 내 몸속을, 핏속을 떠돌고 다닐 먼지들. 일을 열심히 하면 바람을 더 많이 맞고 바람은 내 몸속에 무수한 구멍을 만들고 그 속에 먼지가 깃든다. 일을 많이 할수록 더 많은 먼지를 얻는다. 가끔은 돈이 아니라 몸속에 시커먼 먼지를 저장하기 위해 일을 하는 것일지도 모른다는 생각이 들었다. 아니, 내 몸은 팔 할이 먼지가 키웠다고 해야 하나. 아니다. 내 몸은 80퍼센트 이상 먼지로 구성되어 있다. 생각이 거기까지 미치면 나는 우주를 떠도는 미아 같은 심정으로 다음 고객에게 둥둥, 떠갔다.

*

스타벅스 카라멜 마키아또를 홀짝이며 노인은 아주 만족한 표정이었다. 여자냐 남자냐 묻고 싶었지만 아무럼 어떠냐, 그 질문은 생략하기로 했다. 노인은 자신의 공간이동법을 축지법이라고 했다. 홍길동전에나 나올 법한 그 이름이 낯설었다.

-그래서, 내가 쓰는 축지법을 배우고 싶다고?

-네.

-달달한 거 먹고 싶다.

-네?

-월넛 브라우니.

-아, 네.

얼른 뛰어가서 월넛 브라우니를 샀다. 노인은 눈을 감고 긴 시간 동안 오물오물, 공들이듯 먹고 마셨다. 삼십 분쯤 지났을까. 노인이 말했다.

-너는 성격이 우유부단하고 둔한 것 같다. 적성에 안 맞아. 딴 일 알아봐.

며칠 급식소를 쫓아다니며 인사를 했다. 그리고 겨우 시간을 허락해 만난 참이었다. 비싼 한방삼계탕을 뚝딱 해치우더니 평소에 올 일이 없는 프랜차이즈 커피숍에 와서 후식까지 얻어먹은 주제에 포기하라니. 욱, 하고 주먹만 한 것이 저 아래에서 솟구쳤으나 꾹, 참고 말했다.

-어르신. 제가 퀵서비스를 하는 사람입니다. 빠르게 계산해서 움직이는 것은 10년 동안 훈련되어 있습니다. 그러니 좀 알려주십시오. 나이는 꽉 찼고, 이 바닥은 답이 없고, 새롭게 뭔가 해야 될 것 같습니다. 어머니는 병원에 계시고 형님은 빚이 많아 파산상태입니다. 지금은 제 빚이 불어나고 있습니다. 한 번만 도와주세요.

-입이 너무 달다.

-네?

-시럽 없이 아메리카노 따블샷. 뜨끈한 거로다가.

노인은 실눈을 뜬 채 나를 힐끔거리며 남은 브라우니를 털어넣었다. 일어서서 잠시 고민했다.

출입구로 나갈까.

카운터로 갈까.

더블샷 아메리카노를 한 모금 마신 노인은 나를 보고 씩 웃었다. 내게서 메모지를 찾기에 얼른 노트 한 권을 내밀었다. 노인은 공책 한 장을 찢었다.

-잘 들어라. 축지법은 땅을 줄여서 먼 거리를 가깝게 하는 술법이다—이. 그럼 어떻게 땅을 줄이느냐—이? 부채 접듯이 땅을 접으면 된다—이? 종이로 부채 접는 것 아냐—으?

노인은 요상한 억양으로 주문 외듯 설명을 시작했는데 주변의 사람들이 자꾸만 흘끔거렸다. 그는 검지와 중지로 브이(V)를 만들어 보이고는 종이 위에 두 손가락을 얹었다. 검지를 앞으로 내딛더니 중지 쪽으로 종이를 접듯이 끌어왔다. 그러고는 중지를 뻗어 앞으로 내딛고 검지 쪽으로 끌어왔다.

-다리만 잘 뻗으면 땅이 촥 촥 -이것은 실제로 땅을 접을 때 나는 소리이다-잘 접힌다. 나를 따라 해라. 촥, 촥, 촥, 촥.

부끄러웠지만 노인의 진지하고 무서운 눈빛 때문에 얼른 따라 했다. 손가락 두 개를 테이블에 얹고 어기적어기적 손가락으로 걷는 시늉을 했다.

-소리는?

-…차-악, 차-.

- 아니! 촥이라고, 촥!

- …촥, 촥.

주변 사람들이 키득거리기 시작했다. 이게 다 뭐하는 짓인가 싶었지만 노인이 나를 시험하는 것이란 생각에 암말도 못하고 때가 낀 그의 손톱만 쳐다봤다.

-이 동작을 아주 빠르게, 정확히 해내야만 축지법이 완성된다. 내일 아침에 나를 데리러 와라.

그리고 노인은 가게를 나섰다. 어디로 갈까요, 물어도 대답이 없었다. 다음날 제일 처음 여는 무료급식소로 찾아가니 그가 식판을 들고 서 있었다.

4. 수련

애니팡은 1분 동안 49개의 구멍을 얼마나 많이 비우는가가 관건이다. 연타로 동물들을 터트리다 보면 폭탄이 생겨난다. 그 폭탄을 터트리면 두 줄기 바람이 불고 두 줄의 구멍들이 생겨난다.

1분의 시간이라면 울릉도에서 독도로 넘어갈 수 있다. 파도가 높아도, 폭설이 쏟아져도, 땅만 잘 접으면 충분히 갈 수 있다. 그런데 이따위 게임에 좌절하고 있는 것이다. 할 수만 있다면 토끼 옆의 개를 접고, 고양이 사이의 돼지들을 접고, 저 얄미운 원

숭이들의 얼굴을 접어서 콤보를 만들고 폭탄을 터트리고 싶다. 마흔아홉 칸을 모두 터트려 빈칸을, 구멍을 만들고 싶다.

*

일제강점기, 합천의 오도산 정상에 있는 토굴에서 은둔하며 살던 도인이 있었다 한다. 그 도인이 축지법을 썼다는데, 믿거나 말거나 노인은 그 도인의 수제자라고 했다. 오도산 정상 토굴에서 거지처럼 살 것. 우선 하루에 스무 번씩 오도산을 오르내릴 것. 식사는 무료급식소를 이용할 것. 설거지나 산나물 채취 등으로 급식소 밥값을 할 것. 살은 최대한 빼서 몸을 가볍게 하되 근력을 길러서 무거운 짐을 질 수 있을 만큼 연습할 것. 두 달 동안 죽은 듯이 연습하면 축지법을 알려준다. 노인의 조건이었다. 그리고 어디서 났는지 엄마의 두 달 치 요양비를 내밀었다. 나는 바로 충성을 맹세했다.

맹세했으나 예삿일이 아니었다. 맨땅에서 자는 것도, 화장실이 없는 것도, 씻기 힘든 것도 모두 적응하기 힘들었다. 군대에 다시 들어가는 꿈을 오래도록 꾸는 중인 것 같았다. 아니, 차라리 군대가 더 나을 것 같았다. 멀리 떨어진 무료급식소까지는 오토바이를 이용할 수 있었지만 산을 한 번 오르고 나면 먹은 것들은 이미 소화가 되어버렸다. 첫날, 세 번째 왕복 후 그대로 집에 갈 뻔했다가 노인이 내민 초코파이 한 상자에 발이 묶인 것을 빼고는 나름 성실히 수행했다. 어서오십시오가 새겨진 깔판을 흐트러짐 없이 다리로 착, 착, 접는 연습을 마치고 나자 노인의 손을 잡고 실제 축지법을 수행할 수 있었다. 체공시간을 늘려 땅에 발을 딛는 그 상황을 정확하게 설명하고 싶지만 글쎄, 자전거 배우던 때랑 비슷하다는 것 말고는 어떤 말로도 표현할 방법이 없다. 개울 사이를 접어 넘는 것을 시작으로 조금씩 영역을 넓히며 땅을 빨리 접어 뛰어다니기 시작했다.

　-최신 지도책 그림을 달달 외워라. 네가 어디에 있는지 가야 할 곳의 방향을 어떻게 잡을지 전체 그림을 머릿속에 떠올릴 수 있어야 한다.

　-스승님. 그냥 휴대폰 내비게이션을 쓰면 안 되나요?

　-와이파이가 터지지 않으면 끝장이다. 통신사를 믿지 마라. 약정 끝날 때까지 피눈물 쏟을 수도 있다. 네가 있는 곳에서 가야 할 곳까지를 전체적으로 떠올린 다음, 어디 부분을 접을 것인지 미리 계획해야 한다.

　자는 시간, 먹는 시간을 빼고는 계속 땅을 접었다 폈다 반복했다. 여름의 끝자락에 다다랐을 때는 노인의 체공시간에 얼추 맞춰갈 수 있었다. 그때부터는 지게를 이용해 무거운 물건을 메고 땅을 접었다 폈다. 혹독한 겨울을 보내면서 꽤 고생을 했다. 공중의 찬바람은 정말 매서웠기 때문이다.

축지법을 수행하며 내가 맞는 바람 또한 내 속에 무수히 많은 구멍을 만들었다. 내 몸을 통과한 바람은 주로 시간에 구멍을 뚫었다. 허공을 달린다는 것은 다른 활동보다 월등히 많은 체력소모를 요구했다. 하지만 시간만큼은 절약할 수 있었다. 그것이 돈을 벌 수 있게 해주었다.

5. 실전

중요 서류, 마감 직전 원서 접수 등 대행. 전국 어디든 사십분 내에 배송 완료. 카카오톡 상담 환영. 처음 일을 시작했을 때 의뢰는 정말, 아주 적게 들어왔다. 하지만 수입은 전보다 더 많았다. 값을 세게 불러도 정말 급한 사람들은 부르는 값에 덤까지 얹어 주었다. 신인문학상 마감날짜를 맞추기 위해 먼지까지 탈탈 털어 이용하는 지역의 작가 지망생을 제외하고는 대부분 돈이 많은 사람이었다. 하루에 몇억씩 거래하는 이들이 지역에서 지역으로 서류나 가벼운 물건을 넘겨 일을 빨리 처리하는 데 축지법을 원했다. 돈으로 돈을 긁어모으는 방식이 그렇게 가벼운 것이 오가는 일인 줄 몰랐다. 문득 공중에서는 수천만 수억 원이

왔다 갔다 하는데 몇천 원 더 벌겠다고 먼지를 마셔가며 도로를 달린 것이 아득하게 느껴졌다. 쓸쓸했지만 엄마의 병원비를 해결하려면 멀었으므로, 얼른 카페모카와 치즈 케이크를 사서 스승님을 찾아가야 하므로 촥, 촥, 촥, 촥, 열심히 땅을 접어 나갔다.

어느 정도 단골이 생기자 사람을 운반하는 의뢰도 들어왔다. 돈 많은 사람들이 도피를 위해서, 계약을 위해서, 접대를 위해서 단시간 장거리 이동을 원했다. 서류보다 세 배는 비싼 의뢰였는데도 곧잘 들어왔다. 성인 남자를 운반하는 일이 가장 힘들었지만 대개가 성인 남자였다. 고객에게 담요를 뒤집어씌우고 큰 상자에 앉힌다. 상자를 지게에 단단히 고정시키고 달려야 하는데 여간 힘든 일이 아니었다. 공간을 접어 달리는 일은 나나 의뢰자나 격한 체력소모를 겪어야 했기 때문이다.

한겨울, 모든 것이 말라붙은 빈 들판을 달리다 보면 돈이고 뭐고, 만사 다 귀찮을 정도였다. ET를 자전거에 태우고 허공을 날며 달을 가로지르는 로맨틱한 장면은 전혀 나올 수 없었다. 매서운 바람을 헤치고 헉헉, 거리는 나의 폐와 아이고아이고, 거리는 손님의 성대만이 울릴 뿐이었다. 용을 쓰며 달리다 보면 오줌이 마렵거나 설사가 나거나 했는데 그렇다고 손님을 기다리게 하고 용변을 볼 수는 없었다.

공기저항과 중력과 생리적 현상과 싸우며 허공을 갈팡질팡

거리다 보면 바람은 시간에 무수한 구멍을 뚫고, 나는 공간을 접어 나가며 그 구멍 속으로 망가진 체력과 신체를 쑤셔 박고 있었다. 혹은, 성인용 기저귀로 다른 구멍을 막거나 말이다.

어쨌거나

돈은 참, 많이 벌 수 있었다.

*

오후 4시가 넘어서는데도 더위는 사그라질 줄 모른다. 에어컨을 켜고 사무실 소파겸용 침대에 걸터앉아 스마트폰을 들여다본다. 휴가철이라 손님이 뚝 끊겼다. 이럴 때 요양원에 있는 엄마를 보러 가야 했지만 가봐야 엄마의 우는 모습만 내도록 보다가 와야 하는 것이 싫어서 미루고 있다.

작은 사무실을 얻어 숙식을 해결하는 지금은 고시원, 찜질방, 토굴에 비하면야 근사한 생활인데도 엄마는 내가 일정한 직업 없이 좁은 사무실에서 사는 것이 자신의 탓이라고 했다. 매번 이렇게 살아 있는 것이 미안하다며 자꾸 울었다. 처음에는 그게 왜 미안한 일이냐며 화를 냈다. 진짜 미안해야 할 사람들은 이유도 모르고 잘살고 있다고. 그러니 그런 말은 말라고 엄마를 위로했다. 마지막으로 보러 간 것이 두 달 전이었다. 눈물도 나오지 않는데 우는 엄마를 앞에 두고 울지 말라고 말하기도 지쳐서 울거나 말거나 휴게실 텔레비전만 봤다.

아마 엄마는, 내가 엄마에게, 미안하다고 말하기를 기다렸을 것이다.

바람이라도 불었을까. 문득 생각난 것처럼 매미가 운다. 애니팡을 실행한다. 그러고 보니 요즘은 하트가 들어오는 일이 좀 시들해진 것 같다. 종종 캔디팡이라는 게임에 초대를 하는 카톡이 들어왔다. 사람들은 그새 다른 게임으로 옮기는 중인 것 같았다. 장현상 또한 하트 보내는 일이 줄어들었다. 내가 하트를 보내지 않아도 그는 하루 두 번씩 꼬박꼬박, 적금 붓듯, 꾸준하고도 공평하게 하트를 보내곤 했는데 요즘은 하루에 한 번이 전부다. 바쁜가? 일이 잘되나? 놀면, 사람 머릿속엔 여러 가지 쓸데없는 생각이 생긴다. 나도 모르게 장현상에게 메시지를 넣고 있다. '잘 사냐?'

또로록, 카톡에 장현상이 보낸 답이 뜬다. '죽지 못해 살고 있다. 요즘 왜 이렇게 장사가 되지 않냐. 접어야 되나 고민이다. 넌 잘 사냐?' 답을 보낸다. '살긴 사는데 잘 사는 건지는 모르겠다.' 그리고 다시 적는다. '너 하트 열심히 보내더니 요즘엔 왜 뜸하냐? 잘 안 하냐? 당당하게 1등이라고 자랑까지 하더니.' 답이 온다.

'그거 우리 아들이 해준 거다. 나는 점수를 못 올리겠더라.'

우워어어어어어어어어!

나도 모르게 자리에서 벌떡 일어난다. 순간, 심한 배신감이 든다. 나는 어쩌자고 초등학생이 올리는 점수를 질투하며 열을 올렸던가. 결국 눈에 보이지 않는 비겁한 술수가 세상을 이긴단 말인가. 또로록, 하고 장현상이 몇 마디를 더 보냈지만 폰을 든 채 아무것도 하지 못한다. 사장님 계십니까? 하고 누가 들어서기 전까지 말이다.

―6시 전까지 가능하겠습니까?

어마어마한 액수를 부르는 사내는 땀을 뻘뻘 흘리고 있다. 반대편이 나서기 전에 지역개발 건으로 서류를 처리해야 한다며 조심스럽게 말을 꺼낸다. 내일 아침에 서류를 넣게 되면 그 전에 반대세력이 몰려올 것이고 그렇게 되면 처리가 늦어지므로 자신이 난처해진다는 것이다. 남한의 끝에서 끝으로 이동해야 하는데 겨우 삼십 분 정도 남아있는 상황이다. 사내가 가져온 사과 상자를 열어 보인다. 현금다발이 파릇파릇 싱싱하다.

이 박스 말고도 세 박스 더. 겨드랑이까지 젖어 시금털털한 냄새를 풍기는 사내가 자꾸 재촉한다. 뭐, 시간이야 어떻게든 맞출 수 있지만 나쁜 방법을 써야 했으므로 고민이 된다.

―스승님, 땅을 접을 때 위에서 보지 않고 옆에서 땅을 세게

밀면 땅이 한꺼번에 촤르르륵, 하고 후딱 접히지 않을까요?

언젠가 이런 질문을 했다가 찰싹, 영감에게서 따귀를 맞았다.

-전체를 먼저 보고, 앞서간 다음엔 뒤도 돌아봐라. 빨리 갈 생각에 함부로 땅 접으면 큰일 난다. 논을 잘못 접으면 곡식이 상하고 밭을 구기면 사과가 떨어진다. 산이나 강을 잘못 접으면 홍수가 나거나 짐승이 떼로 죽는다. 잘 살자고 빨리 가는 것을 가르치는 것인데, 빨리 가자고 급하게 덤비면 다 죽는 꼴이다. 내가 이 일을 가르쳐준 것은 그런 못된 짓을 하지 않을 것 같아서였다. 네가 만약 일을 그르치면 우주 끝까지라도 쫓아가서 혼낼 줄 알아라. 지옥을 보여주마.

사람이 하는 일은 원래 자연을 망가뜨리는 일이라 실제로 조금이라도 더 빨리 가려고 하면 꼭 어딘가 상했다. 비닐하우스를 뭉개고 절벽의 돌을 떨어뜨리고 물고기를 수십 마리 죽였다. 상수도 지역에 똥오줌을 누기도 했고 땅을 너무 깊이 접어 약한 지진을 일으키기도 했다. 그러니 이 일을 수락하면 정말 큰일을 내는 것이다.

제주도나 마라도쯤의 측면을 강하게 차면 순식간에 땅이 접혔다가 펼쳐질 것이다. 땅이 접히는 찰나의 순간에 땅의 제일 높은 부분-아마 한라산이나 어느 산쯤 되겠지-을 딛고 촤르르륵,

미끄러지며 땅을 펴면 원하는 목표지점까지 아주 짧은 시간에 당도할 수 있을 것이다.

하지만 이 거구의 사내를 메고 그 일을 하면 내 몸이 부서질지도 모른다. 그리고 그 뒤에 어떤 일이 일어날지는 아무도 모른다. 급하게 일을 처리하면 제주도의 어느 바위가 사라지고, 어마어마한 돈을 들여 만들었다는 4대강의 보를 박살 내겠지. 최악의 경우, 독도가 다른 나라 땅에 붙박일 수도 있는 일이었다.

하지만, 뭐. 어디까지나 추측 아닌가. 유해조수로 규정된 멧돼지 몇 마리 죽는 것으로 끝날 수도 있잖아. 이런 생각도 들었다.

-빨리 좀 결정합시다, 빨리.

사내가 자꾸 재촉한다. 죄송합니다, 고객님. 입버릇처럼 중얼거리며 다시 생각을 시작한다.

하지만 사람의 일이라는 것이 생각을 하면 할수록 꼬인다. 왜 바쁜 일은 한꺼번에 들어오는 것일까. 요양원에서 전화가 걸려온다. 아마 이번 주말에 방문하겠냐고 묻는 전화겠지. 전화를 무시하고 고민한다. 수락할까, 말까. 또로록, 귀찮게 다시 문자메시지가 들어온다. '어머니가 위독하십니다. 아드님 얼굴을 꼭 보고 싶어 하십니다.'

살아있어서 미안하다는 엄마가 위독하고, 애니팡 1등을 놓치지 않는 장현상의 점수는 그의 아들 것이다. 위독을 알리는 문자 메시지와 장현상이 보낸 카카오톡 메시지와 거금을 앞에 두고 땀을 흘리는 돼지를 번갈아 보며 나는 생각에 잠긴다. 아까 영감에게 다녀오면서 쐰 바람이 뇌에 구멍이라도 만든 것 같다. 바른 생각이 무엇인지 모르겠다. 시간은 25분이 남아있는 상황. 엄마에게 갈 것인가. 일을 할 것인가. 모두 다 그만둘 것인가.

머릿속에 전국 지도의 등고선과 축적과 지명이 스쳐 갔다. 접을 수 있는 지점을 찾기 힘들지만 한 번만 접으면 촤르륵 접혀 먼 거리를 이동할 수 있는 호남 지역 평야가, 주홍빛 바다를 접을 때 '내 마음의 주단을 깔고'를 부르게 만들던 서해안 일몰의 감동이 떠올랐다. 접기 쉽지만 여러 번 세세하게 접어야 하는 영남 지역의 구불구불한 산맥도 차례차례 눈앞에 그려졌다.

전국에서 불어오던, 내 속을 관통하던 바람이 머릿속에서 불었다. 내 속을 채웠던 먼지가 풀풀 일어나 날렸다.

애니팡 동물을 많이 터트리면 그만큼 많은 구멍이 생긴다. 많이 생긴 구멍만큼 더 많은 동물이 채워진다. 49개의 비어있는 구멍을 만들기 위해 결국 더 많은 동물을 불러와야 되는 게임. 이렇게 급박한 시점에 애니팡 생각이나 하다니.

바람이라도 불었는지 문득 매미가 운다. 나는 벌떡 일어나 창문을 열었다. 바람을 쐬며 무언가를 다짐했다. 남은 시간은 이

십여 분. 거구의 사내를 돌아봤다.

6.

당신은 어느 별에서 오셨습니까?

미레도레 미미미 레레레 미솔솔……

쉰여덟 번째 연주가 시작되었다. 마이콜이 부르는 하모니카 반주에 맞춰 복길이와 엄씨가 브레이크 댄스를 추기 시작했다. 높이 높이 날아라 우리비행기, 라는 대목에서 녀석들은 한 손으로 땅을 짚고 물구나무서서 다리를 공중에 띄우는 나이키까지 시도했다. 하지만 시늉일 뿐, 손을 짚기도 전에 머리가 먼저 땅에 닿아 고꾸라졌다. 지나가던 사람들이 멈춰 서서 우리를 쳐다봤다. 그제야 술에서 깬 나는 제발, 쫌! 하고 버럭 소리 질렀다.

왜 만리장성 앞이냐? 짜장 세 개 시켜도 만두 서비스 안주는 데는 만리장성뿐이란 말이야! 난, 이 골목 싫어!

그러자 팔이 또 부러진 것 같다고 엄살 떨던 복길이가, 몇 음게 되지도 않는 곡을 계속 삑사리 내던 폭탄 머리 마이콜이, 전 날 늦잠 때문에 토익 응시료 삼만 사천 원을 날려 우울한 엄씨 가 함께 말했다.

이년아, 네가 이 골목 오자고 해서 왔거든?

…아이코, 그런가?

그랬다! 바야흐로 삼월이었고 학교 앞이었으며 엎어지면 코 닿는 곳은 죄다 술집이었다. 학교를 비롯해 술집 안팎은 매일 펑 펑, 꽃 피는 나날이었다. 새내기 여학생의 짧은 치마에, 그걸 본 남학우의 머릿속에, 발그레 홍조 띤 모두의 얼굴 속에, 펑, 펑, 꽃 들이, 불꽃들이 피고 터졌다. 심지어 거리에는 토사물까지 꽃잎 처럼 피어났다. 아름답게 피어나는 것들 앞에서 취하지 않고는 못 배기는 시즌인 것이다. 그러니 웬만큼 번화한 곳에는 인간이 득시글댔다. 소란스러운 자리가 싫었던 나는 사람적은 뒷골목으 로 가자고 말했다. 허름한 단골집엔 개화(開花) 따위와는 거리가 먼, 아저씨들이 앉아 있었다.

우리는 왜 졸업을 하고도 학교 앞에 있는 거지?

쉰아홉 번째 연주를 하다 멈춘 마이콜이 물었다. 바닥에 털 썩 주저앉으며 나머지 셋이 말했다.

아무도 취직되지 않으니까. 여기 술값이 제일 싸니까.

…그렇쥐?

역시, 그랬다! 넷 중 취업에 성공한 이는 하나도 없었다. 시급알바를 하거나 얼굴에 철판 깔고 얻어낸 용돈으로 하루하루를 보내는, 참 진부한 백수의 나날이었다. 이력서는 수십 통을 넣었는데 연락 온 곳은 한 군데도 없었다. 집안에서만 뒹굴어 부예진 얼굴 위로 어쩌면 장판 무늬가 슬쩍 비칠지도 모를 만큼 우리 존재감은 바닥을 기었다. 거울을 보며 자기소개를 연습하는 것도 지겨워졌다. 넷이 모여 각출한 사만 이천 육백 원으로 학교 앞에 모여 소주를 사 먹었다. 잔뜩 취한 채 노래를 불렀고 길에서 춤췄다.

　하고 싶은 일이 많다는 것은 제대로 할 수 있는 일이 하나도 없다는 것과 같다.

　하고 싶은 일 하나를 붙잡고 열심히 노력해도 직업과 연결될 가능성이 없는 것도 있다. 독서, 음악 감상, 춤추기, 여행은 누가 봐도 특기가 아니라 취미였다. 우리 넷은 더럽게도 꿈이 많았지만 음악 동아리, 댄스 동아리, 문학 동아리, 여행 동아리 등에서 활동하는 것은 경험의 측면에서만 도움이 될 뿐, 회사에서 요구하는 '스펙'과는 아무 상관 없었다. 높은 학점, 높은 토익점수, 많은 자격증, 다수의 봉사활동, 인턴 경험, 해외어학연수 등등 스펙에 영향을 줄 만한 것은 아무것도 갖추지 못했다.

어느 날, 눈을 떠보니 졸업식이었다. 졸업식을 마치고 가족과 타고 온 택시의 기사는 대기업에 입사한 딸을 뒀다, 했다. 하필 나와 동갑인 그의 딸은 아비를 위해 비싼 한약까지 보내줬다, 했다. 뒷좌석의 엄마와 아빠는 굳게 입을 다물었다. 할 수 있다면 운전기사 입에 안전벨트로 재갈을 물리고 다 죽자는 심정으로 간지럼이라도 태우고 싶었다. 사실 그의 딸도 백수라는, 그래서 골치라는, 자백을 받아내고 싶었다.

이병률이라는 시인이 쓴 책에 나온다. '열정은 강 하나를 사이에 두고 건넌 자와 건너지 않은 자로 비유되고 구분되는 것이 아니라, 강물에 몸을 던져 물살을 타고 먼 길을 떠난 자와 아직 채 강물에 발을 담그지 않은 자, 그 둘로 비유된다'고. '열정은 건너는 것이 아니라, 몸을 맡겨 흐르는 것이다'라고. 하지만 말이다. 요즘은, 강물에 몸을 맡겨 흘러가긴 하는데 정신을 차려보니 망망대해면 어떡하나, 싶다. 신고 있던 가죽 신발이라도 뜯어먹으며 목숨을 연명해야 하지 않을까. 그래도 나는 참을 수 있을까. 적어도 낚시 도구는 지니고 있어야 하지 않을까. 우리 넷은 지금 그 시점에 놓인 것이다.

우리는 왜 취직이 안 되냐?

네가 사장이면 너 같이 음악만 듣는 배불뚝이를 채용하겠냐?

망할 년, 지는 쓸데없는 책만 읽었으면서.

그래도 복길이보단 낫지. 저년은 재능도 없는 춤 배우다가 팔 부러뜨렸잖아.

엄씨 저것도 그래. 제일 조용하게 생긴 것이 배낭여행 한답 시고 등록금 들고 날랐잖아?

맞다. 그때 우리 쟤 엄마한테 머리채 잡혔잖냐.

아ㅡ, 무슨 일을 하면 먹고 살 수 있을까?

'무슨 일'이고 나발이고 자리가 없다는데 지금 직업선택이 문제냐. 어디든 사람 뽑는다고 하면 들어가고 보는 게 좋지 않 겠냐. 이달 말까지 전화 오는 곳이 없으면 난 울 아빠 공장 가 야 해.

마이콜 아버지는 면장갑을 만드는 소규모 공장의 대표다. 마 이콜은 요즘 심각한 표정이었다. 하루 종일 뽕짝 메들리와 '도 전! 주부가수왕'따위의 라디오프로그램만 줄기차게 들어야 하는 공장 때문이다. 마이콜은 생긴 것 같잖게 소울과 힙합이라는 취 향을 중시한다.

쌍, 지구에는 사람이 너무 많아. 취직보다 시집가는 게 더 빠르지 않을까?

지랄한다, 네 얼굴을 봐라. 거기에 살림이나 잘하냐. 신붓

감 경쟁률에서도 너 많이 딸려. 차라리 외계인한테 시집가는 게 더 빠르겠다.

외계인이라—.

만리장성 앞에 나란히 앉은 우리는 조용히 밤하늘을 올려봤다. 별 따위는 하나도 보이지 않았다. 이 거대하고 캄캄한 세계에는 오직 벚꽃만이 날리고 있었다. 아, 아름다워라. 우리는 우주가 퍼뜨린 포자처럼, 지구를 유영하는 벚꽃이파리가 되고 싶었다. 하지만 세계의 정상을 향해 날지도 못하고 곧바로 바닥에 구겨졌다. 지나가던 누군가 퉤, 바닥에 껌을 뱉었다.

야, 계인아. 너희 별에 인구수 좀 늘릴 생각 없냐고 물어봐라.

복길이가 말했다.

나도 오래전에 추방당한 별인데 너네라고 갈 수 있겠냐?

나 외계인, 아니 이계인은 한숨을 쉬었다. 이름 때문에 붙은 별명이지만 모두에게 거부당하는 요즘은 진짜 외계인이 된 기분이었다. 나는 어쩌다 이런 시시한 별에 추락했을까.

우리는 진지하게 그러나 어이없게, 외계인에게 피랍당할 방법을 논의했다. 멀더와 스컬리를 만나지 않으면 아무 소용없어. 우리의 미래를 위한 논의는 안드로메다로 날아가고 있었다. 그러려면 일단 미국 20세기 폭스사에 가야 하겠네. 거기 가려면 비행기 삯이 얼마나 들까? 야, 그 돈 있으면 그냥 지구에서 살아도 되겠다.

아, 그렇네.

그렇다! 결국, 문제는 돈이다. 음악을 듣고 싶다면, 책을 읽고 싶다면, 춤을 추고 싶다면, 남편을 만들고 싶다면, 우리는 돈을 벌어야 한다. 미레도레 미미미, 하고 예순 번째 연주 소리가 들렸다. 하늘은 고요했다. 무언가 펄럭, 나부끼는 소리가 났다. 〈태극기 바람에 펄럭이는 소리〉 앨범의 1번 트랙에 실릴만한 정직한 소리였다. 하지만 소리는 태극기가 아니라 골목 입구의 현수막이 내고 있었다. 한쪽 줄이 풀린 현수막은 바람에 마구 흔들렸다. 〈2006년 2분기 공공근로사업 신청자 접수〉 마감일이 내일 날짜였다. 접수방법을 읽고 있는데 옆에 앉은 엄씨가 무릎을 모으고 중얼거렸다.

섹스 하고 싶다.

삐—익, 마이콜의 하모니카가 바람 빠지는 풍선 소리를 냈다. 우리 셋은 동시에 엄씨를 쳐다봤다.

아니, 그러니까, 이럴 때 애인이라도 있으면 좋겠다, 그런 얘기야.

한 번도 연애를 못 해본, 유도로 다져진 다부진 몸매의 엄씨는 발칙하게도 수줍어했다. 섹스라니, 그게 가당키나 한가. 정적

위로 마이콜의 예순한 번째 비행기가 이륙했다. 엄씨의 손을 꼭 잡은 나는 아주 작게 중얼거렸다.

엄씨야, 우리는 〈섹스 앤 더 시티〉에 나오는 뉴요커가 아니야. 우리는 지구인도 아닐걸. 지구인이 되고 싶어 안달 난 외계인일 뿐이라고.

마이콜의 비행기는 뜨기만 뜨지, 높이 날지는 못하는구나.

엄씨가 혼잣말로 중얼거렸다.

디비디비딥, 하고 나는 대답했다.

우주선에서 외계인이 내려와 하는 말처럼.

오전 아홉시부터 오후 여섯시까지. 일당 이만 팔천 원. 점심 식대 삼천 원. 삼 개월간 근무하는 일용직 근로자 신분. 연속해서 세 번까지만 참여 가능. 이유? 명시되어있진 않지만 십이 개월이 지나면 퇴직금을 줘야 할 테니까. 그런데, 이해할 수 없는 한 가지. 산재보험, 국민연금, 고용보험, 건강보험을 왜, 의무적으로 다 내야 하는 거지? 꼴랑, 삼 개월인데. 국민연금 따위라니! 지네들이 나한테 주는 거라고는 최저임금밖에 안 되면서 이것까지 까다니, 진짜 기가 막혀서! 여기 사장, 아니, 구청장 나와 보라 그래요!

이런 말은 할 수 없었다.

번호표와 땅 또―옹과 무엇을 도와드릴까요? 로 점철된 공간에서, 붉은 인주와 주민등록번호가 난무하는 서류 더미를 앞에 두고, 내 낯빛만큼 누런 똥종이 계약서에 주소 따위를 쓰며 바뀐 번지수가 41인지 42인지 고민하는 내가, 도대체, 무엇을 항의할 수 있단 말인가? 내 민증은 이미 까발려지지 않았는가. 이곳은 최소 삼 개월의 용돈을 보장한 약속의 땅이 아닌가 말이다.

초록색 옷차림의 공익요원 몇이 지나가며 이쪽을 흘끔거렸다. 공무원들도 내 쪽을 쳐다봤다. 편의점 알바의 자리에 있는 것과는 느낌이 확연히 달랐다. 일명 '이사주'만 있으면 되는 알바는 신체건강, 용모단정의 조건만 갖추면 타인의 시선을 신경 쓰지 않아도 된다. 같은 일용직이라 하더라도 '공공근로자'라는 신분은 일단 실업자와 저소득층이라는 꼬리표가 생긴다. 어린 나이에, 쯧쯧. 이런 소리가 들리는 것 같았다. 벌써부터 패배자가된 느낌. 그러니 주눅이 들 수밖에.

내 옆자리에는 마흔세 살의 사내가 앉아 공공근로 계약서를 작성하고 있었다. 비쩍 마르고 눈만 큰 사내였다. 사내는 어딘지 모르게 어설펐다. 분명 성실해 보이는데 꼭, 세월의 때를 덜 입은 느낌이랄까. 그러니까, 사내는 자위도 하지 않을 것 같은 사춘기 이전의 소년 같았다.

담당자인 김 주사가 지하 2층으로 우리를 데려갔다. 사내와 나는 의자와 책 몇 권을 들고 그를 따랐다. 일하러 나오라는 전화를 받았을 때, 구청의 보관문서들을 정리하고 목록화하는 작업에 '투입'될 것이라 들었다. 1층으로 오라기에 갔는데 다시 지하행이라니. 지하 2층 거대철문에는 〈문서보존실〉이라는 팻말이 붙어 있었다. 그 아래로는 '관계자 외 출입금지'라는 유명문구도 있었다. 내심 관계자가 되는 영광을 얻나 기대했다. 하지만 김 주사가 문을 열었을 때엔 결국 울적해졌다. 문 속에는 한 치 앞도 보이지 않는 껌껌한 어둠이 도사리고 있었고 탁한 공기가 새 나왔다. 불을 켜자 커다란 냉난방기가 윙윙거리며 건조한 바람을 내보내고 있었다. 눈이 따가웠다. 아, 여긴가요? 사내가 아무렇지 않은 목소리로 외치고 분주하게 의자를 이동시켰다. 이곳에서 이 어설픈 아저씨와 삼 개월 동안 일을 해야 한다고? 세상에!

할 만하니? 하고 마이콜이 물었을 때 선뜻 대답하지 못했다. 당장 무엇이든 해야 되겠다는 생각에 시작하긴 했지만 결코 해볼 만한 일은 아니었다. 침침한 형광등 불빛 아래 이동식 철제책장을 오가며 문서를 정리하고 종이에 서류철 관련 사항을 하나하나 적은 다음 종이의 내용을 다시 컴퓨터에 입력해 열람 가능한 상태로 만드는 작업은 단순노동이었다. 하지만 온도와 습도를 종이 상태에 맞춰 돌아가는 히터 때문에 공기는 건조해서 온몸의 수분이 빠져나갔고 오랫동안 보관해 온 서류들 때문에 하루 종일 더러운 먼지를 뒤집어써야 했다. 지하 1층 보일러실에 상주하는 시설관리과 직원이 몰래 피우는 담배 연기가 문틈으로 새 들어오기도 했다. 40대의 아저씨와 단둘이 작업하는 게 어색해서 라디오를 가져왔지만 지하에서는 교통방송 이외의 주파수를 잡지 못해 시내 교통정보만 반복해서 들어야 했고 일이 서툰 아저씨의 계속되는 질문에 내가 할당받은 일감은 줄지를 않았다. (세무과 영수증 증빙철을 내밀며 이건 한 장을 한 건으로 해야 하는 거죠? 라고 묻는 그에게 그러면 수천, 수만 장의 종이를 일일이 세야 하잖아요. 한 권을 한 건으로 잡는 것이 좋을 것 같아요, 라는 친절한 설명을 덧붙여, 사서 고생하는 그를 말려야 했던 날도 있었으니) 과연 이 문서들을 다시 필요로 하는 날이 올까, 삽질하는 것 아닌가, 싶기도 했다. 그러니, 전혀, 할 만한 일이 아니었다.

하지만 마이콜에게 사실대로 말할 순 없었다. 그녀는 아버지의 공장에 들어가 '쓸모없는 년'이란 잔소리까지 들어가며 쥐꼬리만 한 용돈을 타야하는 스트레스에 시달렸기 때문이다. 마이콜의 목소리 뒤로 철컥거리는 기계 소리가 들렸다. 그 속에서 똑같은 모양의 장갑이 툭툭 튀어나오고 있을 터였다.

그냥, 뭐, 하다 보니 요령도 생기고 할 만해.

그래? 다행이네. 야, 외계인.

왜?

나, 거기 나가.

어디?

송해 아저씨 있는데.

엉?

전국노래자랑.

헐! 전국노래자랑이라면, 빰빰빰, 빰빰, 빠-암빰— 하는 배경음악이 울려 퍼지는 일요일 아침에 마이콜과 똑같은 머리를 한 아줌마, 할머니들이 에헤라디야, 어깨춤을 추는 그것?

같이 일하는 아줌마들이 자꾸 나가라 그러잖아. 에이씨.

에이씨, 하고 내뱉는 마이콜의 말투에는 짜증보다 오히려 애교가 섞여 있었다.

일단 예심에 통과해야 해. 통과하면 말해줄게. 참, 엄씨 엄마한테 전화 못 받았지? 엄씨, 또 사고 쳤더라. 엄마 곗돈 들고 유럽으로 배낭여행 떠난단다. 그것도 삼 개월 있다 돌아올 거래. 취직할 생각은 그냥 버렸나 봐. 암튼, 정신이 나갔어. 근데, 나 뭐 부를까? 앗! 이모, 그거 포장 아직 남았어요! 저기부터 옮겨야 해요! 야, 나 끊을게.

정신이 없기는 마찬가지로 보이는 마이콜이 노래하듯 말하다가 일방적으로 전화를 끊었다. 혹시, 방금 전화기 너머에는 장갑 만드는 기계가 아니라 우주로 떠나는 유에프오가 서 있었던 것이 아닐까. 안녕, 잘 있어. 머릿속에서 마이콜과 엄씨가 우주선 앞에 서서 손을 흔들었다. 나는 지하에 묻혔는데 너네는 공중으로 뜨다니. 잘 가라, 이년들아. 전화를 끊고 돌아서는데 아저씨가 나를 보고 서 있었다.

계인씨, 아까 가르쳐준 자동입력 방법 다시 가르쳐 주면 안 될까요?

아, 네.

자동입력방식이라니, 이게 다 뭔가. 나는 혼자 지구에 남은 외계인 심정이 되었다.

디비디비딥.

딥딥딥.

특징 : 식탐이 강해 또래 친구들과 자주 다툼. 장래희망 : 중국집 주방장. 삼십 년 전의 복지과 파일 중 지금은 없어진 고아원의 원생들 인적사항이 담긴 파일을 발견했다. 그중 이름이 나와 같은 남자아이가 있었다. 시장에서 엄마를 잃어버리고 계속 울고 있는 다섯 살 된 아이를 데려왔는데 이름이 뭐지? 물었더니 외계인이라 대답했다고. 그래서 이름을 이계인이라 썼다고 한

다. 인적사항카드의 통통한 얼굴은 인상을 쓴 채 누렇게 박제되어 있었다. 이 아이는 커서 정말 요리사가 되었을까. 살아있다면 지금의 나이는 같이 일하는 저 아저씨와 동갑이다. 지구에 홀로 떨어져 원래 살던 별까지 닿을 만큼의 면발을 뽑아내는 외계인은 얼마나 고독할까.

이 도시에는 혼자된 인간의 이야기가 너무나도 많았다. 미라처럼 보존된 그들의 한때를 열어보는 일은 흥미진진했다. 보존 기간 1, 2년의 문서는 그저 그랬지만 10년 이상의 보존 기간을 가진 문서는 누런 종이 표지만큼 매력적이었다. 피라미드의 깊은 속을 파고 들어가 미라의 몸에 감긴 붕대를 푸는 일처럼 우선 파일의 먼지를 털고 바짝 마른 종이가 바스러지지 않도록 조심히 펼친 다음 내용의 면면을 살핀다. 사람과 사람 사이에 일어난 일, 그들이 약속한 일을 간단하고 딱딱한 문장으로 서술한 종이에 손가락을 대면 나는 습자지처럼 투명한 종이가 되어 잉크를 흡수한다. 내 속으로 스며든 이야기가 나의 우주를 건드리고 나는 그들이 떠나온 별을, 우주를, 상상해보는 것이다. 당신들은 어디에서 오고 어디로 떠났습니까? 드르륵, 다음 책장을 이동시켰다.

콘돔포장지를 발견한 것은 그때였다. 복지과와 세무과 사이의 책장 구석에 먼지를 뒤집어쓴 플라스틱 비닐 포장지가 아주 얌전하게 놓여있었다. 지하철 화장실 자판기에서 파는 500원짜리 '에로스' 일반형 콘돔이었는데 알맹이는 없고 손가락 크기의 찢어진 포장지만 있었다. 처음에는 당황했다. 이곳에서 누군가 섹스를 했을 것이라는 추측과 동시에 아저씨가 그것을 보게 되면 어쩌나 하는 생각이 머릿속에서 뒤죽박죽 얽혔다. 도대체 내가 서 있는 곳은 어디인가. 섹스를 한 사람들은 누구인가. 흐음, 하는 신음소리와 함께 건축과 서고 쪽에서 아저씨가 움직이는 소리가 났다. 나는 아저씨가 볼까 두려워 포장지를 편모 편부가정 사교육비 지원 관련 파일 사이에 끼워 넣었다.

나는 이 지구의, 우주의, 거대한 빠굴 사이에 놓여있는 거구나. 포장지를 숨기고 나자 갑자기 머릿속이 어지러웠다. 지금까지 몰랐던 세계가 눈앞에 펼쳐지는 기분이랄까. 그러니까 이 세계의 교접으로 아이들은 생기고 사람들은 일하는구나. 그럼으로써 다시, 이 세계의 부분들은 교접되겠지. 복지과와 세무과와 총무과의 교접으로 문서보존실 정리 인부 자리가 생겼고, 청년 실업의 본보기라 할 수 있는 나는 다행히 구청과 교접할 수 있었고, 다른 교접이 만든 서류 더미들을 정리하고 기록하는 일을 한다. 그러니 내가 받는 칠십만 원 안팎의 월급은 사실 내가 이 세계와 교접되고 있다는 천만다행의 표시인 것이다. 저 에로스 콘돔 포장지처럼. 물론 완벽한 생산 활동이라 부를 수는 없지만 말이다. 그래도 아, 고마워라. 추방당한 외계인의 입장에서는 '소속된' 지구인의 행태를 잘 따라가고 있는 것 아닌가. 갑자기 코 끝이 시큰거렸다.

계인 씨. 이거 마시고 해요.

언제 사다 뒀는지 아저씨가 음료수 캔을 내밀었다. 콘돔을 본 후라 괜히 그렇게 느낀 것인지도 모르지만 그의 시선이 좀 끈 적끈적했으므로 나는 음료수를 받아들고 컴퓨터가 놓인 책상으로 가 엉거주춤 앉았다. 아저씨가 나를 따라와 옆자리에 앉았다. 그의 얼굴표정이 평소보다 더 어눌해져 있었다. 멋쩍은 기분이 들어 분무기로 허공을 향해 물을 분사했다. 후두둑, 먼지와 섞인 물방울이 바닥에 떨어졌다. 바닥의 물은 금세 말랐다.

계인 씨, 우리 오늘 술 한잔할래요?

하마터면 음료를 코로 마실 뻔했다. 둘이서 술을 마시자고? 아, 이 무슨 시츄에이션인가. 우리의 관계는 직장동료로 보기에 는 함께 일할 날이 짧았고 친구 먹을 만한 공통관심사도 없었다. 결정적으로, 그와 술을 마시고 싶을 만큼 호감을 느끼지 못했다.

내 얘기 좀 들어줄래요? (이미 하고 있으면서)

내가 말이에요. 혼자 살고 있어요. 이혼했거든요. 아무도 없 는 집에 들어가면 좀 쓸쓸해요. (그래서?)

회사에서 잘렸어요. 아내는 아이들을 데리고 떠났지요. 어 느 날, 눈을 떠보니 이 세상에 나 혼자 있는 거예요. 다른 세계에서 이 세계로 뚝, 떨어진 느낌이랄까. 아내에게서 전화가 왔어요. 아이들마저 망치고 싶지 않으면 말짱한 정신으로 성실히 살아야 한다더군요. 말짱한 정신으로 사는 것은 어떤 것인지 몰라서 일단 보건소에 갔어요. 금연프로그램 과정부터 들으라고 하더군요. 담배를 끊고 새벽에 신문을 돌렸어요. 오전부터 낮 시간 동안은 공공근로사업 일을 하고요. 저녁에는 아르바이트를 찾아다녀요. 주말에는 대리운전을 하거나 아이들을 보러 갔지요. 아들이 절 보자마자 그러더군요. 아빠, 컴퓨터 사줘. 괴물을 무찔러 죽이는 게임이 있는데 나도 그거 하고 싶어. 질이 나쁜 괴물은 머리를 깨부수고 착한 괴물은 사람으로 만들어주는 게임인데 사람으로 만드는 게 점수가 더 높대요. 아들에게 사람이 된 괴물은 어떻게 되냐고 물었어요. 몰라. 그냥 잘 살겠지, 뭐. 그 말을 듣는데 그 괴물, 그냥 나쁜 괴물이어서 머리가 팍, 깨져 죽었으면 좋겠다는 생각이 들지 뭐에요. 원해서 이룬 삶도 아닐 텐데 왜 그렇게 살아야 할까요. 아무튼, 전 머리가 팍, 깨지지는 않으니까 묵묵히 살아야 하는 괴물인 것 같아요. 그래서 다음 주부터는 금주프로그램에도 참여할 거예요. 그 전에 술을 좀 마셔두고 싶은데…… 내 얘기, 재미없죠?

아저씨가 씩, 웃었다. 갑작스러운 질문에 나는 바보같이 네, 하고 대답해버렸다. 아저씨의 표정이 조금 전 봤던 사진 속의 박제된 얼굴처럼 굳어졌다. 아, 이럴 때 뭐라고 해야 하나.

아니, 그러니까, 음, 진짜 괴물은 저예요. 아이들은 저보고 외계인이라고 부르는걸요. 평범한 사람들 다 해내는 일도 잘 못해요. 매일 글이나 읽고 있는 걸요.

아저씨가 더욱 심각한 표정을 지었다. 좆 됐다. 위로 따위는 아무나 하는 일이 아니다.

그러니까 저는 제가 떠나온 우주로 다시 날아가고 싶은데 계속, 계속 추락하고 있어요. 보세요, 지금은 심지어 지하까지 내려와 있잖아요. 그러니까…

일 끝나고 술 한잔할래요?

아저씨가 다시 물었다.

아니요, 오늘은 약속이 있어서.

아저씨가 씩, 웃었고 나도 씩, 웃었다. 볼에 경련이 일었다.

나는 아저씨와 함께 하루의 결석도 없이 성실히 출근했다. 오일을 모두 나오면 더해주는 하루 치 일당과 한 달을 모두 채우면 또 더해주는 하루 치 일당이 꼬박꼬박 생겼다. 매일 블랙홀을 떠도는 미아처럼 서고의 파일 사이를 헤매다 오래된 파일이 나오면 한참 들여다보곤 했다. 이 지역에 사는 위안부 할머니 지원 파일, 지금은 철거되고 없어진 극장의 설계도면, 방범대원·기능직 공무원 인사카드, 구내 지명 유래 조사철, 이발·미용업 신고철 등등, 이 세상과 교접되거나 추방된 이들의 사연은 무궁무진했다. 개업 신고철과 폐업 신고철 사이에 일치하는 가게가 나오면 사라져버린 가게 이름을 몇 번씩 소리 내 불러보기도 했다.

그 사이 마이콜은 전국노래자랑 예심을 통과해 무대에 섰다. 하지만 전주 부분에서 심하게 춤추는 바람에 박차를 놓쳐 '땡'을 당했다. 다행히 생긴 게 희한해서 장기자랑으로 하모니카 연주를 할 수 있었는데 '삑사리'가 심하게 나는 바람에 날아라, 부분도 못 부르고 다시, '땡'을 받았다. 화면 속, 마이콜의 아버지는 '하늘에서 내려온 가수, 상화장갑의 자랑'이라고 쓴 현수막을 흔들었다.

엄씨는 유럽의 어딘가에서 외국인 남자와 하룻밤을 보냈다가 지갑을 털렸다는 장문의 편지를 보내왔다. 우리 나머지 셋은 분명 거짓말일 것이라며, 그래서 불쌍한 년이라며 월급을 쪼개어 모은 돈을 엄씨에게 보내주었다.

복길이는 법무사 사무실에서 일했는데 비 오는 날, 구청에 검인 도장을 받으러 다녀와서 너덜너덜, 흠뻑 젖은 서류를 손님에게 주었다는 이유로 싸대기를 맞았다. 열 받은 복길이는 댄스 동작을 응용한 덤블링으로 싸대기 날린 손님의 옆구리에 발차기를 날렸다. 생애 유일하게 성공한 춤동작이었지만 그날 복길이는 직장을 잃었다.

햇살은 더욱 밝아졌고 바람에게 고마운 날이 많아지고 있었다. 일 처리가 빠른 나는 아저씨와 진도를 맞추기 위해 종종 지하를 빠져나와 구청 앞 벤치에 앉아 음료를 마시며 시간을 보냈다. 문서보존실에서 바삭바삭하게 마른 내 몸은 수분을 받고 광합성을 해야 되살아났다. 작업은 어느 정도 편해졌지만 그 어둡고 건조한 세계에서 일을 하다 보면 내 자신이 그곳의 문서들처럼 박제되어가고 있다는 생각이 들곤 했다. 섹스라는 것이 어두운 곳에서 잘 일어나긴 하지만 글쎄, 이 세계가 일방적인 체위로 교접을 요구하는 것 같아 서글픈 생각이 드는 것이다. 나는 들고나온 서류철을 펼쳤다. 고아원 인적사항이 담긴 파일이었다.

그 파일 속 스물여덟 명의 아이들은 굳이 말하자면 어느 날 갑자기 길거리로 뚝 떨어진 외계의 아이들이었다. 나는 종이를 펼치고 앉아, 고아원으로 불시착해 십대의 시절을 함께 보낸 아이들이 지금쯤 무엇을 할까, 상상해보곤 했다. 그것은 문득, 학교 앞 만리장성 주방장이 파일 속의 식탐 많은 이계인일지도 모른다는 생각이 들고 나서부터이다. 복길이가 잘린 날, 위로한답시고 마이콜까지 셋이서 학교 앞에서 만나 만리장성의 자장면을 사주면서 주방장에게 왜 만두 서비스는 주지 않느냐고 따질 때였다. 물가가 올라서 서비스를 끊었다고 어눌하게 설명하는 주인의 얼굴과 누렇게 박제된 사진 속의 얼굴이 겹쳐 보였다. 순간, 소설 〈외딴방〉에 나오는 외딴방처럼 문서보존실도 내게 세상과의 교접에 관한 힌트를 줄 것 같았다. 그때부터 나는 파일 속의 이름을 인터넷에서 검색해보고 전화번호부에서 찾아보기도 했다.

여느 때와 다름없이 문서보존실은 은하계의 구석처럼 조용했고, 위성 같은 먼지들은 공기 중을 떠돌았으며, 문서들은 화성이 되어 바싹 말라갔다. 문서보존실 안으로 들어서면 아저씨는 책장 뒤에서 불쑥 얼굴을 내밀고 나를 확인한다. 아저씨의 비쩍 마른 얼굴은 일을 시작할 때보다 누렇게 떴다. 그즈음부터 아저씨는 퇴근할 때까지 보존실에서 꼼짝 않고 지냈다. 점심조차도 도시락을 싸 왔다며 밖에 나가질 않았다. 살이 조금 더 빠진듯했고 얼굴은 구겨진 종이처럼 쪼글쪼글했다. 언젠가, 아내에게 새 남자가 생긴 것 같다고, 이제 더 이상 만나서 이야기 나눌 사람이 없는 산송장 같다, 푸념을 했는데 진짜 박제된 미라가 되어가는 듯했다.

흐음, 신음을 내며 아저씨가 고개를 거두자 나는 자리에 앉아 작업한 것을 컴퓨터에 입력하기 시작했다. 그러다 얼마나 시간이 지났을까.

이거, 제가 아는 사람이네요.

네?

이 파일에 나온 이 사람, 제가 아는 사람들인 것 같아서요.

언제 왔는지 내 뒤에 선 아저씨가 내 책상의 고아원 파일을 펼쳐 놓고 말하고 있었다.

여기 고아원을 아세요?

네. 제가 살았던 곳이니까요.

진짜요?

그럼요. 여기서는 일 년밖에 살지 않았어요. 그래도 이것 보니까 신기하네요. 이 사람들은 아직도 저를 기억할까요? 저를 보면 알아봐 줄까요? 아, 그런데 이 고아원 없어졌군요. 아쉽네요.

그의 큰 눈이 어지럽게 흔들렸다. 그의 마른 몸은 입술을 들썩일 때마다 조금씩 흔들렸는데 금방이라도 가루가 되어 풀썩, 땅으로 꺼져버릴 것 같았다. 아주 잠깐 그의 눈에 물기가 비친 것도 같았다. 그때, 나는 이 지구 상에 불시착한, 나와 같은 외계인들과 교접해봐야 하지 않을까, 생각했다. 꼭 해봐야 할 일이 떠올랐던 것이다. 거대한 강물이 나를 휩쓸고 지나갔다.

진짜, 진짜, 내가 아는 그 아저씨가 분명하다니까.

마이콜은 파일 속의 한 남자아이를 지목하며 말했다. 이름 : 윤태복. 특징 : 식물에 관심이 많음 장래희망 : 농부.

강원도 대관령목장에서 소를 키우고 있었다니까. 졸업 여행 때 정말 봤어!

그래그래, 그럼 강원도 대관령목장.

바야흐로 6월이었고 월드컵 시즌이었다. 학교 앞은 한 명 건너 한 명꼴로 붉은색 티셔츠를 입은 사람들이 태극기를 손에 쥐고 걸어 다녔다. 우리는 학교 앞 벤치에 앉아 '다이나믹'한 코리아를 음미하며 월드콘을 핥아먹었다. 초여름의 햇살에 '월드'의 봉우리에서 녹아내리는 젖 줄기가 자꾸만 손을 끈적하게 만들었다. 공무원 시험공부를 시작한 복길이와 워킹홀리데이 회사에 합격해 출근날짜를 기다리는 엄씨와 글을 쓰기 시작한 나, 장갑 공장의 차기 사장이 될 마이콜은 머리를 맞대고 우리나라 지도에 동그라미를 그리고 있었다. 고아원 파일의 28명 인적사항을 토대로 우리는 여행 지도를 짜고 있었던 것이다. 지구에 불시착한 28명의 외계인이 지금 어떤 세계를 떠돌고 있을지 궁금해진 나는 넷이서 따로 백수로 박제되는 것보다 함께 원생들을 찾아보자고 아이들을 구슬렸다. 여름 동안 할 일 없는 아이들은 쉽게 수긍했다. 우선 28명의 원생이 있을 만한 장소를 선정했다. (물론 허황된 상상으로 만들어내 그냥 자신이 가고 싶은 곳으로 우기는 식이 더 많았다) 여행경험이 많은 엄씨는 우리를 이끌고, 복길이는 운전을 맡고, 나는 글을 쓰고, 마이콜은 음악 틀기를 담당한 상태였다. 물론 마이콜네 공장의 장갑 배달 차량을 탈취할 계획도 짰다. 집에 남길 편지에는 어디까지나 월급을 받지 못한 마이콜의 반항 내용을 썼지만 실제로는 전국노래자랑 출연 이후 인기상도 못 탄 쓸모없는 년이란 소리를 계속해대는 아버지에 대한 복수였다.

며칠 있으면 공공근로사업 3/4분기가 시작될 터였다. 그 사업에 연장신청을 한 문서보존실의 아저씨는 다시 문서보존실에서 미라처럼 박제되어 일을 하게 된다. 나는 아저씨가 화석으로 변하기 전에 내가 쓴 글을 보여주어야 한다는 결심을 했다. 누군가는 그를 기억하고 있다는 것을 말해주고 싶었다.

야, 외계인, 따지고 보면 네가 온 별부터 가봐야 되는데. 너, 지구에 온 목적이 뭐냐?

마이콜이 물었다.

디비디비딥, 하고 대답했다.

그리고 노트에 한 문장을 적었다.

멀리멀리 날아라, 우리 비행기.

글의 첫 문장이 완성되는 순간이었다.

7.

태양을 쫓는 아이

여름의 태양이 그렇게 뜨거운지 몰랐던 시절, 나는 제일비디오의 끈적한 인조가죽 소파에 앉아 오멘, 13일의 금요일, 죽음의 늪 따위의, 아이가 봐서는 안 되는 비디오를 섭렵하고 있었다. 1990년대가 시작되고 얼마 지나지 않았고, 그때의 태양은 항상 둥글었으며, 나는 고작 국민학교 4학년이었다.

할일 없는 여름방학은 지루했다. 비디오 가게에 앉아 공짜로 비디오를 돌려보고 잔심부름을 하는 것으로 일기장을 채우는 나날이었다. 내가 가게를 보면 비디오 아줌마는 방에 들어가 미제물건을 정리했다. 햄, 옥수수가 든 깡통이 달그락거리는 동안 나는 함부로 태운 팔뚝에 일어난 살 껍데기를 뜯었다. 하릴없이 늪 따위에는 왜 찾아가는 거야? 텔레비전 화면에 나오는 멍청한 여자들을 욕하며 태양에 하얗게 휘발된 밖을 내다보기도 했다.

맞은편 어두컴컴한 세탁소에는 노란 머리의 헬로 군인과 엄마가 난처한 표정으로 대화를 나누고 있었다. 헬로의 말을 알아듣지 못한 엄마는 곧 옆집의 미용실로 달려갔다. 아직 젊었으나 결코 아름답지 않은 엄마의 검은 단발머리가 찰랑거렸다. 서늘한 그 머리카락에 축축하게 땀이 밴 손가락을 담그고 싶었다. 잠시 후 미용실 차양을 헤치고 노랗게 탈색된 머리가 튀어나왔다. 미용 집게를 두 개나 꽂은 우스꽝스러운 머리의 '이모'는 헬로와 대화를 나눴다.

영어를 잘하는데도 술집에 다니는 '이모'들이 우리 동네에는 꽤 많았다. 목욕탕에서 그악스런 손길로 아이들을 씻기는 억척스런 '아줌마'와 달리 '이모'들은 '나가시'의 손에 몸피를 맡겼고 탈의실 마루에 비쩍 마른 몸을 뉘여 담배를 빨아댔다. 끈 팬티를 입은 그녀들 중에는 세탁소와 미용실에 외상값을 남기고 훌쩍 도망가는 이도 있었지만 그래서 그랬는지, 이상하게, 나는 그녀들의 자유로워 보이는 삶이 조금 부러웠다. 동시에 그녀들처럼 증발해버릴지도 모를 엄마의 도망을 두려워하기도 했다.

오후 5시. 미용실에 한 달 치 요금을 내고 머리 하러 오는 이모들이 많아질 시간이다. 엄마는 아빠에게 다리미를 넘기고 부식 가게에 갈 것이다. 심심하다, 나는 소리 내어 중얼거렸다. 평소 같으면 써니의 집에서 그림 퍼즐을 맞추고 있었을 테지. 써니는 흑인 미군 장교 아버지와 몸집이 아주 작은 한국인 어머니의 손을 잡고 외식을 갔다. 써니가 가진 바비와 포도맛 미제 음료와 마당에 조립된 정글짐이 그리웠다. 죠스바라도 사 먹으면 좋으련만 그날 받은 돈은 다 써버린 상태였다. 남은 것은 손바닥 가운데 퍼렇게 물든 동전 독뿐.

반납된 테이프의 케이스를 찾으려 일어섰다. 그때 가게에 누군가 들어왔다. 빛을 등지고 서 있어서 얼굴이 보이지 않았지만 누군지 알 것 같았다. 불 속에서 막 튀어나온 것처럼 시커먼 얼굴, 뚱뚱한 몸집의 '누군가'는 우물쭈물 거리며 천천히 들어왔다. 관심 없는 척 몸을 돌려 테이프를 케이스에 집어넣었다. 어, 정미 왔나. 사람 기척을 느낀 아줌마가 가게로 나오며 말했다. 최정미는 우리 동네, 우리 학교 왕따였다. 어린이 비디오 코너에 어정쩡하게 서 있는 최정미는 얼린 빠빠오를 핥으며 자꾸만 내 쪽을 힐끗거렸다. 지영이는 교육방송 다 했나. 예. 아까, 아까, 끝냈는데요. 책상이 없는 집 대신 비디오가게 탁자에서 숙제를 해결하는 내 목소리에 거만함이 묻어났다. 그러니까, 고만고만한 환경의 아이들 중 공부도 곧잘 하고 싹싹하다는 말도 자주 듣는 내가 최정미 너와 난 달라, 라고 티 내는 못된 깍쟁이 심보였다.

최정미는 써니와 같은 흑인 혼혈아였다. 하야리아 미군 부대 소속의 군인 아버지를 따라 미군 부대 내에서 모든 일상생활을 영위하고, 부대 밖의 넓은 집에서 잠을 자는 써니는 드라마에 나오는 부잣집 소녀처럼 멋졌다. 반면에 가족을 버리고 미국으로 가버린 군인 아버지를 둔 최정미는 술집에 다니는 미혼모의 딸이었고 피부색이 다르다는 이유로 동네 아이들에게서 놀림을 받았다. 아이들이 최정미를 놀릴 때마다 난간으로 뛰어나와 고함치는 최정미의 엄마는 항상 고단한 얼굴이었다. 엄마의 보호막이 미치는 범위는 이 층 난간까지가 전부라서 최정미는 학교에서나 골목에서나 혼자 놀았다.

이거 먹을래? 머뭇거리던 최정미가 뜯지 않은 빠빠오 하나를 내게 내밀었다. 이 아이의 친구 사귀는 방식엔 항상 물질적인 것이 동반되곤 했다. 친구 사귀는 방법은 이게 아니야, 라고 빠빠오를 거절한 뒤 조용히 정미의 손을 잡고 놀이터로 나가는, 쿨-한 아이가 되지 못하는 나는 조금 망설이다 덥석 빠빠오를 손에 쥐었다. 물방울이 맺힌 주황색 껍데기에 손에서 나온 구정물이 찍혔다. 잠시 후, 우리는 세상에서 가장 추잡스런 입놀림으로 빠빠오를 핥으며 죽음의 늪을 봤다. 금발의 여자가 마구 소리 지르며 시키먼 진흙탕에 빨려 들어갔다.

내 있잖아. 쥬쥬 인형 남는 거 하나 있는데 니 주까?

최정미가 말했다.

왜? 그거 내한테 줘도 되나?

어. 이모가 생일 때 사줬는데 나는 또 한 개 있거든. 니 주께.

괜찮다. 안주도 된다.

아니다. 니 주께. 니 해라.

나는 다시 거절하지 못했다. 바비와 크기가 비슷한 마론 인형 쥬쥬는 만원이 넘었으므로 엄마에게 사달라는 소리를 하지 못했다. 그런데 새것을 공짜로 주겠다니. 써니의 바비를 항상 부러워하던 내게 인형이 하나 생기는 것 아닌가? 하지만 저렇게 존재감 없는 아이에게 인형을 받는 것은 뭔가 큰 함정에 빠지는 것 아닐까, 하는 의심도 동시에 들었다. 싫다, 좋다 대답 못 하고 망설이는 사이,

지영아. 니, 저 위에 헬로집 사는 애랑 맨날 놀제?

최정미가 화면에서 눈을 떼지 않은 채 말했다.

왜?

내일 나도 같이 놀면 안 되나? 쥬쥬 인형 들고 가서 같이 배워주면 안 되나?

쥬쥬와 써니라. 아악—, 또 한 명의 여자가 늪에 빠졌다. 나는 늪에 빠진 여자처럼 복잡다단한 심경으로 다리를 달달 떨었다. 오렌지 물이 다 빠지고 얼음만 남은 빠빠오는 뒷맛이 썼다.

쥬쥬를 받은 날 써니 집에 한 번 데려간 후 최정미는 매일 나를 찾았고 뻔질나게 써니 집에 들락거렸다. 써니의 집 거실에는 한 번도 본 적 없는 큰 텔레비전이 놓여 있었고 부엌 창고에는 미제 음료를 비롯한 식료품이 몇 박스씩 채워져 있었다. 우리와 생활 규모가 다른 그 집은 매일 찾아가도 신기했다. 최정미는 처음엔 조용히 있더니 나중엔 써니의 행동을 따라 하기 시작했다. 텔레비전의 외국방송 채널에서 하는 시트콤을 보고 써니가 웃으면 따라 웃고 써니가 가만히 몰입하면 진지하게 화면을 응시하는 식이었다. 써니가 움직이면 따라가고 써니가 말을 하면 무조건 호응했다. 어느 날은 써니에게 이제부터 자신을 셀리나라고 불러달라 말했다. 어디서 알아왔는지 달을 뜻하는 이름이라고 했는데 써니의 동생 이름인 엘리나와 발음이 비슷했다. 써니는 끈질기게 자신을 쫓아다니는 최정미를 부담스러워했다. 언제부턴가 최정미는 혼자서도 써니의 집을 찾아갔다. 써니가 집에 없는 날에도 돌아가지 않았다. 엘리나를 돌봐주는 언니처럼 행동했다가 써니 엄마의 말을 듣고 심부름도 하는 딸처럼 행동하기도 했다. 써니는 집요하게 친한 척 구는 최정미가 싫어 마구 화를 냈다가 엄마에게 혼이 난 후, 오지 말라는 소리도 하지 못한 채 지냈다.

퍼—엉, 펑, 가요톱텐이 끝난 저녁, 반가운 소리가 들렸다. 신발도 신는 둥 마는 둥 뛰쳐나갔다. 연지아파트 올라가는 길 입구 사거리엔 벌써부터 사람들이 몰려들었다.

연지동에서 하마정 넘어가는 길을 따라 길게 펼쳐진 회색 담 위로 거대한 불꽃이 마구 솟았다. 하야리아 미군 부대에서 축제를 하는 모양이었다. 잔치도 아니고 파티도 아니고 축제라니, 정확히 무엇인지 알 수 없었지만 해마다 열리는 이벤트였다. 민간인이 들어가기 힘든 담 너머의 세상에는 지금 막, 새로운 세상으로 통하는 길을 열고 있었다.

슈욱, 하고 혜성 같은 불덩이가 하늘로 솟구쳤다가 펑, 하고 알록달록한 불빛이 일제히 꽃을 피웠다. 분수처럼 퍼지거나 둥글게 동심원을 그리며 하늘가로 퍼져나가는 불꽃축제는 장관이었다. 동네 사람들이 건물 옥상으로, 가게 앞의 평상으로 흩어져 불꽃을 감상했다. 불꽃 쏘아 올리는 소리가 펑, 하고 대포처럼 울리면 등에 업힌 아기들이 악을 쓰며 울었다. 불꽃 퍼지는 소리가 총소리처럼 울리면 동네 개들도 마구 짖었다. 일제히 한 곳을 올려보는 사람들을 헤치고 누군가 내 어깨를 쳤다. 과자를 씹고 있는 최정미였다.

하늘에 돌 던지는 것 같제.

어?

연지동이 옛날에 큰 연못이 있었다 캐서 연지잖아.

어.

그 연못에 돌 던지면 똥그란 동그라미가 막 생긴다이가.

어.

꼭 그거처럼 불꽃이 똥그랗게 커지니까 하늘에 돌 던지는 것 같다고. 저거 보니까 이 동네에 돌 던지는 것 같아서 이상하게 속이 막 시원하다.

최정미가 알 듯 말 듯 한 소리를 해댔다. 오징어칩 봉지를 들고서 먹어보란 소리도 하지 않았다. 괜히 얄미운 마음이 생겼다.

야, 최정미.

어?

써니는 여름 끝나면 저거 가족이랑 다 같이 미국으로 간다더라. 니 우짤래? 니는 미국에도 못 가잖아.

써니가 미국에 들어가는 것을 최정미는 모르고 있었다. 해처럼 눈부신 불꽃을 쳐다보며 깐죽거리던 나는 슬쩍 최정미를 바라봤다. 기가 한풀 꺾인 모습을 상상했는데 최정미는 뜻밖에도 나를 노려보고 있었다. 갑자기 사방이 조용해졌고 최정미는 곧 뛰어가 버렸다. 마지막 불꽃이 터진 다음이었다. 뭐꼬? 그냥 끝나뿌네. 사람들은 금세 흩어져 버렸다. 나는 바닥에 떨어진 과자 부스러기만 쳐다봤다. 퍼엉, 귓가에 불꽃 터지는 소리가 남아 울렸다.

미국에 들어가기 한 달 전, 써니는 하야리아 부대 맞은편에 위치한 장교 숙소인 유솜(USOM)부지에 이사를 했다. 최정미와 나는 이사한 곳에 초대받았다. 여름이 끝날 무렵이었고 써니와 마지막으로 만나는 날이었다. 유솜부지 입구는 항상 군인이 지키고 있었으므로 괜히 주눅이 들었는데 최정미를 그곳에 사는 아이라 여겼는지, 아이들이라 상관없다 여겼는지, 군인은 우리를 쳐다만 볼 뿐 아무 말도 하지 않았다. 부지 안은 허름한 도심의 구질구질한 풍경을 지웠다. 수십 년은 됐을 거목들이 둘러싼 땅은 이국적이었다. 물론 일제 강점기부터 남의 땅이었으니 진짜 '이국의 영역'이긴 했다.

써니는 우릴 봐도 별 감흥이 없는 눈치였다. 그저 이곳에서 사귄 친구들이랑 헤어지니 싫다고만 했다. 그 '친구'가 우리인지 부대 안의 아이들인지 묻고 싶었지만 대형 텔레비전 앞에 앉아 아이처럼-그러나 이 세상 그 누구보다 진지하고 근엄하게- 전투기가 나오는 비디오게임을 하는 써니의 아버지를 보고 입을 다물었다. 최정미는 겨우 친구 하나 때문에 가기 싫다는 써니를 이해하지 못하는 표정으로 내가 대신 가주까, 니랑 내랑 바뀐 거 못 알아볼걸, 하고 말했다. 그즈음부터 최정미는 밖으로 잘 나오지 않았다. 엄마에게 미국으로 입양 보내 달라는 말을 했다가 한밤중에 발가벗겨져 밖에 내쫓긴 일이 있었다는 소문도 돌았다.

써니는 엽서에 편지를 써서 우리에게 한 장씩 쥐여주었다. 엽서 표지에는 까만 바탕에 가느다란 반지가 그려져 있었는데 개기일식 장면을 찍은 사진이라고 했다. 태양의 둘레를 도는 지구와 지구의 둘레를 도는 달. 이 세 가지가 태양-달-지구의 순으로 일직선 상에 있을 때 달이 태양을 가리게 돼 한낮에도 지구는 컴컴해진다. 이런 것을 일식이라고 부르는데 달이 태양을 완전히 가린 것을 개기일식이라 했다.

나는 써니니까 태양이고 니는 셀리나니까 달이잖아. 엄마가 지영이는 지구라고 생각해서 이걸로 사면 좋겠다고 해서 산 엽서다. 여기 적힌 주소로 편지하면 내가 답장 꼭 쓸게.

부산 사투리가 입에 밴 써니가 말했다.

내 이름 괜히 셀리나라고 지었다.

엽서를 한참 들여다보던 최정미가 말했다.

왜?

맨날 지구만 보고 맴돌다가 어쩌다 한 번, 지구보다 더 가까이 태양에 갔는데 이렇게 시커멓다이가. 태양은 환한데 나는 왜 까맣노.

작별인사를 하려 하자 써니의 동생이 울음을 터트렸다. 우리는 서둘러 집을 나와야 했다. 고즈넉한 오솔길을 따라 내려오는 내내 우울한 표정이던 최정미는 결국 흑, 흑, 흐느끼기 시작했다.

그때 길옆 놀이터에서 놀던 백인 꼬마들이 우리에게 소리쳤다.

개새끼들아! 끄지라!

노란 머리에 파란 눈을 한 아이들이 부산 사투리로 욕을 하는 것은 우리가 영어를 하는 것만큼이나 어색했다. 나는 지지 않으려 소리 질렀다.

셧 더 마우스! 뻑큐!

녀석들은 아랑곳하지 않고 계속해서 우리를 거지새끼들이라 놀려댔다.

그때였다. 최정미가 돌을 들어 아이들에게 던졌다.

내가 왜? 너거나 꺼져라!

나는 미군에게 혼날까 주눅이 들어 그 아이의 팔을 붙잡고 말렸지만 돌은 계속해서 던져졌다. 최정미, 셀리나의 검은 얼굴 위로 늪처럼 깊은 슬픔이 동심원을 그리며 번지고 있었다.

8.
비틀젠틀 셔틀맨

1. 벌레

영자에게 쌀벌레가 생겼다.

40kg짜리 포댓자루 입구를 열자 투명 비닐의 묶인 입구가 나왔다. 새까만 깨 같은 것들이 쌀을 담은 비닐의 입구 쪽으로 쇄도했다. 매듭 부분을 들고 흔들자 징그러운 그것들이 투두둑, 떨어졌다. 영자는 쌀자루를 거실로 끌고 나왔다. 김장용 큰 대야에 찬물을 반쯤 받았다. 비닐을 열자 수십, 수백 마리의 바구미가 일사불란하게 움직였다. 비상사태임을 눈치챈 것들은 급히 비닐을 타고 올랐고 아직 상황 파악이 안 된 것들은 더듬더듬 쌀알 위를 기어 다녔다.

주방에서 쓰는 스테인리스 대야의 물기를 닦고 거기에 쌀알을 가득 부었다. 그것을 찬물 받은 김장용 대야에 띄웠다. 와르르 무너지는 쌀알 틈으로 바구미들이 서둘러 올라왔다. 불난 집에서 뛰쳐나오듯 황급한 그것들은 미친 듯이 대야의 벽을 타고 올랐다. 시커멓고 살이 통통 오른 큰 것들은 작은 것들의 몸을 타고 오르기도 했다. 무수한 검은 점들의 이동은 기이하기까지 해서 불길해 보였다. 장관이라고 부르기엔 너무 작은 것들이 만들어내는 장면이라 영자의 미간에는 저절로 주름이 생겼다. 가만히 들여다보던 영자는 자신도 모르게 팔뚝을 벅벅 긁었다.

벽의 끝이 낭떠러지임을 알고 난 선발주자 녀석들이 그 자리에 멈추거나 대야의 둘레를 따라 천천히 움직였다. 낭떠러지에서 속도가 정체되는 바람에 무서운 기세로 오르던 녀석들이 앞선 녀석들을 타고 올랐고 그 무게를 못 이기고 여러 마리가 대야의 끝에 대롱대롱 매달렸다. 멍청하게도 뒤에 오는 것들은 매달린 녀석 위로 달려나가기 바빴고 그래서 자신도 절벽에 매달리고 또 다른 누군가에게 등을 내주며 서로가 서로를 붙잡고 살기 위해 세상의 끝에서 버둥거렸다. 결국 무게 때문에 서너 마리가 한꺼번에 물속으로 뚝, 뚝, 떨어졌다. 삼천궁녀가 물에 빠질 때 이런 장면이 아니었을까, 싶을 정도로 비장미가 넘쳤다.

얼마나 지났을까. 물속으로 떨어지는 바구미의 수가 잦아들자 영자는 쌀 위를 뾸뾸뾸, 기어 다니는 것들을 손으로 천천히 집어 들었다. 그것을 손바닥에 올려놓고 한참 동안 들여다보다 김장용 대야의 물에 빠뜨렸다. 물에 빠진 벌레들은 살기 위해 버둥거렸다. 무언가를 붙잡고 싶은데 잡히는 것이 없어서 계속 여섯 다리를 흔들어댔다.

땅을 부쳐 먹는 시누이가 지난 늦가을에 쌀 한 말을 보냈다. 바쁘고 없는 처지에 아픈 어머니를 들여다보지도 못하는 것이 내심 미안해서 보낸 것이다. 먹는 사람이 없어 쌀통엔 아직 쌀이 가득했다. 그래도 햅쌀이니까, 이거라도 안 보냈으면 두고두고 씹었을 거라고, 영자는 생각했다. 일단 다용도실에 뒀다가 딸, 아들에게 나눠 보내고 새해 가래떡을 뽑아야지, 했는데 시어머니가 돌아가시는 바람에 모두 어그러졌다.

빨래 삶을 솥을 찾으러 왔다가 쌀 포대를 보고 아차, 싶었지만 이미 늦었다. 벌레가 나온 쌀을 애들에게 먹으라고 보내기도 그렇고, 남편과 둘이서 다 먹기엔 양이 많고, 모두 떡으로 만들기도 애매하다. 영자는 벌레를 잡으면서도 어떻게 처리할지 고심했다.

고객니―임, 다들 한 벌씩 가지고 있는 등산복! 이제 남들과 똑같은 건 의미가 없습니다! 기능을 따지셔야만 합니다! 마

운틴 페어 제품의 진가는 이 밴딩 처리에서 느끼실 수 있습니다. 통풍이 잘되고 신축성이 강한 밴딩 소재를 움직임이 많은 부분에 넣음으로써, 자, 이것 보세요, 이것. 제가 이렇게 크게 움직이는데도 어깨에 걸리거나 아랫부분이 엉성하게 딸려오거나 그런 것, 하나도 없잖아요? 오직 마운틴 페어에만 있는 기능입니다. 어머, 고객님. 베이지색 전 사이즈 물량이 빠르게 빠진다고 합니다아. 오늘 매진 예상되니까 고민하시는 분들, 주저 마시고 전화로 물량 확보해주세요!

쌀벌레를 잡던 영자는 쉴 새 없이 떠드는 홈쇼핑 채널로 눈을 돌렸다. 화려한 점퍼를 입은 모델이 인조 개나리 옆에 서서 포즈를 잡았다. 벌써 봄인가, 싶어 저도 모르게 베란다를 내다봤다. 화분이 모두 시들어있었다. 영자는 후다닥 일어나 싱크대에서 물을 한 바가지 떠서 베란다로 뛰었다. 반질반질, 이파리마다 윤이 나도록 공들여 키우던 화분들이었는데 이 지경이 되었다. 여러 번 오가며 물을 주고 난 영자는 베란다 창을 조금 열었다. 들어오는 바람이 생각보다 부드러웠다. 봄이다.

3년 동안 한시도 눈을 떼지 않고 병수발을 들었던 시어머니가 돌아가시고 나자 영자에게 폐경기가 찾아왔다. 그동안 악착같이, 누구보다 성실하게 살아왔는데 겨울 내내 무기력증에 시달렸다. 아무것도 하지 않고 텔레비전만 보면서 겨울을 보냈다.

그저께는 냉장고에서 싹이 난 고구마와 감자를 발견했다. 겨울이 지나는 동안 모든 것들은 시들어 죽고, 다시 봄은 찾아왔다. 감자 싹은 틔고 쌀벌레는 생기고. 영자는 잠깐 눈물을 닦았다. 다시 거실로 돌아와 벌레를 잡았다. 그 사이에 스테인리스 그릇을 타고 오르는 벌레가 있었다. 벽 너머는 온통 물이라는 것을 감지했는지 벌레는 길의 끝에서 갈팡질팡했다. 영자는 망설이는 벌레를 툭, 쳐서 물에 빠뜨렸다.

병태에게 애벌레가 생겼다.

힐링 여행? Go Here! ⇒

병태가 인도에 서서 피켓을 흔들었다. 소중한 것을 잡은 양, 두 손으로 나무 받침대를 움켜쥐고 왼쪽으로, 왼쪽으로, 까딱까딱, 흔들었다. 사람들이 병태를 봤다. 병태는 안다. 사람들이 피켓보다 자신을 보고 놀란다는 것을.

병태는 혀를 살짝 내민 애벌레의 탈을 쓰고 있었다. 애벌레는 병태가 광고하는 여행사의 마스코트다. 선원처럼 마린룩으로 치장한 애벌레는 쌍안경을 목에 걸고, 튜브를 낀 채로, 바다 위에 떠서, 여러 개의 다리에 각 나라의 국기를 한 장씩 쥐고, 웃고 있었다. 원래라면 병태도 그림 속의 애벌레처럼 여러 국기를 손에 쥔 초록색 애벌레 인형 탈과 옷을 입고 있어야 했다. 하지만 그의 몸엔 인형 옷이 아니라 땀에 전 초록색 면 티셔츠와 카키색 면바지가 걸쳐져 있었다. 병태의 등짝에는 지구 모양의 여행사 광고판이 달려있고 그 원형의 광고판 둘레에는 여러 나라의 국기가 깃발처럼 달려 펄럭였다. 그의 몸 사방으로 뻗어 나가는 국기 때문에 아우라를 발하는 것처럼 보여서 흡사 천수천안 관세음보살 같기도 했다.

지하철역 입구에서 열 걸음쯤 걸어 내려가면 그가 서 있는 건물 2층에 여행사가 있었다. 2층으로 올라가는 계단참 앞에 서서 그는 여행사를 향해 화살표 모양 피켓을 흔들었다. 지구는 둥그니까 자꾸 걸어나가면 온 세상 어린이를 다 만나고 오겠네. 그런 마음가짐으로 만든 광고판-지구를 등에이고서 중생들아, 이리로 오라. 그런 마음가짐으로 피켓을 흔드는 것이다.

심부름센터 사장은 그의 몸뚱이를 보고 그를 채용했다. 뚱뚱한 몸이라면 훨씬 주목을 받을 것이라 여겼기 때문이다. 하지만 그의 몸은 기대보다 훨씬 커서 여행사에서 제작한 애벌레 옷이 들어가지 않았다. 130킬로그램의 거구인 그는 애벌레 탈만 쓴 채로 초록색 옷을 구해 입고 광고판을 짊어졌다. 인간 피켓, 인간 현수막, 벌서기 마케팅. 그가 하는 일에 붙는 이름들이었다.

시작한 지 이십 분쯤 지나면 무릎과 팔이 아파오기 시작했다. 늘상 하는 일인데도 관절에 쉽게 무리가 왔다. 하루에 세 시간씩, 몇 달 동안 해오는 일인데 살은 빠지지 않았다. 벌써부터 머리에 땀이 흘렀다. 땀이 나고 호흡이 가빠오면 병태는 다른 것들로 정신을 옮겼다. 시급 만 원, 오천 원, 이만오천 원, 삼만 원, 아니 이만 원 …. 병태는 도보를 걷는 무표정의 사람들을 향해 쉴 새 없이 손을 흔드며 그들의 몸값을 가늠했다.

저쪽 지하철역 입구에는 커피 블렌딩 회사의 현수막을 든 젊은 남녀가 가로수 그늘에 서 있었다. 현수막 각목을 받침대 삼아 손을 올리고 그들은 고개를 숙인 채 광고 따위 상관없는 사람들처럼 스마트 폰을 만지작거렸다. 처음 업체 사람들이 길거리에서 커피 시음회를 열고 보고용 사진을 찍을 때 그들의 자세는 적극적이었지만 업체 직원과 전단지를 뿌리는 사람들이 떠나고 나자 무기력한 표정으로 저러는 것이다.

팔천 원일까.

쟤들도 나처럼 팔천 원일까. 시급 팔천 원이면 최저임금보다 단가는 세다. 하지만 만약 노닥거리는 쟤들과 죽어라 팔을 흔드는 내가 받는 돈이 같다면 이것 참, 골 때리는 상황 아니겠는가, 병태는 의심했다. 자신의 몸값과 쟤들의 몸값과 걔들의 몸값과 니들의 몸값을. 과연 누구를, 무엇을 의심하는지 모른 채 계속

의심하다가 결국 병태는 자기 자신을 의심했다. 내가 받는 팔천 원은 많은 것일까, 적은 것일까.

일을 마치고 사무실로 가자 사장은 봉투도 없이 그 자리에서 착, 착, 돈다발을 세어 일당을 내줬다.

-삼십 킬로만 빼라. 취직시켜 줄게.

불쑥 사장이 말했다.

-이 일도 이제 내리막이다. 언제까지 이 일 하겠냐? 맞은편 등산용품 집에 못 봤냐. 인사하는 마네킹도 생겼잖냐. 걔들은 야, 쌔끈하게 생긴 것들이 전기 플러그만 꽂아주면 지치지도 않고 굽신굽신 잘한다. 조만간 우리 센터로 일감이 들어올 거 같다. 홈쇼핑에도 판매될 거라고 하는데 잘되면 너, 정직원도 된다. 언제까지 취업준비만 할 거야? 우선 알바로 시작해서 하루 세 시간씩인데 급여는 이 일보다 더 높아진다. 우선 살 좀 빼라.

뺀다, 안 뺀다, 대답도 않고 길을 나섰다. 전직 조폭이었다지만 그저 볼 일 없는 양아치였을 사장은 심부름센터, 야식 주문 배달, 길거리 전단광고 등 가게 없이 사람을 쓰는 일을 주로 했다. 병태는 사장의 회사에서 낮에는 전단광고-인간 피켓을, 밤에는 심부름과 야식 배달을 했다.

취직시켜줄게. 악마의 유혹 같은 사장의 목소리가 귓가를 맴돌았다. 병태는 올해 초부터 취업을 포기했다. 이력서 내는 일을 하지 않기로 한 것이다. 아예 맘을 접었는데 취직 제의를 받으니 멍했다. 저 사장 새끼의 말을 믿어도 되려나.

건너편 편의점에 가기 위해 횡단보도를 지나는데 마네킹이 붉은 미니스커트를 입고 허리를 숙여 인사를 했다. 사장이 말한 마네킹이었다.

-고객님? 고객님! 어서 오세요, 고객님. 합리적인 가격으로 최상의 서비스를 제공해 드립니다.

합리적인 가격과 최상의 서비스. 그러기 위해서 마네킹이 있는 것이다. 그는 언제까지 알바만 하고 살 수는 없는 노릇이라는 생각을 했다. 매장 유리에 현수막이 붙어있었다. 이월상품 전품목 80% 세일! 80% 세일한 가격이 합리적이면 세일하기 이전의 가격은 불합리한 가격인가? 매장 안에 세워 둔 남자 마네킹이 입은 등산복은 절개선마다 푸른색으로 배색 처리해서 날씬해 보이고 세련되어 보였다. 살 빼면 정직원. 그는 사장의 말을 떠올리고 잠시 다이어트도 생각했다. 최상의 서비스. 합리적인 가격. 마네킹 앞에 서 있는 그를 사람들이 흘끔거렸다. 그는 발길을 돌려 편의점을 향해 걷다가 다시 매장 앞으로 돌아와 섰다. 그리고 다시 마네킹을 보고 합리적인 가격과 최상의 서비스 생각을 하고 발길을 돌렸다. 가게 앞의 마네킹이 고객님을 외치며 꾸벅 절할 때마다 그는 갈팡질팡, 그 패턴을 수차례 반복했다.

2. 아웃도어

영자에게 등산복이 생겼다.

점퍼가 두 개, 바지가 두 개, 셔츠가 한 개, 통기성 좋은 모자까지. 특수소재가 들어간 고급 등산복 총 6종 세트를 특가찬스에 일시불 카드할인까지 받아서 167,400원에 샀다. **나들이하실 때 변변찮은 옷이 없으신 분들, 요즘은 등산복을 일상복으로도 많이들 입으시는데요. 이 옷은 디자인이 참 세련되어서 외출복으로 좋습니다**, 라는 말에 영자는 전화기를 들었다.

막상 옷을 받고 나서야 영자는 깨달았다. 나는 외출할 일이 없다. 외출이라고 생각할 만한 것은 어머니를 모시고 병원에 가거나 시장에 나가고 밀린 공과금을 내러 은행에 가는 일. 그래서 그동안 입을 옷이 변변찮아도 잘 지냈던 것이구나.

영자의 남편은 쉰다섯에 직장을 그만두었다. 회사는 매일 위태로운 상황이라며 직원들에게 겁을 주었기 때문이다. 삼십 년 동안 한 가지 일을 팠지만 그 일과 관련해서는 어느 누구도 그를 찾지 않았다. 영자의 시어머니가 중풍으로 쓰러지고 병원비를 잔뜩 내고 나서야 남편은 정신을 차렸다. 스펙 쌓는답시고 호주로 어학연수를 간 딸에게 목돈이 들어갔고 곧 제대하는 아들의 등록금이 4학기 분량 남아있었으며 아이들이 취직할 때까지는 생활비며 학원비 등을 다 감당해야 했다. 그뿐 아니라 아이들이 시집 장가를 갈 때도 한입씩 보태 주어야 했다. 퇴직금은 아이들을 위해 일단 남겨두었다. 지금 당장의 생활비를 벌어야 했다.

직업소개소를 몇 군데 들고나면서 소소한 일들을 전전하다가 남편이 정착한 일은 대형마트 청소였다. 하청업체 소속이라 박봉이었지만 육십이 다 되어가는 그에게 선택지는 얼마 없었다. 그나마 돈을 조금 더 얹어준다는 야간 근무를 맡고 나서 그의 생활 패턴이 달라졌다. 밤 여덟시부터 오전 여덟시까지 일을 했으므로 그는 가족 얼굴 볼 틈이 별로 없었다.

남편이 고군분투하는 동안 영자 또한 바빴다. 시어머니를 돌보면서 가족 중에 누군가가 요양보호사 자격증을 따면 요양비를 지급한다는 것을 알고 나서 뒤늦게 공부를 시작했다. 요양보호사 자격증을 따고 노인장기요양보험의 가족요양서비스 제공자로 시어머니를 돌보면서 기십 만 원씩 받아 생활비에 보탰다.

부부는 한집에 살면서도 대화를 나누지 못하는 날이 더욱 많아졌다. 각자의 활동시간이 달랐기 때문이다. 남편의 아침 식사 자리에서 고작 몇 마디 나눌 뿐이었다. 그것도 시어머니에 관한 것과 마트에서 팔리지 않은 음식물 쓰레기가 얼마나 어마어마한지에 대한 것이 전부였다. 남편이 일하는 마트에서는 어차피

버리는 음식이지만 직원이 몰래 싸가는 일은 없도록 철두철미하게 감시한다고 했다. 광어를, 그렇게 죽어 자빠질 거를, 버릴 거를, 주지도 않을 거를, 왜 잡았을까 몰라. 남편은 늘 좋아하는 횟감 이야기로 마무리를 지었다.

그렇게 바쁘게 사는 남편에게 등산이라니. 낯부끄러웠다. 딸과 아들은 서울에서 취업 전선에 뛰어들어 눈코 뜰 새 없었다. 몇 년 만에 뜬금없이 친구에게 연락을 해 등산 가자고 하는 것도 우습다. 친구를 만난다고 해도 남편 자랑, 자식 자랑, 재테크 자랑이나 나누기 일쑤인데 지금으로선 그 말들을 견딜 수가 없을 것 같았다.

반품을 해야 하나. 영자는 노란색 등산 모자의 챙을 어루만졌다. 아니, 요양원에 출근하게 되면 입을 수 있으려나. 요양보호사 공부를 같이했던 여자가 자신이 근무하는 요양원에 자리가 있는데 와보겠냐고 했다. 그녀 역시 가족이 아파서 공부를 시작했는데 비슷한 처지라 영자와 곧잘 연락을 주고받았다. 여자는 남편과 일 년 전 사별을 하고 시내에 있는 요양원에서 일을 하고 있었다.

행님, 한 살이라도 젊을 적에 오시야지요. 요즘은 어르신들 목욕시키는 게 어쩌나 힘이 부치는지 몰라예. 그저께는 목욕탕서 넘어질 뻔했다니까요. 남자 직원은 구하기도 힘들고, 사설이라 봉사자도 없고. 일주일에 하루만 누구라도 남자 아르바이트가 와서 씻기 주면 좋겠어요. 여 아지매들 오천 원씩만 각출해도 알바비는 나올 긴데. 배운 기 도둑질이라 이 일을 안 할 수도 없는 처지고. 목욕시키는 거, 그거 빼고는 다 좋아. 여기는 딴 데보다 깨끗하거든. 얼른 와요.

요즘 요양사 자리도 포화상태이니 괜찮은 자리가 있을 때 얼른 오라는 소리였다. 평소 같았으면 금세 가겠노라고 말했을 텐데 이상하게 마음이 서지 않았다. 며칠 안으로 집안일을 정리하고 다시 연락을 주겠다고 해놓고 전화를 끊었다.

영자는 지퍼백에 담은 쌀을 김치냉장고에 넣어두고 쌀자루의 쌀을 스테인리스 대야에 퍼 담았다. 며칠 사이 자루의 쌀은 절반 정도 줄어들었다. 집안일을 하면서 틈틈이 쌀벌레를 잡아왔다. 하지만 쌀벌레는 줄어들지 않았다. 매일 수많은 벌레가 잡히고 죽어 나가고 그만큼의 벌레가 다시 생겨났다.

김장용 대야에는 죽은 쌀벌레가 그득했다. 이미 죽어 가라앉은 쌀벌레는 퉁퉁 불어있었다. 수면에는 아직 살아남아 버둥거리는 것들이 무언가를 붙잡으려 안간힘을 쓰고 있었다. 아침을 먹은 남편이 그것을 들여다보고 인상을 썼다.

-꿈에 나올까 무섭다, 저것들.

-쌀알보다 작은 벌레가 무섭긴, 뭣이 무서버. 그럼, 쌀을 버

리나?

-저것 봐라. 살라꼬 지들끼리 붙들고 있잖냐. 아니다, 잘 봐라. 지 살겠다고 다른 놈 붙들고 일어선다. 저, 저, 물 아래 가라앉은 놈 버둥거리는 거 봐라.

영자는 남편이 가리키는 손끝을 봤다. 한데 뭉쳐있는 서너 마리가 서로의 몸을 붙들고 올라서려 했다. 한 놈이 올라오는가 싶더니 곧 다른 놈이 올라서고, 물속에 가라앉았던 놈이 떠오르며 다른 녀석들을 누르는 형식으로, 녀석들은 물속을 뱅글뱅글 돌고 있었다.

한참 동안 벌레들을 바라보다 남편이 물었다.

-서울서 연락 없나?

아들의 소식을 묻는 소리였다. 취업준비를 하는 중인데 최종 면접에서 몇 번 떨어지더니 요즘은 연락이 뜸했다. 영자는 남편의 월급에서 얼마씩 떼어 꼬박꼬박 아들에게 보내주었다.

-없다.

-…또 떨어졌는갑네. 먼저 전화하지 말자. 전화와도 암 소리 말자.

일어서서 안방에 들어가던 남편이 돌아보며 말했다.

-그런 거 잡지 말고 차라리 밖에를 나가라. 친구를 만나든, 운동을 다니든, 뭐든 좀 해라.

그럼 당신이 같이 가주든가. 그 말이 턱까지 차올랐지만 영자는 내뱉지 못했다. 사분하게 '언제 산에 한번 같이 가실랍니꺼?' 그 말 한마디를 못하고 영자는 우물쭈물했다. 들어간 지 오 분도 안 되어, 남편의 코 고는 소리가 들리기 시작했다. 텔레비전 볼륨을 낮추고 채널을 돌리기 시작했다. 고요히, 맹렬하게, 물속을 맴도는 쌀벌레만이 바쁜 오전 열 시. 베란다 밖은 온통 햇살로 환했다.

병태에게 작업복이 생겼다.

점퍼가 두 개, 바지가 두 개, 셔츠가 한 개, 통기성 좋은 모자까지. 특수소재가 들어간 고급 등산복 총 6종 세트를 특가찬스에 일시불 카드할인까지 받아서 167,400원에 결제했다. 아주 큰 결단이었다.

등산복을 살 마음은 없었다. 다만 궁금했다. 마네킹이 인사를 하는 매장에 들어설 때만 해도 '요즘은 다들 등산이 대세라고 하니까, 80% 할인이라니까, 합리적인 가격과 최상의 서비스 수준을 알아야 하니까' 이런 생각으로 구경을 위해 들어갔다. 들어가고 얼마 지나지 않아 그는 금세 나왔다. 80% 할인되는 상품은 얼마 없었고 그의 몸에 맞는 사이즈가 없었으며 그나마 입을만

한 상품은 기절초풍할만한 가격이었던 것이다.

도대체 사람들은 등산복과 용품을 어떻게 사는 것일까. 큰
돈 들여 가볼 만큼 등산은 좋은 것인가, 싶기도 했다. 종종 텔레
비전에서 불륜의 온상, 묻지마 관광 따위의 소재로 소개되는 것
만 봤을 뿐이다.

편의점에 서서 삼각김밥을 먹으며 병태는 지나가는 사람들
을 눈여겨보았다. 평소처럼 몸값을 헤아리는 것이 아니라 등산
복 입은 사람을 찾는 중이었다. 분명 등산하러 가는 폼이 아닌데
도 등산용품 브랜드 로고가 찍힌 옷을 많이들 입고 있었다. 아
웃도어(outdoor). 문 바깥의 세계. 생각보다 많은 사람이 그 세
계에 들어가 있었다.

편의점의 문 안에서 남은 삼각김밥을 꾸역꾸역 입속으로 밀
어 넣으며 병태는, 내일은 산에 가봐야겠다고 생각했다. 문밖의
세계. 남들 다 하는 등산, 살이 얼마나 빠지는지 해보자. 그는 다
음날 가까운 산을 찾아 느리게 걸었다.

어떻게 올라갔는지, 어떻게 내려왔는지 기억이 나지 않았다.
사람들은 조잘조잘 쉬지 않고 떠들어가며 성큼성큼 산을 잘도
올랐다. 알록달록한 등산복만큼 산은 알록달록한 세상이었다.

등산로 중간쯤 약수터가 있었다. 그는 약수를 세 번 떠 마셨
다. 그리고 크헉, 크헉, 가쁜 숨을 몰아쉬며 바위에 걸터앉아 땀

을 식혔다. 그가 입은 반팔 면 티셔츠와 남방은 땀으로 젖어 있었다. 엉덩이와 사타구니도 꽤 젖었는데 땀을 먹은 청바지는 다리에 척척 감겨 그를 더욱 힘들게 만들었다.

한 무리의 등산객이 병태 앞을 우르르 지나갔다. 모두 완벽한 장비를 갖추고 있었는데 군살 없이 건강한 몸매로 성큼성큼 걸으며 밝게 떠들었다. 그들이 너무 유쾌한 웃음소리를 내면서 가는 바람에 병태는 그 무리가 떠나고 나서의 고요가 견딜 수 없을 만큼 싫었다. 그 길로 터덜터덜, 집으로 돌아왔다. 집에 돌아와서 이틀 동안 그는 감기몸살을 앓았다. 갑자기 몸을 무리하게 쓴 데다 체온조절을 하지 못한 탓이었다. 끙끙 앓고 나서 흰 밥을 끓여 먹던 저녁, 그는 텔레비전 홈쇼핑 채널에서 등산복 파는 것을 보게 되었다. 매장에서 파는 것보다 훨씬 싼 가격이었다. 합리적인 가격, 최상의 서비스, 건강한 여가와 삶. 밥을 먹다 말고 병태는 전화기를 들어 홈쇼핑 주문번호를 찍기 시작했다.

나들이하실 때 변변찮은 옷이 없으신 분들, 요즘은 등산복을 일상복으로도 많이들 입으시는데요. 이 옷은 디자인이 참 세련되어서 외출복으로 좋습니다, 그 말을 듣고 병태는 자신의 과소비를 수긍했다. 꼭 등산을 가지 않아도 알바 할 때 입으면 되니까. 마침 카키색이니까, 애벌레 색으로 딱이지, 뭐. 그런 생각이었다.

3. 알랑가몰라, 셔틀맨

영자에게 셔틀맨이 생겼다.

영자가 쌀벌레를 잡으며 채널을 이리저리 돌리고 있을 때 마더, 파더, 젠틀맨, 하고 무슨 말인지도 모를, 그러나 요즘 심심찮게 들리던 음악이 텔레비전에서 흘러나왔다. 화면에 자막이 큼직하게 떴다. '젠틀한 셔틀맨'.

고객니─임! 일인 가구가 많이 늘고 있습니다! 한 부모 가정도 많지요! 노인 가구도 급증합니다! 이런 분들께 제일 필요한 것이 바로, 사, 람, 입니다! 직장맘, 싱글대디는 아이들 운동회에 학부모가 필요합니다! 노인분들 큰 병원 진료받을 때 에스코트해 줄 사람 필요하지요. 그뿐인가요? 저는요, 혼자 사는데요. 얼마 전에 화장실에 전구가 나갔어요. 한밤중에 이럴 때, 고객니─임. 많이 당황하셨지요? 저도 많이 당황했습니다! 아하하, 그럴 때 셔틀맨 센터에 전화 한 통 만 넣으시면요. 전구를 들고 셔틀맨이 직접 댁으로 방문을 합니다. 셔틀맨은요, 원하시는 특수 분야에 있어 전문가로 파견되지요. 이 얼마나 안전하고 편리한가요. 가격이 비싸지 않냐구요? 천만의 말씀입니다. 건별 결제, 고정 결제가 있으니 사정에 따라 맞춰 신청하시면 됩니다. 다시 한번 말씀드리지만 오늘 결제되는 것 아니니까요. 우선 상담신청부터 하세요. 전문 상담사가 전화를 드리고 친절하게 안내해 드릴 것입니다. 그때 세세하게 알아보시고 정하셔도 늦지 않습니다! 그리고 오늘 방송 최초 혜택이 있습니다! 방송을 통해 상담 신청하신 분들이 3회 고정 결제까지 신청하시면요. 첫 방문은 무료체험입니다! 무료서비스 받아보시고 나 이거 별로야, 맘에 안 들어, 하시는 분들은 결제 취소하시면 됩니다. 이 혜택은 방송 끝나면 사라집니다. 지금 바로 전화 주세요!

화면 속 모델들이 여러 가지 상황에 맞춰 연기를 했다. 키가 크고 말쑥한 셔틀맨이 드릴을 이용해 선반을 달아주거나, 마트에서 장 본 물건을 집안으로 넣어주고, 자가용을 몰며 여자가 가야 하는 장소까지 친절하게 에스코트해주었다.

영자는 로맨틱한 드라마를 본 것처럼 가슴이 설레었다. 저거라면 한 번쯤 등산복을 입고 산에 갈 수 있지 않을까. 얼굴 모르는 사내들과 낯붉히며 걷는 추한 모습은 아닐 테고 친구들 자랑을 들으며 스트레스받는 일은 없을 테니. 첫 방문은 무료체험. 해보고 아니면 말고. 영자는 전화기를 들었다.

병태에게 직장이 생겼다.

배송된 등산복을 입어보며 병태는 자신의 몸뚱어리를 저주했다. 제일 큰 사이즈를 샀는데도 바지 허리가 작았다. 또 바지 길이는 너무 길어서 재단을 해야 할 것 같았다. 티셔츠는 늘어나는 소재라 대충 입으면 되지만 점퍼는 지퍼를 채우면 가슴을 옥죄어서 갑갑했다. 병태는 생각했다. 가격은 합리적이지만 내 몸이 합리적이지 않구나. 그는 팬티만 입은 채로 옷들을 접어 비닐에 다시 넣고 상자를 봉했다.

홈쇼핑에 전화를 걸어 환불 신청을 하고 나니 급한 허기가 몰려왔다. 집에는 쌀과 김치가 없는데. 몸살 때문에 일주일 정도 알바를 나가지 않아서 생활비가 부족했다. 집안을 온통 뒤진 끝에 작은 컵라면을 발견했다.

물을 붓고 경건한 표정으로 3분을 기다렸다. 사실 그는 많이 먹는 편은 아니었다. 술을 자주 마시는 것도 아니다. 고향의 엄마가 해주는 맛있고 푸짐한 밥상을 받아보는 것도 고작 일 년에 두세 번. 엄마가 보내는 김치와 밑반찬으로 저녁 한 끼를 차려 먹고 나머지 한 끼는 삼각김밥과 라면, 혹은 패스트푸드점의 싸구려 햄버거 등을 사 먹었다. 그도 안 되면 초코파이를 사 먹었고 가끔 야식집 배달을 할 때 라면 등을 얻어먹을 뿐이었다. 아침은

늘 굶어왔다. 결코 많이 먹는 편이 아닌 것이다.

그런데 왜 살이 찌는 것일까. 아니, 열심히 알바를 하는데 왜 살이 빠지지 않는 것일까. 아무리 생각해도 밖에서 사 먹는 것들 때문에 살이 찌는 것일 텐데 그렇다고 이것들을 먹지 않을 수도 없었다. 나를 키운 것은 팔 할이 MSG였구나. 병태는 한숨을 쉬며 라면을 한 젓가락 호로록, 빨아당겼다. 그러다 켈룩켈룩, 기침을 했다. 물을 마셨지만 사레들린 것이 쉽게 가라앉지 않았다. 그때 휴대전화가 울렸다. 사장이었다.

병태는 사장과 오랜 통화를 끝내고 퉁퉁 불은 라면을 먹으면서 생각했다. 심부름 일에도 정직원과 인턴이 생기다니. 간단히 말하면 심부름꾼, 이라고 했지만 사장이 말한 셔틀맨 서비스는 중견기업에서 야심 차게 준비한, 전국적으로 시행되는 서비스라고 했다. 시작단계라 직영점이 적어서 심부름센터나 직업소개소에 하청을 맡기는 단계지만 일을 맡아서 실적만 높이면 새로 생기는 직영점의 정직원이 될 수 있다는 설명이었다.

-니가 우리 사무실에서 일한 지 일 년 정도 됐잖냐? 그래서 내가 추천했다. 너 임마, 고마운 줄은 아냐?

사람이 없어서 하청을 맡았다는 소릴 먼저 해놓고 저렇게 생색을 내다니. 병태는 사장의 장황하고 지루한 설명을 십분 정도 더 들었다.

사장의 말대로라면 전문지식 하나 없는 병태는 자잘한 심부름하는 역할을 맡는다. 당분간은 고객을 모시고 근교의 산을 오르는 역할이라고 했다.

-요즘 등산이 유행이라네. 그래서 같이 산에 갈 사람을 구하는 신청이 많단다. 돈 많고 시간 많은 아줌마, 젊은 남자 끼고 놀고 싶은 거 아니겠냐? 너도 인마, 잘하면…, 큭, 아니다, 아니야. 일단 교육을 받아야 하니까 내일 사무실로 나와라.

'병태 너도 돈 많은 아줌마 하나 꼬드겨라. 나처럼. 아, 아니다. 그 몸매론 어림없지.' 사장의 속마음이 들리는 것 같았지만 비아냥거림 따위는 머릿속에 들어오지 않았다.

급하게 라면을 먹고 나서 검색사이트에 들어가 셔틀맨을 검색했다. 홈쇼핑에 방송되긴 했는지 여러 가지 홍보 영상과 후기 등이 창 가득 떠올랐다. 회사 홈페이지를 살펴보고 나자 병태에게 다시 취업의 의지가 불끈 생겼다. 심부름이라면 꽤 오래 했으니 못할 것도 없지. 병태는 다단계 회사의 마수에 걸려 높은 레벨을 꿈꾸는 사람처럼 벌써부터 정직원이 되는 상상으로 히죽거렸다. 그러다 화들짝 놀랐다. 내 등산복!

병태는 다시 전화를 걸어 환불 취소를 했다. 그리고 그날부터 굶어서라도 살을 빼겠노라고 다짐을 했다. 아웃도어. 그가 문밖으로 나가는 데 꼭 필요한 재료였다.

4. 비틀 젠틀 셔틀맨

영자는 셔틀맨이 내민 명함을 받았다.

북구 지역 셔틀맨 28호입니다. 명함에는 젠틀한 셔틀맨 센터라는 상호와 인턴이라는 직책이 새겨져 있었다. 사모님, 제 첫 고객이라 생각하고 오늘 하루 살뜰히 모시겠습니다. 28호는 키가 작고 뚱뚱했다. 이런 몸으로 등산이 가능할까, 싶었다. 심지어 등산복도 색깔만 다르지, 영자와 같은 브랜드의 같은 모델이었다. 28호가 승용차의 뒷문을 열며 사모님, 저랑 똑같은 등산복이네요. 이 브랜드 편하기로 유명한 브랜드죠. 센스 있으시네요, 하고 말했다. 그 말에 영자는 뚱뚱하면 어때, 전문가일 테니, 하고 넘겨버렸다. 차 안은 쾌적했고 밖은 완연한 봄이었다. 집에서 해안 산책로까지 이동하며 영자는 돈이 좋긴 좋구나, 하고 생각했다.

병태는 영자의 가방을 얼른 받아 들었다.

그리고 잠시 고민을 했다. 누님, 사모님, 여사님. 이 세 가지 호칭 중에 하나야. 나이가 지긋하신 경우에는 여사님. 그렇지 않은 경우 누님과 사모님 중에 고르라고. 날리는 타입은 누님. 그렇지 않으면 사모님. 분간 안 되면 일단 사모님, 뒤에 분위기 봐서 누님.

서틀맨 교육 센터에서 사흘간 받은 연수보다 사장이 말해준 깨알 같은 팁이 유용하게 들렸다. 사장은 젊을 때 사모님을 꼬시던 비법을 몇 가지 알려줬는데 가장 중요한 세 가지가 호칭과 칭찬하는 법, 남자로 보이는 법이었다.

영자는 결코 날리는 타입이 아니었다. 하지만 알록달록한 등산복과 꽃분홍색 립스틱을 어색하게 바르고 있어 아리송했다. 분간 안 되면 일단 사모님. 사모님으로 부르고 센터에서 교육받은 대로 인사를 했다. 사모님에 대해 칭찬을 하려고 했는데 도무지 칭찬할 거리가 보이지 않았다. 그러던 중에 사모가 병태의 옷을 살펴보는 것을 깨달았다. 그제야 같은 등산복이라는 것이 보였다. 그렇군요. 당신도 특가할인 받은 167,000원짜리 등산복이군요. 병태는 아는 척, 등산복에 대해 떠들었다. 떠들고 나서 스스로에게 놀랐지만 사모의 만족한 표정을 보고 사장의 구라빨에 탄복했다.

호칭 OK. 칭찬 OK. 이제 28호의 강인한 남성다움을 보여줄 차례였다. 하지만 며칠 굶으면서 뱃살을 빼는 바람에 병태는 현기증을 느끼고 있었다. 어릴 적 본 만화영화의 로봇 철인 28호를 떠올리며 그는 다짐했다. 일단 씩씩하게 걷자. 그것만이 살

길이다.

해안을 따라 형성된 바위와 절벽 위로 산책로가 있었다. 평일 낮인데도 사람이 많았다. 봄 햇살 아래 너도나도 알록달록한 등산복을 입고 있었다. 영자는 우리나라 사람들이 이렇게 등산을 좋아하나, 다들 돈이 그리 많나, 새삼 생각했다.

오른쪽으로 펼쳐진 바다를 두고 영자는 느리게 걸었다. 모처럼 밖에 나와 걷는 일이 좋을 법한데 영자는 편하지 않았다. 앞서서 걷는 사내 때문이었다. 영자의 앞에는 백 킬로는 넘을 것 같은 셔틀맨, 28호가 헐떡거리며 걷고 있었다. 쌔액, 쌔액, 하는 숨소리가 너무 커서 그의 내장이 입 밖으로 쏟아져 나오는 것이 아닐까, 걱정스러울 정도였다. 영자는 다시 생각했다. 공짜가 그렇지, 뭐. 산책로 함께 걷는 심부름은 난이도가 낮아서 인턴이 나온다고 양해를 구한다고 할 때 알아봤어야 했다.

내리막길을 한참 걷다가 영자는 산책길과 반대 방향으로 나 있는 모퉁이를 돌았다. 영자와 남편이 젊을 때 데이트하던 자리였다. 앞이 확 트이며 인적이 드문 자갈밭이 나타났다. 잔잔한 바닷물이 부딪는 자갈들이 반짝거렸다. 등산복을 산 뒤로 이곳을 자주 떠올리던 영자였다. 남편과 올 때는 인적이 드물었고 지금처럼 길을 정비하지 않아서 험했다. 남편은 영자의 손을 자주 잡아주었다. 남편은 자갈밭에 와서도 잡은 손을 놓지 않았는데 영자는 가슴이 두근거려 혼이 났다.

여기서 좀 쉬다 갑시다. 영자는 셔틀맨을 부르며 바위 한쪽에 걸터앉았다.

뒤에서 오던 한 무리의 중년 남녀가 영자가 가는 방향을 길이라 여기고 우르르 따라왔다. 아까부터 영자와 앞서거니 뒤서거니 하던 사람들인데 연봉 이야기, 자식 자랑으로 미루어보아 중산층 정도의 사람들인 것 같았다. 그들은 계속 큰 소리로 떠들었다. 그중의 한 사내가 병태에게 다가와 물었다.

-사진 한 방만 좀 부탁드립니다.

병태는 무거운 몸을 간신히 일으켜 그 무리들을 카메라에 담았다. 이리저리 앵글을 잡아봐도, 뒷걸음질을 쳐봐도 한 사람이 자꾸 잘렸다.

-사장님, 좀 붙어 서 주십시오. 사진에 다 안 들어와서요.

그러자 그들 여섯 명은 이리저리 몸을 포개어 서 가며 키득거렸다.

-붙어라, 붙어.

-그래. 우리도 붙어먹어 보자. 큭큭큭.

-하하하하하, 우리도 붙어먹어 보나? 그럼, 더 붙어봐라. 함

붙어 묵자. 흐흐흐.

병태는 '붙어먹는다'는 농담으로 유쾌하게 웃으며 다시 길을 떠나는 그들을 한참 지켜보았다. 오소소, 몸에 한기가 느껴지고 소름이 돋았다.

영자는 그들이 나누는 농담을 듣고 처음엔 따라 웃다가 그 말이 영자와 서틀맨을 보고 쓴 표현이라는 것을 느끼고 입을 다물었다. 그리고 꿈에서 막 깨어난 사람처럼 주변을 두리번거렸다. 내 팔자에 무슨 호강을 받겠다고 등산이냐. 고생만 하고, 비웃음이나 당하고. 어쩌다 내가 이런 짓을 벌였나. 멍청하게 뻔한 상술에 놀아났구나. 이게 다 등산복 때문이다. 아니다, 홈쇼핑 때문이다. 아니다, 쌀벌레 때문이다. 시누이 때문이다…. 아니다, 아니다….

부부들이 떠나고 서틀맨이 다가오자 영자가 말했다.

-저기, 저는 그냥 집에 갈래요.

이번엔 서틀맨이 정색을 했다.

-아니, 사모님…, 아직 코스의 삼 분의 일도 걷지 않으셨는데요.

-그냥, 피곤하네요. 28호 씨 속도에 맞추다간 하루 종일 걷겠어요.

-아, 사모님…, 죄송합니다. 오랜만에 산에 와서 그런 겁니다. 조금만 더 지나면 금방 페이스를 찾을 겁니다.

-싫어요. 마음만 불편하네.

28호가 울 것 같은 표정을 지었다.

-그러면 세 시간 계약이니까 세 시간만 채우시고 귀가하시면 안 될까요? 아니면, 뒤에 센터에서 확인 전화 오면 셔틀맨 평가를 좋게 남겨주시면 안 될까요?

-왜요? 내가 서비스받은 게 뭐가 있다고? 차 태워서 왔다 갔다 한 거 말고는 없잖아요?

-사모님, 이렇게 가시면 제가 오늘 일당이 안 나오거든요. 제가 오늘 일한다고 등산복도 샀거든요…. 사모님은 무료체험 신청하신 거지만 저는 무료체험 실적으로 일을 배당받고 심부름을 더 하고 그 실적으로 정직원이 되거든요.

영자는 생각했다. 내 앞에서 돈 얘기를. 왕년의 억척녀, 박영자를 앞에 두고. 어디서 동정심 따위로. 얄팍한 상술이다. 더 이상 놀아나지 않겠다.

-아니, 이번에 좋다고 평가를 하면 나는 고스란히 나머지 두 번까지 결제해야 되고 당신 같은 사람과 또 만나야 하잖아요? 내가 십오만 원을 그냥 버려야겠어?

영자는 벌떡 일어서며 소리쳤다. 그때, 영자가 벗어놓은 모자가 바위 저편 바다로 떨어졌다. 에이 새건데, 하고 중얼거리는 순간, 셔틀맨 28호가 그 몸매에선 도저히 나오지 못할 속도로 뛰어들어가 모자를 건져냈다. 그의 무릎께까지 바닷물이 찰랑거렸다.

셔틀맨이 벌겋게 상기된 얼굴로 말했다.

-사모님, 저 한 번만 봐주십시오.

-이 사람이, 내 모자 이리 내요!

셔틀맨이 뒤로 물러섰다.

-당신! 계속 이럴 거야?

영자는 모자에 손을 뻗어 잡아당기다가 저도 모르게 물속에 들어갔다.

모자를 머리 위로 들고서 징징거리는 셔틀맨 28호와 영자의 실랑이가 계속되었다. 28호는 쌀 사 먹을 돈도 없어요, 사정했다가 이거 엄연한 계약위반입니다, 협박도 했다. 영자는 쌀이라면 우리 집 쌀 많아 가지고 가, 하고 오지랖을 떨었다가 그럼 경찰 부르자, 엄포를 놓았다. 영자의 모자가 28호의 머리 위로 올라가면 영자가 28호의 옷을 당기고 모자가 아래로 끌려가나 싶으면 28호가 영자를 붙들고 사정했다.

아무도 오지 않았다. 절벽 위의 데크에서 봄바람에 반짝거리는 바다를 감상하던 사람 중 한두 사람만이 저 아래 엉켜있

는 영자와 28호를 가끔 발견하곤 했다. 저 아래 넓은 바닷가에
는 똑같은 등산복을 입은 두 사람이 고요히, 맹렬하게, 물속을
맴돌았다.

5. 셔틀맨이 우화하기까지

병태는 걸을 수가 없다는 할아버지를 욕실 바닥에 깔아놓은
두툼한 패드에 눕혔다. 가죽밖에 남지 않았지만 환자 스스로 몸
에 힘을 줄 수 없어 안아 올리기가 힘들었다. 일을 시작한 지 세
시간이 넘었지만 그는 묵묵히 할아버지를 씻겼다. 너무 앙상한
몸과 선한 눈매를 가진 할아버지를 씻기며 병태는 습관적인 몸
값 계산을 멈추었다. 측정 불가였기 때문이다.

일을 마치고 식당에 갔다. 영자와 일을 주선했다는 요양보
호사 아주머니가 상을 차리고 병태를 기다리고 있었다. 국과 반
찬을 갖춘 제대로 된 정식이어서 병태는 감탄했다. 허겁지겁 밥
을 떠먹고 휴게실로 가서 커피를 한잔 마셨다. 휴게실에 기다란
그림자를 만들며 오후의 햇볕이 쏟아져 들어왔다. 환자복을 입
은 할머니, 할아버지가 텔레비전을 보거나 이야기를 나누고 있
었다. 땀을 흘리고 배부르게 밥을 먹어서 그런지 졸음이 쏟아졌
다. 문밖에서 요양보호사 아주머니가 영자에게 돈 봉투를 건네

는 것을 보았다. 그는 일어섰다.

-다음 주에 보세, 동생.

-조심해서 들어가이소, 행님. 28호 씨, 다음 주에 봐요.

병태는 인사를 꾸벅하고 영자를 따라나섰다. 둘이 입은 똑같은 디자인의 등산복 때문에 사람들이 흘끔흘끔 그들을 쳐다봤다.

그날 바다에서 한창 실랑이를 벌이던 영자는 28호의 힘을 도무지 당해낼 수 없었다. 잠시 쉬자며 28호를 끌고 바닷가 자갈밭으로 나왔다. 둘의 몰골이 엉망이었다. 에효, 에효, 하고 숨을 고르던 영자는 결국 실소를 터뜨렸다.

28호가 바닥에 철퍽 주저앉아 훌쩍거리고 있었기 때문이다. 영자는 옥신각신 다투던 좀 전을 떠올렸다. 너나 나나 참 미련하다. 무슨 꿈을 꾸겠다고 어울리지도 않는 이런 곳에 나왔을까. 그나저나 저 곰 같은 것을 어떻게 해야 하나.

조용히 수평선을 바라보며 영자는 모처럼 생각이란 것을 했다. 찬찬히 주변을 둘러보며 결국 여기 오길 잘했구나. 잘했다고 생각해야겠구나, 다짐했다. 그리고 배낭에 담아왔던 커피와 과일을 28호와 나눠 먹었다.

몸이 어느 정도 마르자 영자는 28호와 차를 타고 집으로 돌아오며 서틀맨 센터에 전화했다. 그리고 서틀맨 28호의 칭찬을 마구 늘어놓았다. 사람도, 사람도, 그렇게 친절한 사람이 없습니다. 예년의 영자처럼 수다스럽게 떠들었다. 그리고 덧붙였다. 그래서 그런데요, 앞으로 남은 두 번도 28호 씨가 계속 나와 주면 좋겠어요, 라고.

영자는 자신의 카드로 셔틀맨 센터에 결제를 한 뒤, 연락을 하고 지내던 요양보호사 여자에게 전화를 걸어 일을 하고 싶으니 주선을 해달라고 부탁을 했다. 그리고 전에 말하던 목욕 알바생에 대한 의견을 전했다. 할 만한 사람을 소개하겠다고. 그리하여 며칠 뒤, 영자는 셔틀맨 28호를 데리고 요양원에 찾아간 것이다.

요양원을 나선 영자는 병태와 버스정류장에서 헤어졌다. 아까부터 들고 있던 묵직한 장바구니를 병태에게 전해주며 다음 주에 보자는 인사를 나누었다. 그리고 요양보호사 여자에게 받은 봉투에서 이만 원을 꺼내 한사코 사양하는 그의 주머니에 찔러주었다. 버스를 타고 돌아오는 길에 보니 벚꽃이 만개했다. 바람에 흩날리는 꽃눈을 보며 영자는 눈물을 훔쳤다. 그리고 휴대전화를 꺼내 어느 세상의 문 바깥을 기웃거리고 있을 자신의 아들에게 전화를 걸었다.

집으로 돌아온 병태는 영자가 건네준 장바구니에서 쌀을 꺼냈다. 두어 컵을 퍼서 쌀을 씻는데 미처 잡지 못한 쌀벌레가 세 마리 떠올랐다. 그 벌레들을 집어내 손바닥에 올려두고 한참을 들여다봤다.

밥솥에 씻은 쌀을 안친 그는 가슴이 조이는 그 등산복을 벗지도 않은 채 이불 속에 들어가 누웠다. 꼭 고치 속의 애벌레처럼 몸을 둥글게 말아 누운 그는 길고 긴 단잠을 잤다. 젠틀한 서틀맨 28호가 합리적인 가격과 최상의 서비스를 두 번째로 완료한 날이었다.

9.

옷들이 꾸는 꿈

1

바람 없는 날이다. 그림자마저도 제 주인에 바싹 붙어 정오의 더위는 사람을 지치게 한다. 이른 아침부터 늦은 저녁까지 태양이 세상을 빛으로 채우면, 빛의 포화를 견디지 못한 사물들은 이글거리는 지상 위로 짙푸른 색이나 검은색, 혹은 허옇게 마른 색을 뿜어낸다. 여름의 색은 무료하다.

삼십분 째, 삐걱거리는 의자 어느 틈에서 새어나는 소리를 들으며 나는 아스팔트로 덮인 길을 멍하니 바라보고 있다. 지나가는 사람 하나 없는 길이다. 엄마는 아직 보이지 않는다. 배달 간 엄마는 돌아오는 길에 분명 부식 가게에 들렀을 것이다. 요즘 엄마는 홍씨 아줌마와 잘 어울린다. 부식 가게 홍씨 아줌마는 줄줄이 낳은 딸들의 생리대 값을 불평하는 우스갯소리로 엄마의 발을 묶어놓았을지 모른다. 양말도 세탁을 맡기는 요즘인데 일회용 생리대가 없었다면 세탁소는 생리대도 빨아냈을 것이다. 그러면 엄마 앞에서 내뱉는 홍씨 아줌마의 생리대 불평은 쏙 들어가겠지.

손님이 없는 시간이라 다행이지만 다리미 보일러가 내뿜는 뜨거운 열기에 몸이 금방이라도 녹아내릴 것만 같다. 선풍기를 켜놓았지만 휘적휘적 돌아가는 날개는 아까부터 따가운 열기만 피부에 걸쳐놓고 있었다. 머리 위로 가게를 가득 메운 옷들은 열대림의 나무들처럼 지상의 열기를 빨아들여 아래로 자라난다.

계절이 바뀔 때마다 옷의 길이와 부피는 나무의 그것처럼 바뀐다. 엄마는 정원사처럼 매일 옷들을 돌보고 관리한다. 봄이 되면 사람들은 옷장을 정리하고 코트 따위의 겨울옷을 맡긴다. 엄마는 맡겨진 옷을 빨아 천장에 심어둔다. 천장에 심겨진 옷들은 여름에 가장 길게 자란다. 겨울이 오지 않으면 주인들은 옷을 잊어버리기 쉬웠다. 부지런한 주인들은 옷을 금방 찾아가지만 대부분의 옷들은 여름까지 길게 자라난다. 엄마는 아예 빨리 찾아가는 옷들과 천천히 찾아가는 옷들을 구분 지어 걸어놓는다. 가을쯤이나 그보다 훨씬 뒤, 천장이 자라는 속도가 시들해지는 겨울이 되어서야 옷들은 열대림을 떠날 수 있다.

햇대에 가득 걸린 옷들이 주는 위압감은 숨이 막히게 한다. 막연한 기다림에 열이 치밀어 다림질하는 작업대에 엎드려버린다. 오른쪽 뺨으로 열선에 달구어진 다림질 판 열기가 그대로 전해진다. 뜨거운 천에서 건조한 수증기 냄새가 난다. 아무 일도 일어나지 않을 것 같은 오후, 지루한 여름이다.

2

'그레이가든'은 계속 '바다는 고인 물인가, 흐르는 물인가'라는 말만 반복해서 적어놓고 있다. 십 분 전, '시간은 고이지 않아, 흘러가야 해'를 외치고서 그는 딴소리를 적지 않는다. 나는 교내의 독서토론모임 동아리의 회원들을 기다리고 있다.

일주일에 한 번, 책 한 편이나 작가 한 명을 선정해서 토론하는 형식으로 진행되는 모임은 방학이 시작되면서 회원 다수가 고향으로 내려가 만나기 힘들었다. 그래서 생각해낸 것이 인터넷을 통한 모임이었는데 오늘이 그 첫날이었다. 나에게는 채팅 방을 만들어야 하는 임무가 주어졌다. 하지만 약속 시간보다 한 시간이나 지나도 누구 하나 들어오지 않고 있다. 분명 문자메시지로 사이트와 방제, 시간 등을 통보했었다. <시간이 고이는 곳- '이끼'>라는 방제를 찾기 힘든 것일까.

한참 기다리고 있는데 '그레이가든'이라는 대화명이 대화자 리스트에 등록되었다. 회원인지 알아보려고 사용자정보를 검색했더니 모두 '비공개'로 설정되어 있었다. 토론회의 회원이 아님은 분명했다. 강제퇴실 버튼을 누르려는데 여백의 창이 주르륵 내려가더니 글이 한편 올라왔다. 그레이가든이 올린 글이었다. 그것은 초록색 문자가 무늬처럼 새겨진, 하나의 직사각형 틀이었다. 그 혹은 그녀는 더 이상의 글을 적지 않았다. 글을 읽어주길 바라는 듯했다. 여백을 채운 초록색 창은 그레이가든에 대한 호기심을 불러일으키기에 충분했다. 강제퇴실 아이콘에서 손을 거둬들였다.

　고여 있던 공기의 흐름이 약간 흔들린다. 엄마가 들어와 빨아놓은 옷가지를 놓는다. 코에 섬유유연제의 향이 훅 끼친다. 엄마가 조용히 모기향을 꺼낸다. 나는 모기향 플러그를 콘센트에 꽂고 모니터로 고개를 돌린다. 순간, 채팅창에는 하얀 여백이 들어찬다. 아무도 말을 하지 않는다. 오른쪽 참가자명단에는 내 아이디(ID)만 올려져 있다.

　엄마는 오늘 일찍 가게 문을 닫았다. 안방에서 부스럭거리는 소리가 들리더니 가게 셔터가 열리고 이내 닫힌다. 이 밤에 어디를 가는 것일까. 피곤한 표정으로 창을 바라보다 대화명을 바꾼다. 영숙이. 나는 읽다 만 책을 꺼내 읽는다. 여름밤의 습한 공기가 창을 통해 흘러들어온다. 여름의 공기는 미묘한 무게감을 만들면서 피부가 느끼는 시간의 흐름을 느리게 만든다. 습한 공기가 만드는, 그 시간의 흐름이 조금씩 느려지다 완전히 고여 버리는 곳. 이곳의 밤은 느린 시간이 빨래처럼 착착 접혀 고이고 모인다. 약속 시간보다 한 시간 삼십 분이 지난다. 좋아하는 라디오 프로그램도 이미 끝난 상태. 책을 덮고 채팅 방에서 나온다. 컴퓨터 플러그까지 뽑아버리자 방안엔 정적이 감돈다. 그레이가든의 글을 읽을 때부터 이 모든 일이 일어날 것이라 예감한 정적이 가게를 채운 옷 사이로 새어 나오고 있다. 먹고 있던 버섯 모양 과자 봉지를 구겨 휴지통에 던져 넣는다. 그리고 중얼거린다. 모두들 어디로 가는 것일까.

3

왕왕왕와앙……. 탈수기 돌아가는 소리에 눈을 뜬다. 방학이 시작되고 집으로 내려온 후부터 매일 탈수기 돌아가는 소리에 잠을 깬다. 시계는 10시를 가리키고 있다. 눈만 대충 비비고 곧장 가게에 나간다. 드라이클리닝 세제 특유의 독한 냄새가 콧속으로 스민다. 시원하면서도 진한 냄새에 머리가 아찔하다. 어둡고 긴 복도를 지나 가게로 통하는 문을 연다. 정면에 우뚝 선 거대한 기계가 몸속을 굴리고 있다. 기계 뒤쪽 철창 속으로는 여러 부속이 서로를 연결시켜 커다란 벨트를 돌린다. 기계 앞면의 동그란 유리문 속으로는 옷들이 서로를 감아 돌아가고 있다. 단추가 깨질까 염려해 씌운 은박지가 휙, 유리문을 긁으며 지나간다. 기계는 물 없이 세제만으로 통 속을 굴린다. 하얀 가루세제가 아닌 검은 기름으로 말이다. 시멘트를 발라 바닥에 고정시킨 탈수기는 한쪽 구석에서 기름을 짜내고 있다. 탈수기 모터는 탈수 진동이 땅까지 전달될 만큼 요란한 회전을 만들고 있다. 기계들은 이 가게가 없어질 때까지 그 자리에 붙박인 채 돌아갈 것이다. 아니, 이 가게가 사라져도 저 기계들은 어느 곳에든 붙박여 돌아가고 있을 것이다. 돌아가는 두 개의 기계 사이로 세탁물을 분리하는 엄마의 손놀림이 분주하다.

다림판 앞으로 의자를 끌고 가 앉는다. 일어나자마자 이렇게 가게로 나와 멍하니 앉아있는 것은 오랜 습관이다. 엄마가 바쁘게 움직이는 옆에 앉아 느긋한 마음으로 정신을 차리는 것이다. 집을 떠나 자취를 할 때는 밖을 내다봐도 아무런 감흥이 일지 않았다. 아무도 없는 방에 우두커니 앉아 창밖을 내다보면 맞은편으로는 회색 콘크리트 벽만 보일 뿐이었다. 쥐 오줌 자국 같은 얼룩덜룩한 습기를 머금은 돌은 오히려 갑갑함과 불안함만 불러일으킬 뿐이었다.

늦은 아침 후, 반찬 그릇들을 냉장고에 넣고 있는데 가게로 나오라는 엄마의 목소리가 들린다. 짧고 무게가 실리지 않은 간결한 목소리다. 가게로 나가자 비닐을 씌운 세 개의 옷이 엄마의 손에 들려있다. 엄마가 배달을 다녀오는 동안 가게를 지켜야 한다. 엄마는 옷마다 달려있던 이름표를 뜯어내 다림판 위로 던지고 길을 나선다. 직사광선에 대항하듯 엄마는 양미간을 잔뜩 찡그린다. 깡마른 체구에 기형적으로 보일 만큼 굵은 팔뚝을 갖고 있는 엄마지만 움직임은 보기보다 빠르다. 엄마의 날렵한 움직임이 뜨거운 대기 속으로 섞인다. 가끔 저렇게 떠나는 엄마가 아주 사라지는 것은 아닐까 조바심이 날 때도 있었다. 그럴 때면 가게 앞으로 나가 엄마가 떠난 곳을 한참 쳐다보곤 한다.

아빠가 죽고 며칠 후, 엄마가 잠시 없어진 적이 있었다. 어디를 다녀오던 길이었던가. 추운 겨울, 바람이 차갑던 어느 역 광장에서 엄마를 기다리고 있었다. 어디 가지 말고, 꼭 여기서 기다려야 해. 젊은 엄마는 금세 눈앞에서 사라졌다. 눈 위에 피로 쓴 다짐처럼 꼼짝 않고 기다렸다. 사람들에게 걸리고 채여도 엄마가 말한 자리에서 한 걸음 이상을 벗어나지 않았다. 이제 엄마밖에 안 남았구나. 아빠의 장례식장에서 누가 머리를 쓰다듬으며 말했다. 나이도 젊은데 재혼해야지. 딸이야 맘만 독하게 먹으면 할머니한테도 맡길 수 있어. 옆 테이블에 앉은 여자들이 소곤거리며 한 말이 계속 떠올랐다. 다리가 떨렸다. 오줌이 마렵기도 했다. 잠시 후 엄마는 어떻다는 한마디도 없이 내 손을 채가듯 잡고 급한 걸음으로 택시 승강장을 향했다. 그때 흐른 시간은 오 분 정도였지만 모든 신경이 기억하는 시간은 굉장히 길다. 그 시간이 인생의 한 전환점이 될 수 있음을 본능적으로 예감한 것이다. 가끔 엄마가 없는 시간이 영원이 될 수도 있다고 몸으로 느끼곤 한다. 장례식 이후로 엄마가 기다리라고 하면 그 자리에 꼼짝 않고 기다렸다. 싫다고 떼를 쓰지 않았다. 기다리는 일에는 말을 잘 듣는 아이가 된 것이다. 그래서 나는 가게도 곧잘 본다.

다림판 앞으로 의자를 당겨 앉아 책을 펼친다. 조금 전 엄마가 던져놓은 이름표 세 개가 흩어져있다. 식육점 2층. 젊은 부부가 사는 집이다. 내가 없는 동안 엄마가 배달을 나가면 가게는 누가 보지? 누가 보긴, 옷들이 봐야지. 옷을 옷들이 어떻게 지키냐? 그러니까 문 잠그고 다니지. 엄마는 싱거운 말들을 곧잘 했다. 이름표를 보고 있으니 어쩌면 옷들이 집을 본다는 말이 맞는 것도 같다. 주인이 올 때까지 서로의 어깨를 겹치고, 등허리를 부여잡고 서로 다독여가며 집을 지키는 것. 그런 옷들을 등지고 앉아 책을 읽기 시작한다.

전화벨이 울린다. 수첩과 볼펜을 들고 전화기가 있는 마루로 향한다. 여보세⋯⋯. 말을 끝내기도 전에 상대방은 전화를 끊어버린다. 종종 예상치 못한 목소리에 당황한 사람들이 전화를 끊는 경우가 있다. 벨이 다시 울린다. 세탁숍니다, 하고 엄마의 무덤덤한 목소리를 따라 한다. 여보세요? 아, 그. 뭐야, 거기, 주인 없습니까? 시끄러운 곳이나 먼 곳에서 거는 듯 과장되게 높인 목소리다. 낱말마다 간격을 둔 끊긴 발음들이 내 귀를 따갑게 찌른다. 배달 때문에 나갔습니다. 오 분이면 돌아올 텐데요, 라고 나는 대답한다. 손님인지, 장난 전환지 갈피를 잡지 못한다. 배달 때문에 전화하신 건가요? 하고 묻는다. 아니, 그, 에이, 나중에 전화할게요. 남자는 중얼거리듯 대답하고는 딸각 전화를 끊어버린다. 남자의 일방적이고 거친 목소리에 기분이 상한 나는 쾅, 소리가 나도록 전화기를 내려놓는다. 전화기를 내려놓고 돌아서는데 누군가 급하게 뛰어들어온다. 짧은 팬츠를 입은 여자는 옷을 던지듯 내려놓고 달려나간다. 순식간에 사라진 여자는 이름표에 쓸 이름을 말해주지 않았다. 주인을 모르는 옷이 나를 더욱 화나게 만든다. 여자가 놓고 간 옷은 굉장히 짧은 길이의 검은 치마다. 여자가 사라진 길 저편을 내다본다. 여자는 보이지 않고 대신 세탁물을 수거해서 들고 오는 엄마가 사막의 신기루처럼 보인다. 신경질이 단박에 가라앉는다. 엄마는 팬츠 여인이 던지고 간 옷이 누구의 것인지 단번에 알아맞힐 것이다. 한 번 들어왔던 옷들은 계속 들어오기 때문이다.

〈그레이가든의 이야기〉

─삼십 도를 훨씬 웃도는 날씨 속에 그는 방안에 누워 낮잠을 즐기고 있었다. 더위는 약간의 두통을 가져다주었지만 그는 개의치 않았다. 며칠 밤을 꼬박 새워가며 놀이에 열중한 뒤였다. 그와 함께 시간을 보낸 여자들은 지금도 거리를 쏘다니고 있을 것이다. 잠과 잠 사이의 나른한 의식 속에서 문득, 그는 방안이 그가 체감하는 공간보다 확장되어 있다는 것을 느꼈다. 눈을 떴을 때 그의 방은 비어 있었다. 자기가 누워 있는 침대를 제외하고 가구가 모두 사라진 것이다. 거기다 문도, 창문도, 모두 닫혀 있었다. 사람 사는 곳 같지 않은, 싸구려 여관의 낯선 방에 들어서는 기분이 들었다. 아니, 여관방엔 여자와 함께일 테니 차라리 그쪽이 훨씬 나을 것도 같았다. 두통이 심해져 왔다. 밖으로 나가기 위해 몸을 일으키려 했다. 하지만 몸이 너무 무거워 일어날 수가 없었다. 방문을 활짝 열고 거실로 나가 시원한 에어컨 바람에 몸을 눕히고 싶었다. 욕실로 달려가 머리에 찬물을 끼얹고 싶었다. 아니, 두통약 한 알만 먹어도 좋을 듯했다.

누군가를 부르기 위해 입을 열었다. 하지만 말도 나오지 않았다. 가쁜 숨을 몰아쉬며 그는 사방을 둘러보았다. 건조해진 눈알이 모래 위에 굴러가는 듯 쓰라렸다. ……! 그가 발끝을 쳐다 봤을 때 그는 심장이 멎어버릴 것만 같았다. 키가 작아 침대 끝 까지 닿지 않던 자신의 발이 침대 저 끝 모서리 아래까지 축 늘 어져 있었던 것이다. 거기다 그는 자기 배 위로 걸쳐져 있는 기 다란 분홍색 덩어리가 자신의 혀라는 걸 알게 되었다. 눈알을 굴 려 옆을 바라보았다. 그의 팔이 늘어날 대로 늘어나 방의 저쪽 끝까지 펼쳐져 있었다. 저쪽 끝엔 형체만 알아볼 수 있는 그의 손이 끈적끈적하게 방바닥 위로 퍼져 있어 끔찍했다. 그는, 녹아 버린 것이다. 그는 눈을 계속 감았다 떴지만 꿈은 아니었다. 꿈 이라면, 아주 지독히 긴 꿈이리라.

방의 지열이 아지랑이처럼 피어올랐다. 그는 손끝을 바라봤 다. 자신의 손이 물건처럼 저쪽에 버려져 있었다. 언젠가 추적추 적 비가 내리던 날 가 본 동물원이 떠올랐다. 자신의 몸이 동물 원 철창 안쪽에서 비를 맞으며 먹이를 먹는, 작은 칸막이 우리에 서 잠을 자는, 더러운 동물을 보는 듯한 기분이 들었다. 그는 몹 시도 어머니가 보고 싶었다. 어머니가 나타나면 이 모든 상황이 어떻게든 해결되리라. 시간은 어딘가에서 멈췄는지 도통 흐르지 않았다. 드디어 어머니가 들어왔다. 하지만 어머니의 반응은 놀 라우리만치 무덤덤했다. 꼭 그렇게 되리란 것을 예상한 듯한 표 정이었다. 그녀는 그를 한 번 둘러보고는 나가버렸다. 그는 순간,

겁이 났다. 어머니가 다시는 오지 않을 것만 같았다. 자는 동안 무슨 일이 있었던 것일까. 기다림의 공포가 극심해질 때쯤 어머니는 다시 그를 찾아왔다.

그녀는, 꽃무늬가 프린트된 앞치마를 입고 분홍색 고무장갑을 끼고, 100리터는 족히 될 끔찍한 쓰레기봉투를 들고 들어왔다. 그는 녹을 대로 녹아 싸구려 딸기 아이스크림처럼 온몸이 푹 퍼져 있었다. 엄마가 열어놓은 방문으로 들어온 파리가 끈적거리는 그의 피부에 엉겨 붙어 그는 아주 흉측한 모습으로 변해 있었다.

그녀는 그의 혀를 돌돌 말아 입안으로 구겨 넣었다. 아주 신속하고 거침없는 손놀림이었다. 다리와 팔도 혀처럼 굴려 배에 꾹꾹 눌러 붙였다. 그는 축구공처럼 둥글게 말려버렸다. 그의 다리 사이로 보이는 어머니는 쓰레기봉투를 침대 턱에 걸치고 그를 굴려 봉투에 넣어버렸다. 쿵!

그가 정신을 차렸을 때는 냉동실 안이었다. 그것도 희미한 냄새로 추측했을 뿐, 캄캄한 어둠 속에서 확신할 수 있는 것은 아무것도 없었다. 숨이 막혀버릴 것 같았다. 온몸을 흔들어대기 시작했다. 갑갑한 그곳에서 빠져나가고 싶었다. 다시는 밖을 보지 못할 것 같았다. 하지만 봉투 입구만 조금 열릴 뿐 소용없는 짓이었다. 모든 것을 포기하고 눈을 감았다. 자신의 퍼진 피부가 가장 먼저 얼게 될 것이다. 뇌수도 얼고 심장도 곧 얼겠지. 그는 서서히 죽어 갈 것이다. 아니, 죽지도 못한다. 얼어붙은 몸은 썩지도 않을 것이다. 몇백 년, 몇천 년이 지나도 그 자리에 있을 것이다. 왜 이런 곳에 갇히게 된 것일까. 일그러진 눈물샘에서 눈물이 쏟아지듯 흘러내렸다. 짭조름한 눈물은 흐물흐물한 그의 살덩이 위로 흉터 같은 길을 만들어갔다. 흉터 길을 만들던 눈물은 곧 소금처럼 얼어붙었고 그 소금길 위로 새로운 눈물이 계속 흘렀다.

그때였다.

뭔가 바스락거리는 소리가 미세하게 들렸다. 그는 숨죽여 움직이는 물체가 무엇인지 알기 위해 기다렸다. 반짝, 무언가 흔들렸다. 툭. 툭. 봉투 속으로 몇 개의 빛이 떨어졌다. 빛 하나가 그의 세 번째 발가락을 간질였다. 비릿한 바다 냄새가 났다. 그것들은 오랫동안 열어보지 않은 구석에 처박힌 비닐에서 빠져나와 그에게 꾸물꾸물 모여들었다. 휙 지나가듯, 찰나에 보이는 그 빛들은 마른 멸치였다. 그의 발가락 사이로, 머리카락 사이로 그들은 헤엄쳐 들어왔다. 수십 마리의 멸치들이 모여 그를 환하게 밝혔다. 멸치들은 그의 몸속에서 생기를 얻었다. 등을 청색으로 배를 은백색으로 바꾸어 펄떡거리며, 그의 피부를 흔들어댔다. 찰랑! 물소리가 난 듯도 했다. 그는 곧 바다가 되었다.

5

저녁을 먹고 나면 컴퓨터를 켜고 그레이가든과 대화를 나눈다. 채팅방에 들어서면 언제나 그레이가든의 초대장이 뜬다. 그 혹은 그녀와 어릴 적 이야기나 오해에 관한 이야기, 매일 시시하게 일어나는 일들에 관한 이야기를 나눈다. 독서토론회 모임에는 신경도 쓰지 않게 되었다. 첫 모임이 무산된 다음 날, 한 선배에게 전화를 했을 때 모임이 취소된 걸 모르고 있었냐는 반문을 들어야 했다. 전혀 들은 바가 없는 일이었다. 그 뒤로도 연락을 해오는 사람이 없었다. 나 역시 연락하기를 관뒀다.

그레이가든은 자신이 올린 초록색 글을 읽은 사람은 내가 처음이자 마지막이라고 했다. 어린 시절 할머니에게 들은 이야기인지, 어느 잡지에서 읽은 글인지, 꿈에서 본 것인지 그는 알지 못한다고 했다. 다만 어느 날 머릿속의 것을 글로 옮기니 그런 이야기가 되었다고 한다.

―시멘트 발린 마당을 상상하면 돼.

그는 자신의 대화명을 설명하기 시작한다. 사용하지 않는 훌라후프와 한쪽으로 쓸려 닳아버린 빗자루가 세워져 있는 건조한 마당 바닥. 그곳의 실핏줄처럼 갈라진 금, 그 틈으로 개미가 집을 짓고 음식을 나르는, 조용한 마당. 오랜 세월이 흘러 바람에 실려 날아왔거나 개미들의 식량으로 운반된 씨앗 하나가 싹을 틔운, 연한 초록 잎이 훈장처럼 피어나는 마당. 그게 그레이가든이야. 그레이가든은, 연한 초록 잎이 자라나 더 많은 가지를 만들고 그 가지가 꽃을 피워 풀냄새가 가득한 마당이 만들어지길 기다리지.

—며칠 전에 말이야.

갑자기 생각난 듯, 말을 꺼낸다. 비가 삼일이나 연이어 내리다가 막 그치던 날이었다. 그 날은 오랜만에 환한 해를 볼 수 있었다. 뒷마당을 서성이며 긴 통화를 했다. 통화를 나눈 사람은 토론회 모임의 여자 선배였다. 신입생 환영식에서 처음 봤을 때 그녀는 습관처럼 왼쪽 손가락의 손톱들을 물어뜯고 있었다. 토론회 채팅이 무산되고 며칠 후, 그녀에게서 전화가 왔다. 전화를 받으며 뒷마당에 세워둔 밀대 앞에 쪼그리고 앉았다. 가게 청소를 할 때 쓰던 것이었는데 새것을 산후론 그렇게 뒷마당에 버려져 있었다. 그녀는 연관 없는 이야기들을 두서없이 끄집어내 쉬지 않고 주절거렸다. 그녀의 목소리는 높지도 낮지도 않았고 이야기의 속도도 일정하게 유지되고 있었다. 하지만 목소리가 작아 혹시 혼자 중얼거리는 것은 아닌가 싶어 그녀가 말하는 중간마다 여보세요, 하고 그녀를 불러냈다. 그럴 때면 그녀는 내 말 듣고 있는 거야? 하고 조용히 물었다. 그녀는 주기적으로 이렇게 의미 없는 긴 통화를 원하곤 했다. 그녀의 일방적인 대화는 계속됐고, 그녀의 목소리는 점점 잠꼬대 같은 흐느낌처럼 변하기 시작했다. 언니, 생리 중이라면 아스피린이라도 한 알 먹고 자는 게 어때요, 라고 말한 것은 통화 시간 사십 분을 넘기고 있을 때였다. 그때 나는 옆집으로 난 담벼락에 기대앉아 줄을 지어 가는 개미들을 손가락으로 흩트려 훼방하고 있었다. 그녀가 혼곤한 잠 속에서 헤매듯 말했다. *아까 말했잖아, 오래됐다고. 아니, 아까 내가 말 안 했었나?* 그녀는 자신조차도 정리하지 못하는 말들을 계속 쏟아냈다.

그때 우연히 풀 한 포기를 발견했다. 그것은 신기하게도 밀대의 가느다란 걸레 틈으로 올라오고 있었다. 여러 갈래로 갈라진 걸레 틈에서 싹을 틔운 것이다. 가느다란 줄기가 밀어 올린 연둣빛 떡잎이 막 펼쳐지고 있는, 줄기만 길게 자란 새싹이었다. 오로지 얇은 걸레의 천을 지지대로 삼아, 습기를 빨아올리며 크고 있었던 것이다.

—나는 그 작은 풀을 쑥 들어 올려 버렸지. 제대로 자리 잡지 못한 하얀 뿌리가 너무 쉽게 들려서 나는 조금 놀랐어.

그때 가느다란 줄기가 바람에 마구 흔들렸다. 비가 온 뒤라 바람은 얼굴에 습기를 가득 묻히고 있었다. 그 가느다란 식물에 너무 집중하고 있었다. 그래서 전화기에서 들리는 기계음을 들고서야 한참 전에 통화가 끊긴 것을 알게 되었다.

─화분에 옮겨 심어봤지만 그 풀은 곧 죽어버렸어.

그레이가든은 이마를 긁적이는 이모티콘을 그린다. 그래, 아무런 말도 못해주는 이야기다. 그저 표정만 나올 수 있을 뿐이다. 아니다. 이것이 그의 표정이 될 수 있을까.

─영숙이는 본인 이름인가? 영숙이라는 이름이 우리나라에서 제일 많은 이름이지.

그레이가든이 말한다. 우리나라에서 제일 많은 이름, 영숙.

어렴풋이 가게 전화벨이 울리는 소리가 들린다. 시계는 자정을 넘어 한시를 가리키고 있다. 급한 일이 생겨 옷을 꼭 좀 찾아가야겠다는 손님 전화일 것이다. 가게로 통하는 복도를 나가고 있는데 벨소리가 뚝 끊긴다. 안방 문 열리는 소리가 들린다. 등을 돌리자 엄마가 문을 열고 나오던 자세로 나에게 전화를 받았냐는 듯한 표정을 보인다. 자고 있다가 들린 벨소리에 급하게 일어난 눈치다. 눈을 동그랗게 뜨고 있는 엄마의 표정은 비현실적으로 투명해 보인다. 다시 전화벨이 울린다. 엄마는 재빨리 걸음을 옮긴다. 바른 지 얼마 되지 않았는지 엄마의 영양 크림 향이 코를 찌른다. 등을 돌리자 엄마의 가느다란 목소리가 문틈에서 새어 나오듯 들린다. 전화통화를 할 때의 엄마 목소리는 이렇게 작지 않다. 크림의 비릿한 잔향이 코끝에서 맴돈다.

키보드에 손을 올려 영숙 씨가 새 화장품을 샀나 봐, 라고 쓴다. 그레이가든의 초록색 글씨가 뜨질 않는다. 엔터 키를 누를 때마다 대화 상대가 지정되어 있지 않습니다, 라는 깨진 듯한 같은 작은 글씨들만 계속 뜬다. 요즘 대화들은 너무 일방적이야. 입술을 깨물면서 중얼거린다.

6

방학의 절반이 지나가는 지금도 해야 할 일을 찾지 못하고 있다. 방학이 시작되고 나서 외출한 적도 없다. 여러 권의 책 읽기와 두서없는 일상과 짧은 낮잠 속으로 상상이나 공상들이 머물다 간 일 말고는 특별한 일이 없었다. 엄마는 딸에게 학비를 벌어 오라거나 자격증을 따라는 소리를 하지 않는다. 특별한 요구도 없고 특별한 부탁도 없다. 그것이 불안하게 만든다. 다른 모녀와 다르게 우리는 대화가 적고 살가운 애정표현도 거의 없다.

어쩌면 가게를 보는 것이 엄마가 가장 원하는 일일지도 모르겠다. 가끔 먼 거리의 배달이 있을 때면 내가 가겠노라고 말을 하지만 엄마는 그저 가게만 보라고 말할 뿐이다. 푹푹 찌는 가게 속에서 웅크리고 앉아 책을 읽고 전화를 받고 손님의 요구를 수첩에 적는 게 내 일이 되어버렸다. 간혹 언제까지 찾아갈 것인지 묻는 것을 잊기도 하고, 옷 주인 이름을 바꿔 적은 적이 있고, 끊어버리는 전화를 여러 번 받기도 했다. 엄마는 동네의 구석구석을 훑으며 세탁물을 수거하고 배달한다. 엄마의 팔은 햇빛에 그을려 더욱 굵어져 간다.

엄마는 지금도 배달 중이다. 나는 엄마가 없는 빈 가게를 지킨다. 아니, 옷들과 시간을 보낸다. 엄마의 배달 간격은 줄어들고, 배달 시간이 점점 늘어나 낮 시간의 대부분을 가게에서 보낸다.

세탁소에는 수많은 옷들이 주인을 기다리고 있다. 어느 백화점 할인 기간에 산 옷이, 명품 옷이, 지난해 여가수가 유행시킨 옷이, 주인 마다 사연을 달고 천장 깊숙이 걸려있다. 옷들은 주인의 이름이나 집 주소를 달고서 주인이 찾으러 올 때까지 시간을 견디고 있다. 어릴 적엔 천장에 걸린 옷들을 올려보면서 이 옷들 모두 다 찾아가면 우리 집도 부자가 되겠거니 하고 뿌듯해하곤 했다. 하지만 많은 주인이 한꺼번에 옷을 찾아가지는 않았다. 음식 떨어뜨린 자국이나, 피, 페인트, 정액, 잉크, 화장품 등 동일한 '때'를 입고 들어온 옷들 중 다수는 먼지만 뒤집어쓰고 버려졌다. 규정된 보관 기간은 한 달이었지만 엄마는 빈자리가 없어질 때까지 주인을 기다려주었다. 옷을 정리하는 날은 어느 왕의 무덤을 발굴하는 엄숙함과 시장 거리를 돌아다니는 소란함이 있었다. 하지만 즐길 수 있는 시간은 짧았다. 바닥에 내려 툭툭 털고 보면 그것들은 유행에서 너무나 지난, 먼지뿐인 쓰레기였다. 쓰레기들은 봉투에 담겨 가게 밖에 버려진다. 그것들은 대부분 쓰레기처리장으로 가지만, 운 좋게 새로운 주인의 손에 들려가기도 한다. 어쨌든 우리 집은 그래서, 아직 부자가 되지 못했다. 아버지는 엄마를 벌써 떠났지만 엄마는 아직도 남의 옷을 떠나지 못한다.

가게를 보고 있으면 간혹 예쁜 옷들이 눈에 들어오는 경우가 있다. 물론 그런 옷들은 금방 찾아가 버리는 옷들이다. 아까부터 나는 곧 찾아갈 옷만 모아둔 횃대에 걸린 모시옷에 시선을 뺏긴다. 모시 천 여러 조각을 잇대어 만든 그것은 풍성한 치마를 가진 개량한복이다. 베이지색 짧은 소매 상의는 허리라인이 살짝 들어가 있고, 채도를 달리 한 회색 조각들로 만든 치마는 풍성하면서도 길다.

한복은 풀을 먹여 뻣뻣하다. 이런 옷은 스팀다리미로 다리기가 힘들다. 엄마는 냉동실에서 살짝 얼려 다리는 노하우를 가지고 있다. 까슬까슬한 천을 손으로 비벼보다 이름표를 찾아본다. 옷에는 이름표가 붙어있지 않다.

7

홍씨 아줌마의 큰 소리가 복도를 지나 방안까지 들린다. 엄마는 다림질을 하며 홍씨 아줌마와 이야기를 나눈다. 컴퓨터 모니터를 켜두고 그레이가든을 기다린다. 세 시간이나 기다려도 그레이가든은 오지 않는다. 내가 접속해 있으면 항상 그가 먼저 말을 걸어왔다. 그는 모든 정보를 비공개로 해놓아서 찾기가 어렵다. 그의 흔적은 어디에도 없다.

엄마가 부르는 소리가 들린다. 수첩을 들고 가게로 나간다. 가게에는 홍씨 아줌마 말고도 손님이 한 명 더 있다. 그는 키가 크고 마른 체형을 가진 중년의 남자다. 처음 보는 얼굴이라 인사를 해야 되는지, 그냥 스쳐지나도 되는 가게 손님인지 몰라 엄마의 눈치를 본다. 남자는 다른 손님처럼 옷 따위를 두리번거리지도 않고 무언가를 기다리지도 않는다. 주름진 눈을 끔벅이며 내 얼굴을 뜯어볼 뿐이다.

좀 나갔다 올게. 배달을 나갈 때는 나간다는 소리를 하지 않았다. 굳이 외출을 알리는 엄마가 낯설다. 밥은? 말을 하고 나서 내 말이 엄마의 말보다 더 낯설다고 느낀다. 점심은 항상 알아서 먹었다. 엄마는 당황한 표정을 짓다가 이내, 점심을 먹고 올 테니 가게를 보라는 말을 한다. 밥 사 먹으라고 돈을 놓고 엄마는 가게 밖으로 성큼성큼 걸어나간다. 중년의 남자는 한마디도 하지 않았지만 왠지 그의 목소리를 알 것 같다고 생각한다. 주인을 기다리는 옷들과 함께 엄마가 올 때까지 가게를 봐야 한다. 몇백 년, 몇천 년이 지나도 그 자리에 계속 있어야만 할 것 같은 기분이다.

나는 엄마를 기다린다.

나는 손님을 기다린다.

나는 옷들을 기다리고 옷들과 기다린다. 기다림의 반복이라니. 치가 떨린다.

방으로 돌아와 버린다. 여전히 모니터에는 그레이가든이라는 대화명이 보이지 않는다. 컴퓨터를 끄고 가게로 나와 작업대 앞에 앉는다. 비가 올 것처럼 구름이 잔뜩 몰려오고 있다. 소나기라도 내릴 참인지 구름은 빠르게 움직인다. 그래, 비라도 확 쏟아져라. 수증기 얼룩으로 뿌옇게 때가 낀 통유리 너머로 하늘을 쳐다보다 전화기를 든다. 그날 선배와의 대화 이후 다시 통화를 해본 적이 없다. 아니, 시도는 해봤지만 그때마다 그녀는 전화를 받지 않았다.

그녀는 휴학을 오래 했었고, 그래서 주변에 친해질 친구가 몇 없었다. 군대를 갔다 온 남자 동기들이야 있었지만, 그녀는 그들과 어울릴 정도로 털털한 성격이 아니었다. 그러다 내가 입학했고, 내 동기가 몇 명 되지 않아서 그녀와 자연스럽게 친해졌다. 그녀는 항상 불안한 모습을 하고 있었다. 변덕이 심했고, 신경이 예민해서 무슨 일이든 조금만 뒤틀려도 설사를 하거나 두통을 앓았다. 생리통으로 하루씩 결석을 하기도 했다. 이럴 때 내가 하는 일이란 아주 단순했다. 그녀 옆에 있다가 진통제를 내밀거나 콜택시를 불러주면 되는 것이다. 어떨 때는 그녀의 수다를 가만히 들어주기도 한다.

선배는 전화를 받지 않는다. 전화를 끊고 작업대에 책을 펼쳐놓는다. 오늘 밥은 무얼 먹나, 중얼거려보지만 이렇게 고민만 하다가 한 끼를 건너뛰게 될 것이다. 학교에서 내가 없을 때 선배도 항상 밥을 걸렀다. 방학 동안에는 고향에 있는 집으로 내려가라고 해도 그녀는 한사코 거절했다. 끝내 비는 오지 않는다. 무더운 하루가 또 지나간다.

8

대형 할인마트 물품보관함에서 영아가 목이 졸려 숨진 채 발견돼 경찰이 수사에 나섰다. 모 할인마트 물품보관함에서 태어난 지 3~4일로 보이는 여자아이가······.

지역신문 사회면의 하단에 조그맣게 나 있는 기사를 읽고 있을 때, 전화벨이 울렸다. 여기 식육점 2층인데요, 옷 좀 가져다주세요. 신경질적인 여성의 목소리가 들린다. 메모지에 주문사항을 적고 전화를 끊는다.

사람 없는 거리에 매미 소리가 유난히 크게 들린다. 소리는 점점 커져 매미를 귓속에 넣어 둔 것처럼 귀와 머리를 왕왕 울려댄다. 탈수기처럼 온몸을 흔들게 만드는 소리다. 엄마는 오랫동안 돌아오질 않고 있다. 아름다운 그 모시옷을 들고 나가서는 소식이 없다. 엄마가 배달 나갈 때 뜯어두고 가는 이름표를 찾으려고 작업대 위를 살핀다. 한참 뒤에야 그 옷에는 이름표가 없었다는 것이 생각난다.

며칠째 선배에게서 연락이 오지 않고 있다. 혼자 자취를 하는 그녀는 가족과 섞이지 않으려 했다. 집에 가도 반기는 사람이 없어. 오히려 불편해할 뿐이야. 그래서 그들과 연락하지 않지. 빈방에 누워 가족들을 기다리는 것보다 자취방에서 아무도 기다리지 않는 것이 훨씬 나은 일이야. 그녀의 목소리가 귓전에 맴돌 때마다 전화기를 들었지만 통화연결에는 항상 실패했다.

수능을 준비하면서 집을 떠나 먼 곳에 있는 학교로 가야겠다는 생각을 했다. 집은 찾아가지 않은 옷들과 엄마를 기다리는 내가 있을 뿐이었다. 항상 엄마를 찾고, 기다리는 것이 참을 수가 없어진 나는 기다림이 없는 곳으로 가길 원했다. 집을 떠나

고 혼자가 되자 나를 기다리는 엄마의 꿈을 꿨다. 선배는 자취
방에 혼자 남아 무슨 꿈을 꾸고 있을까. 나처럼 가족의 꿈을 꾸
고 있을까.

9

　일요일은 가게 문을 닫는 날이다. 엄마는 이른 아침, 친구들
모임이 있다며 서둘러 나갔다. 초록 잎이 피어나는 시멘트 마당,
그레이가든은 여전히 접속하지 않고 있다. 다른 날과 다르지 않
게 책을 읽고 낮잠을 잤다. 창문 밖이 컴컴하다. 시계가 벌써 밤
열 시를 가리키고 있다. 엄마는 아직 들어오지 않았다. 보고 있
던 텔레비전을 끄고 가게로 나간다. 자동차의 빛이 가게 유리문
들을 반사시키며 지나간다.
　가게 뒤편, 잘 찾아가지 않는 옷을 걸어놓는 줄에 모시 한복
이 걸려있다. 엄마가 나가고 없던 낮에 의상실 여자가 가지고 왔
다. 모시 한복은 엄마의 것이었다. 의상실 여자는 기성복으로 제
작된 모시옷을 엄마의 몸에 맞춰 줄인 듯했다. 선물로 받은 건
지 천도 버리지 말고 꼭 가져다 달라고 하던데, 딸이 해준 거예
요? 비싼 건데. 여자는 잘라놓은 천을 챙겨주었다. 그 중년의 남
자를 다시 떠올렸다.

대학을 가기 위해 집을 떠나고, 혼자 있는 시간이 많아지면서 엄마 혼자 가게를 지키고 있는 모습이 항상 눈앞에 떠올랐다. 아빠가 떠나고, 내가 떠나면서 엄마는 천장에 걸린 저 많은 옷과 함께 가게에 걸려 시간을 견디고 있었을 것이다. 어쩌면 엄마도 나처럼 꿈을 꾸고 있었을 것이다. 어딘가로 나가거나, 돌아오는.

엄마는 나를 기다리고 있었다.

엄마는 그래서 손님을 기다렸다.

옷들을 기다리고 옷들과 기다렸다, 나를.

엄마가 당연히 내 옆에 있어야 하는 줄 알았다. 피식, 웃음이 났다.

낮 동안 끓어올랐던 열기가 밤이 되어도 쉽게 식지 않는다. 다림질 작업대에 엎드려본다. 작업대의 열기는 식었지만 수증기 냄새가 아직 남아 있어 더운 습기가 얼굴에 붙는다. 자동차들이 가게 앞을 지날 때마다 가게가 환하게 밝아온다. 어두운 곳으로 쏟아져 들어오는 자동차 헤드라이트 빛 때문에 눈가로 졸음이 몰려온다. 등 뒤로부터 미열이 오르는 것 같기도 하다. 눈을 감는다. 툭. 툭. 자동차가 지나는 빛에 등 뒤의 무언가가 흔들려 뒤를 돌아본다. 가게의 오른쪽에서 왼쪽으로 자동차의 빛이 휙, 지나갔다. 그때마다 천장에 걸린 옷들을 싸고 있는 비닐에 자동차 빛이 반사되었다. 구겨진 비닐이 반사하는 빛은 비를 맞는 것처럼 흔들렸다. 나는 집중해서 빛들을 따라간다.

　저 멀리서 천장에 걸린 옷들의 주머니로, 소매로, 꾸물꾸물 멸치가 모여든다. 멸치들은 떼를 지어 이쪽에서 저쪽으로 헤엄쳐 나간다. 옷의 비닐이 흔들리면 멸치들은 재빨리 헤엄쳐 가게의 보일러 수증기가 빠져나가는 구멍으로 몸을 숨기고 밖으로 나간다. 멸치들은 등을 청색으로 배를 은백색으로 바꾸어 옷들의 피부를 흔들어댄다. 그것들이 펄떡거리며 지날 때마다 어디선가 물소리가 들리는 듯도 하다. 오랜 시간 고여 있던 느린 시간이 가게 바깥으로 흘러나간다. 옷들은 곧 바다가 된다.

　어두운 작업대를 더듬어 이름표를 한 장 끊어낸다. 엄마의 모시 한복이 있는 곳으로 다가간다. 옷의 아랫부분에 이름표를 덧대어 휘갑치기를 한다. 이름표에는 권영숙, 세 글자가 적혀 있다. 엄마의 옷을 며칠 내로 찾아가는 옷들만 모아놓는 횟대에 걸어놓는다. 모시 한복은 곧 주인의 부름에 횟대를 빠져나올 것이다. 가게 안쪽으로 들어가 가게 유리를 쳐다본다. 내 머리 위로는 길게 자라나는 열대림이 걸려있다. 그 자리에서 엄마의 모시 한복을 찾아본다. 자동차가 지나간다. 엄마의 옷에 붙은 이름표 위로 멸치 한 마리가 스며들었다 달아난다. 한복의 그림자가 저편으로 흘러간다. 나는, 고여 있는 시간을 껴안고 가만히 웃는다. 아주 오랫동안. 천천히.

이정임 소설집 인터뷰

손잡고 허밍

■ 오늘 이 자리는 이정임 작가의 첫 창작집 출간에 앞서 지금까지 관심과 애정을 가져오신 몇몇 분들을 모시고 십 년 가까운 세월 동안 일궈놓은 작품들의 성과와 그 변화과정, 그리고 앞으로의 창작방향을 두루 짚어보기 위해 마련했다. 이정임 작가 외 네 사람(박훈하 평론가 -진행, 김만석 평론가, 최은순 소설가, 김지현 -녹취)이 자리를 함께해 주었다.

■ 이정임 소설의 특이점을 간략히 정리하자면?

최은순(이후 최): 소설을 읽으면서 문득 떠올랐던 질문은 '어쩌자고 지구에?'라는 질문이었습니다. 제목들에서 보이는 것처럼 '허공', '태양', '반짝반짝 빛나는' 등 이런 것들이 공중에 떠 있다는 느낌이 들었는데요, 저는 이것을 '어떤 과정이 생략 돼 있다'라는 것으로 생각했습니다. 그러면서 인물들이 느닷없이 생존 도시와 같이 운명의 러브콜이 담겨있는 세계에 불시착한 느낌이 들었는데, 그들은 왜 이곳에 느닷없이 불시착하게 되었는가, 어쩌자고 이 지구에 오게 되었는가를 생각했을 때 결국에는 그것을 세탁소에서부터 시작할 수밖에 없겠다, 하는 생각이 들었어요.『옷들이 꾸는 꿈』이 이정임 작가의 등단작이고 후반부에 작품이 배치되어 있어서 결국엔 내가 이 기원을 찾아서 글을 읽고 있구나, 라고 생각이 들었습니다. 그리고 드디어 도착한 세탁소에서 든 생각은 그곳이 감정, 추억이 다 절단되고 삭제된 시간과 공간이라는 것이었습니다. 천장에 옷들이 심겨 있는데 옷에, 옷들의 주인이 갖고 있었던 개별성이라는 것들이 완전히 깨끗하게 제거된 상태에서 걸린 공간으로서의 세탁소인 거죠. 그래서 감정이 메말라 있고 외부세계로부터 차단된 공간으로서의 세탁소, 작가나 작가가 소설에서 부려 쓰는 인물들의 기원이 여기서부터 출발하는 것이 아닌가하고 생각했습니다.

그런 기원으로부터 나온 인물들은 밑도 끝도 없고 기반도 없고 그저 덩그러니 어떤 세계에 탁 내던져진 존재들이라는 생각이 들었습니다. 그렇다면 이 인물들이 그럼 세상 밖으로 나가는 그 과정에서 어떻게 나갈 것인가, 나가서 누구와 만날 것인가, 하는 연결지점이 각 소설에 배치되어 있었고 그 연결지점은 대부분 인물이었어요. 그건 대부분 타인, 주인공과 다른 이질적인 존재인 타인을 만나서 어떤 방향으로 나아갈 것인가, 세상과 어떻게 관계를 맺을 것인가에 대한 과정을 이 작가가 각 소설에서 나타내고 있다고 생각했습니다. 그것이 이 소설을 읽으면서 제 나름대로의 길 찾기였어요. 그래서 세탁소가 정말 기이했습니다.

박훈하(이후 박): 특별히 세탁소를 기이하다고 생각한 이유는 뭔가?

최: 세탁소는 우리가 늘 일상적으로 만나는 장소이긴 하지만 잠깐 갔다가 돌아오는 곳입니다. 하지만 작품 속의 인물은 늘 그 자리에 상주하는 인물이죠. 『옷들이 꾸는 꿈』에서 주인공은 늘 사람들을 만나지만 그 사람들은 잠깐 들러 옷을 맡기고 곧바로 떠납니다. 어머니는 조금 달랐지만 주인공에겐 사실 그 어머니도 옷을 맡기고 가버리는 사람들과 똑같은 선상에 놓여 있었습니다. 어머니도 늘 나를 여기 놔두고 도망가는 사람이었죠. 그게 부정적이라기보다는 슬프고 메마른 분위기에 가까운 것이었습니다.

박: 과정이 생략되었다는 건은 무슨 뜻인가?

최: 이를테면 『손잡고 허밍』에서는 생존 도시에 어떻게 도착하게 되었는지 그려지지 않고, 『당신은 어느 별에서 왔습니까?』에서도 '외계인'이라는 별명을 가진 인물과 친구들은 불시착한 것처

럼 세상 속에 안착하지 못합니다. 그려지는 현실은 정말 리얼한 데 이 현실에 살고 있는 존재들은 이 현실이 낯선 거죠. 이런 답답하고 처참한 현실이 이들에게는 이질적으로 다가옵니다. 내가 어떻게 살아도 이 현실에 적응하지 못할 것 같거나, 이 세상이 너무 급박하게 돌아간다거나 가진 자들의 다른 세계, 다른 논리가 인물들에게는 도저히 부합될 수 없게끔 돌아가니까 그런 세상의 질서가 굉장히 이질적으로 다가오는 겁니다.

박: 내가 보기에 이정임 작가의 작품 전체에서 발견되는 특이점은, 최근 창작들에서 보기 드문 리얼리티가 살아있는 것 아닐까 합니다. 굉장히 현실적이라는 거죠. 이런 현실감이 확보되는 것에는 두 가지 방식이 있을 텐데요. 하나의 방식은 그리고자 하는 대상을 대상의 눈높이에서 포착하는 것, 또 다른 하나는 대상을 먼 거리에서 굽어보면서 그리는 것. 이 두 방식엔 각각 나름의 강점과 약점이 있을 수 있겠지요. 가까운 건 대상을 매우 치밀하게 그려낼 순 있겠지만 대상이 놓인 세상의 좌표를 제시하긴 어려울 테고, 먼 거리에서 포착하는 건 아마 그 반대가 되겠죠. 내가 이정임 작가의 특장점을 '살아있는 리얼리티'라고 한 건 이 두 방식이 구성적으로 조화를 잘 이루고 있어서 대상에 대한 핍진함과 이 비루한 대상에 내재되어야 할 전망이 무리 없이 어우러져 있다는 사실을 그렇게 표현한 것인데, 최은순 작가가 '과정이

생략된 채 붕 떠 있다'라는 건, 내 느낌과는 달리 이 두 요소가 구성적으로 안정적이지 못하다는 뜻이겠지요?

최: 그리는 현실은 매우 리얼한데 이게 판타지적인 요소와 부딪힌다는 느낌인 거죠. 적절히 녹아들거나 서로 작용한다거나 시너지가 나는 것이 아니라. 그래서 나름대로 생각한 게 감정선이라는 것이, 그 두 가지가 상호작용할 수 있는 것인지는 모르겠지만 이정임 소설을 읽으면서 감정이 너무 없다, 이 감정이 없다는 게 좀 쓸쓸한 느낌으로 다가왔습니다. 이성적이거나 논리적이거나 냉철하거나 냉정한 것이 아니라 뭔가 쓸쓸한 느낌으로요.

김만석(이후 김): 저는 가족 서사가 더 이상 전개되지 않는 서사 구조 안에서 가족의 빈자리들을 무엇으로 메울 것인가 하는 문제가 이정임 소설가의 특성 가운데 하나일 수도 있겠다고 생각했습니다. 『옷들이 꾸는 꿈』에서의 세탁소 이야기도 사실은 부재를 계속 확인하는 문제이기도 했던 거 같습니다. 이 빈자리가 다른 사람들과 어떻게 만날 수 있도록 하는 게 이정임 소설이 갖는 특이성 가운데 하나가 아닐까 생각했습니다.

박: 세탁소에서부터 『비틀 젠틀 셔틀맨』까지 와도 여전히 그렇죠.

김: 뒤에는 또 고아들도 출현합니다. 『고양이를 부르는 저녁』에서는 아동보호소에서 자란 여성이 서사를 이끌어나가는 거로 되

어 있기도 합니다.

박: 그 모티브는 마지막까지 계속 이어지는 것 같습니다.

김: 음, 달리 말하자면, 공동체가 붕괴되고 난 뒤에 어떤 서사가 가능한지를 집요하게 질문하고 있었던 것은 아닌가 생각됩니다. 비교하기에 적당하진 않지만 부산의 여성 소설가들이 소설을 쓰면 가족 서사를 핵심적인 것으로 만들면서 쓰는 데 반해서 이정임 소설가는 그런 결들과는 다른 맥락으로 작업을 전개시키고 있는 것이 아닌가 하는 거죠. 그것의 가장 급진적인 버전이 『손잡고 허밍』인 것처럼 보이고요. 하지만 뒤로 가면서 어떤 지점에서 타협이라고 하기보다 다소 낭만적으로 처리됐다는 느낌이 많이 듭니다. 『손잡고 허밍』에서 의지가 없는 두 인물이 씨앗을 가져와서 다시 심자는 지점에선 더더욱 그런 것 같고요.

박: 나도 그렇다고 생각했습니다.

최: 타협하는 것과 낭만적인 것은 다른 것인가요?

김: 생존 도시에서 빠져나와 지상으로 올라오면 황무지나 다름없는 곳이잖아요. 아무것도 할 수 없고 역사도 이탈되어 있고 공간도 매끄럽게 구획된 공간이니까 둘이 길을 떠난다고 해도 새로운 폐허로 옮겨가는 것 말곤 상상할 수 있는 게 없는데, 희망이 가능한 것처럼 처리해버리는 건 낭만적 설정이라는 거죠. 소설 속에서 남자도 다른 지역의 폐허들을 돌아보고 있는 것에 지나

지 않는데, 서로 메일을 보내고 사라져가는 자연의 소리가 녹음 된 파일을 보내주면서, 서로의 느낌과 감정을 공유하지만, 그 지난한 공유 과정들이 씨앗만 들고 다시 떠나는 방식을 취하는 거니까요. 소설을 마지막까지 읽고 나면 가본들 거기도 어차피 폐허일 수밖에 없겠다는 생각을 할 수밖에 없는데, 그것이 낭만적인 게 아닐까요. 그래서 해결책은 타협됐다고 보기엔 어렵지 않나 싶습니다.

이정임(이후 이):『손잡고 허밍』뿐 아니라『반짝반짝, 빛나는』의 결말에서도 그런 비슷한 말을 들었던 적이 있습니다. 제 소설의 문제에 대한 해결책은 잘 모르겠습니다. 물론 계속 고민해야 할 일이지만 지금으로써는 현재의 결말이 최선입니다. 저는 제 소설에 나오는 인물들의 상황은 소설이 끝나도 계속 나쁠 것이라고 생각합니다. 현림과 구남은 어딜 가더라도 한 개인으로서 만나야 할 지옥을 끊임없이 겪을 것이고,『반짝반짝, 빛나는』에 나오는 화자도 고생 고생을 하다가 남들이 보기에 변변찮은 회사에 겨우 들어가야 할지도 모릅니다. 다만, 그럼에도 불구하고, 그들은 옆 사람을 발견하지 않았나, 주변을 돌아볼 여유를 가지게 되었다, 거기에 의미를 두고 싶습니다. 둘이라면 셋이라면 이 지옥을 견디고 버티기에 큰 힘이 되지 않겠는가. 같이 버티다 보면 돌파구도 나오지 않을까, 물론 돌파구는 아직 제대로 만들어내지 못했지만, 그렇게 생각합니다.

박: 그렇다면 이정임 작가가 다른 작가들과 다른 입장을 취하고 있달까, 작가가 스스로 작가로서의 주체화하는 포즈나 태도 같은 것이 있다면 어떤 것이 있을까요?

김: 이름표를 붙여 보자면 최근에 재난 서사를 다뤄왔던 몇몇 작가들이 있었던 것 같은데, 그 작가들은 소설 자체에 리얼리티가 거의 없다고 볼 수 있습니다. 거의 판타지로부터 출발해서 판타지로 끝나는 방식을 취하고 있는 데 반해 어쨌든 이정임 작가는 현실감을 서사의 출발의 중요한 모티브로 구축한다는 것인데요. 그 해결방식을 낭만화하든 판타지요소를 개입하든 그런 방식을 취하는 게 일단은 차이라면 차이라고 볼 수 있을 것 같습니다. 재난을 해결할 수 있는 방식을 소설적으로 사고하는 한 유형이라고 생각해볼 수 있지 않을까 하는 거죠. 이렇게 이야기하면 지나치게 근대적인 소설처럼 보일 수 있지 않을까 하는 우려가 있긴 합니다.

박: 그렇게 보기에는 『손잡고 허밍』 말고는 그런 요소가 없는 것 아닌가요?

김: 『고양이를 부르는 저녁』 같은 소설도 그렇게 볼 수 있지 않을까요. 처해있는 상황 자체가 다들 폐허로부터 출발하는 거니까 인물들이 전부 폐허 위에서 삶을 모색하는 것과 다름없다고

볼 수 있는 거죠. 아무것도 할 수 없는 상황에서 그 무언가를 해 나가는 사람들도 있으니까요. 그런 점에서 일종의 재난 서사라고 한번 이름표를 붙여볼 수 있지 않을까요.

박: 그런 것들까지 재난이라고 보기엔 무리가 있지 않을까 싶군요.

김: 『고양이를 부르는 저녁』에서 보더라도 사실은 인물들이 수용소에 있는 것과 같습니다. 이름이 여러 가지가 있지만 번호로 불린다든가 하는 것들 말이죠. 번호도 되게 많이 나오고요.

박: 수용소에서는 오로지 한 이름으로만 불리기 위해서 번호로 불리는 것이죠, 수인번호라고 하는. 그런데 『고양이를 부르는 저녁』에서는 너무 많은 이름이 있어서 문제가 되는 것 아닌가요.

김: 인물이 여러 이름을 쓰긴 하되, 결국에는 길 잃은 그 고양이랑 주인공 여성 인물이 등치 되고 있는 거라면 이름이 없다고 봐도 무방하지 않을까요.

박: 그렇게 본다면 이름이 너무 많아서 이름이 없는 것과 같다고 할 수 있겠네요. 자기가 자기라고 부를 만한 이름이 없는 상황인 거죠.

김: 그 세계 전체가 만약 공장이 되어버린 상황과 같은 거라면 개를 사육하다가 고양이 찾아주게 된 남자와 마찬가지로 수용소 체제에 모두가 다 수용되어 있는 것처럼 보이기도 하는 거죠. 그

렇다면 일종의 재난이라고도 볼 수도 있지 않을까요. 가족 서사의 파국 이후에는 확인되는 게 재난이라면 그 재난을 어떻게 소설적으로 해결하는가, 그럼 그때 그런 것들을 소설이라고 볼 수 있을까 하는 지점들도 논의해 볼 문제고요.

박: 저는 두 가지 지점에서 좋았는데요. 대부분의 작가들에게 첫 창작집은 약간 거칠고 고르지 않은 작품들로 구성되는 것이 일반적인데, 이 소설집에서는 열 작품이 대체로 내용이나 형식 면에서 고르고 서로 다른 이야기들임에도 불구하고 흐름들을 정확히 갖고 있는 것 같더군요. 또 하나는 앞에서 이야기 나눴던 것처럼 리얼리티가 잘 반영되어 있고 그걸 설득할 수 있는 글쓰기 능력과 구성능력을 갖추고 있다는 점입니다. 기괴한 형태를 취할 수도 있을 법한 구성인데도 작품의 요소요소들을 하나의 구성 안으로 이끄는 힘이 굉장히 탁월해 보이더군요. 사실 요즘 들어 리얼하다는 것은 독자들에겐 그렇게 소구력이 크지 않잖아요, 그런 차원에서 리얼하다는 건 긍정적이면서도 동시에 부정적 영향을 미칠 수 있는 힘인데요. 그런데도 불구하고 독자들에게 그런 불편한 내용을 읽어내도록 이끄는 힘인 작품들의 구성적 힘, 완결성, 완성도는 가벼이 여길 수 없을 듯합니다. 판타지적 요소들이 개입해 들어오는 것도 작가 나름대로 묘책이지 않을까 하는 거죠. 너무 힘들고 불편한 밑바닥을 들여다보게 하는

이야기가 읽는 사람들로 하여금 자칫 지치게 할 수도 있는데 그 부정적 에너지를 새롭게 꿈꿀 수 있도록 새 자리를 마련해주는 것이 판타지적 요소들인 셈입니다. 그렇기 때문에 이정임 작가의 소설이 갖는 가장 큰 강점을 리얼리티와 판타지라는, 물과 기름의 관계를 구성적으로 잘 조합하는 데 있다고 말할 수 있는 겁니다.

■ 이젠 좀 더 구체적으로 전체 소설들을 관통하는 서사의 원형을 찾아보도록 합시다.

박: 가족 서사라고 보기에는 무리가 있어 보입니다만, 대부분의 품들 속에 가족의 그림자가 매우 짙게 드리워져 있는 듯합니다. 첫 작품에서부터 마지막까지 부모는 요양병원에 있거나 타지에서 힘겹게 살아가고 있는 걸 자각하면서 그 끈을 계속해서 놓지 못하고 있습니다. 그런데 아이러니하게도 가장 초기작인 『옷들이 꾸는 꿈』에서는 모시 한복에 이름표를 달아주면서 오히려 엄마를 떠나보내면서 시작됩니다. 아이러니하다는 건 이후의 작품에선 이로부터 이야기가 진전되는 게 아니라 오히려 그 안으로 소급해 들어가서 엄마가 떠나가지 못하고 자기 안에서 환자로 남아 있는 것이죠. 그런 의미에서 보면 첫 작품에 나오는 '그레이 가든'이 화자가 꿈꾸는 모습일 수도 있겠다는 생각이 듭니

다. 끝까지 익명으로 남는 그런 존재가 화자가 가족에 대해 갖고 싶은 위치, 그 정도의 형태가 자기 속에서 자기를 구성하는 방식인 거죠. 거기에는 엄마의 자리는 있지 않으니까요. 하지만 그런 소망은 결코 이루어지는 것 같긴 않습니다. 대부분의 작품에서 주인공은 요양병원에 엄마의 병원비를 지불해야 되는 부채를 안고 있거나 하다못해 나중에는 요양병원에서 노인들의 몸을 씻기는 자원봉사를 하는 사람으로까지 가족을 끝없이 어깨에 짊어지고 있습니다. 그런 지점에서 도대체 이 작가에게 가족이란 뭘까, 하는 의문이 들더군요.

최: 엄마의 모시옷에 이름표를 달아준 것은 엄마도 떠날 수 있는 사람이구나, 를 인물이 인정하는 것이었습니다. 근데 한편으로 이 가족이라는 건 내가 떠나보낸다고 해서 영 떠나보낼 수 없는 불가항력적인 것이라는 거죠.

박: 그렇다면 왜 이 작가에게는 가족이 손을 내밀고 손을 잡아주는 사람이 아니라 끝없이 부채 같은 것으로 남는 것일까요. 이런 걸 가족 서사라고 할 수 있는가 하는 문제도 남고요.

김: 새로운 가족 서사라고 할 수 있지 않을까요.

박: 『웃들이 꾸는 꿈』은 가족 서사일 수 있습니다. 하지만 그 뒤부터는 가족 서사가 아닌 것 같아요. 그런데도 가족은 끝없이 나오고 있죠. 그렇다면 이 고통의 배면에는 끝없이 가족을 구성

하고 싶은 욕망이 있는 건 아닐까요. 가족이 그렇게 힘들게 자기를 내몰고 있지만 그걸 끝없이 화소에 반복하고 있다는 건 실은 내가 힘들 때 내미는 손을 잡아주는 가족을 그리워하고 있는 건 아닌가 하는 거죠. 그게 맞다면 직접적으로 모티브화하지는 않지만 사실은 이 모든 작품은 가족 서사라고 볼 수 있겠죠. 아니면 가족에 대한 또 다른 대안을 찾는 것일 수도 있고. 대안 가족 같은 형태로 말이죠.『반짝반짝, 빛나는』에서 세 번째 방의 사내도 없는 돈을 긁어서 주인공에게 면접을 보라고 하거나,『비틀 젠틀 셔틀맨』에서 28호한테 아줌마가 쌀을 준다거나,『축지법교본』에서 축지법을 가르쳐주는 노인이 거의 아버지처럼 군다거나 하는 식으로 나타납니다. 그렇게 본다면 이 작품들은 가족의 부재를 통해 유사가족을 만드는 이야기가 됩니다. 가족 서사 자체가 무슨 문제가 되겠습니까마는 이 가족로맨스라는 환상은 앞으로 작가가 계속 작품 활동을 하기 위해서도 반드시 성찰을 필요로 하는 부분이 아닐까 하는 생각이 드는군요.

김:『축지법교본』에서 퀵 서비스 일을 하는 주인공이 무료급식소에서 밥을 얻어먹는 노인을 찾아갑니다. 노인은 흡사 의사-아버지로 나오는데, 주인공을 소개하는 방식에 있어서 요양병원에 있는 엄마를 건사하고 있고 형은 빚에 쫓겨 파산신청을 하고 소식이 없다고 말하면서 주인공의 실제 가족과 그곳에서 봉사하는

아줌마들과 노인, 그리고 주인공이라는 삼자적 관계를 대비시켜서 보여주는 구조를 취하고 있습니다. 그게 등치 된다는 점에서 보면 이는 가족 서사의 변형된 모델처럼 보이기도 합니다.

박: 물론 가족 서사냐 아니냐 하는 이름표를 붙이는 건 별 의미가 없긴 합니다. 가족 서사가 작가가 글을 쓰는 데 있어서 너무 지나친 모티브로 작동하면서 오히려 다른 상상을 저해하는 것이 아닌가를 묻는 맥락에서 의미가 있는 것이죠.

김: 만약 새로운 공동체에 대해서 상상하는 것이 이정임 작가가 가지고 있는 소설의 방향 중 하나라면 새로운 공동체를 곧장 상상하기는 힘드니까 기존에 있는 공동체 모델을 빌려 쓸 수밖에 없을 텐데, 그런 과정에서 가족 서사처럼 가족의 뉘앙스라든지 그런 것들이 견인되는 구조로 볼 수도 있지 않을까요.

박: 가족 서사의 모티브는 동화에 많이 나오는 것입니다. 엄마와 계모 사이의 이야기들, 다시 엄마의 품으로 돌아가는 이야기인 거죠. 가족이라는 것 자체가 세상을 바라보는 일종의 창이라면 소설이라는 큰 바다에서 여전히 동화적 렌즈, 가족이라는 렌즈로 세상을 바라보고 있다면 문제가 있는 것 아닐까 하는 것입니다. 물론 그렇게 단정 짓기에는 무리가 없잖아 있죠. 『손잡고 허밍』까지 오면 사실 거기에 대한 다른 대안을 만들어 내고 있기도 하니까요.

문제는 그것이 판타지로 대체되면서 그 대안 자체가 방법적으로 너무 소략하게 구가되고 있는 것 아닐까 우려된다는 데 있습니다. 그래서 혁명이 없는 것 아닌가 하는 생각이 드는 것입니다. 앞에서 최은순 작가가 불시착에 대한 이야기를 해주셨는데요. 인물들에겐 이 세상이 '남의 별'인 겁니다. 그 별이 부여하는 생존의 무게를 다 견뎌내고 있는데, 그러면 내 별이어야 하는데 사실 내 별이 아니라고 느끼는 위치에 있는 것이죠. 아웃사이더로 남겨져 있는 인물들, 시점, 놓여있는 포지션은 그 어떤 혁명도 가능한 시점이 아닌 것입니다. '남의 별'에서는 혁명이 가능하지도 그럴 필요도 없는 것이니까요 그렇다면 언제쯤 남의 별이 아니라 내 별, 내가 남의 별에 왔기 때문에 이토록 힘든 것이 아니라, 내 별인데도 왜 이토록 힘들 수밖에 없는 건지, 내 몫을 빼앗아가는 것이 누구이며 무엇인지를 묻게 될 수 있을까요? 이러한 성찰 없이 다음 단계로의 전진은 불가능하지 않을까요?

최: 제가 생각하기엔 가족 서사, 재난 서사라고 이름 붙이기엔 조심스럽다고 생각합니다. 서사라고 하는 말 자체가 너무 거대할 뿐더러 남성 중심적인 언어 같아서, 그런 거로 묶어서는 이정임 작가의 소설이 안고 있는 아주 자잘한 일상적인 것들이 다 설명될 수 있을까 하는 생각이 듭니다. 재난 서사나 가족 서사나, 한국형 재난이라고도 특징적으로 분류하기도 하지만 그건 것들로

묶이기에는 누락되는 부분들이 더 많고, 누락되는 부분이 좀 더 이야기되어야 하는 것들이 아닌가 하는 것이죠. 근데 문제는 그게 너무 사소하고 일상적인 것들이라서 쉽사리 언어로 명료하게 감지되지 않거나 안 될 소지가 커서 우려스럽긴 합니다. 그렇다면 그런 것들이 어떻게 이야기 될 수 있을까 하는 고민이 남습니다. 그 결말들이 낭만적이든 타협이든 간에 소설 한 편 한 편들에서 발굴해낸 인물들이, 이를 테면 『손잡고 허밍』에서 구남 씨라든지, 『축지법교본』에서 노인이라든지, 『반짝반짝, 빛나는』에서 노름하던 세 번째 방 사내라든지, 이런 인물들이 어떤 연결고리가 된다는 것입니다. 주인공들이 기존의 자신이 몸담고 있던 세계에서 다른 세계로 이양하려 할 때 중요한 연결고리가 되는 타인들을 자꾸만 발굴해내려고 하는 것 같다는 거죠. 앞에서 이야기했듯이 인물들 사이에는 상대방에서 대한 연민이나 동정이나 사랑이나 그런 것들이 전혀 감지되지 않는데, 그런 요소가 없음에도 불구하고 어떻게 해서 나와 손잡을 사람들을 만날 수 있는가, 그런 것들은 전혀 판타지스럽다고 생각하지 않았습니다.

박: 물론 그런 지점들이 있습니다. 작가가 글을 쓰는 포지션 또는 주인공이 놓여 있는 위치가 남의 별에 있는 사람으로서 혁명이 불가능한 시점에 있지만 『손잡고 허밍』에 오면 연대라는 것을 이전에는 꿈만 꾸던 연대를 실제로 실현하는 모습을 보여줌

니다. 하지만 그 연대가 혁명하는 방법은 아닌 것 같다는 거죠. 그 사이에는 미묘한 의미상의 차이가 있습니다. 잘못하면 신파조로 변할 우려가 생기는 것입니다. 처음에는 우화에 가깝다가, 뒤로 가면 엄청나게 상징적인 어법을 동원해 판타지로 가게 되는데요. 판타지라는 건 다른 것이 아니라 비현실적인 공간과 비현실적인 상상이 작품에서 중요한 의미를 차지하면서 상징이 현실의 자리를 대신해버리는 것입니다. 『손잡고 허밍』에서도 이런 방식으로 가고, 『허공의 케이』에서도 이미 지구상에서 사라져버린 동물들이 나오면서 상징화되고 있는 거죠. 상징에 자리를 내어주는 건 이처럼 위험한 것일 수도 있는 것입니다.

그렇다면 어떻게 상징화되지 않을 수 있는가 하는 과제가 남게 됩니다. '남의 별'에 와서는 자기 별에 대한 이야기처럼 할 수 없는 것이죠. 그렇다면 이 세상에 살아가고 있는 주체, 이게 바로 루저들인데, 루저들은 이제 더 이상 남의 별에 사는 것으로 설정되어서는 안 되는 것입니다. 루저들을 생산하는 기제에 대한 이야기를 해야 하는데 그 고민은 그들의 이야기를 풀어놓는 시점에 대한 고민으로부터 시작되어야 할 듯합니다. 구성능력은 좋지만 읽으면서 계속 답답한 느낌을 받는 건 그 소재가 답답한 것이 아니라, 그 소재를 바라보는 시점이 막혀 있기 때문입니다. 남의 별에 와 있는 그 시점에서 출발해 거기에서 끝나기 때문에 답답한 느낌을 버릴 수가 없는 것이죠.

■ 앞으로의 작품 방향에 대해서

김: 소설들에는 똥이 나옵니다. 『고양이를 부르는 저녁』에서 미아보호소의 똥과 고양이 똥, 『반짝반짝, 빛나는』에서도 그렇고. 저는 허공과 똥이 이정임 소설의 긴장을 이루는 축 가운데 하나이지 않을까 생각했습니다.

박: 비슷하게 읽히는 것 같습니다. 저는 그것을 판타지와 리얼리티로 봤습니다. 근데 그 사이가 너무 성긴다는 느낌입니다.

최: 그 사이를 메우고 있는 연결고리로서 등장하는 인물들에 대해서 다시 생각하게 됐습니다. 소설들을 다 읽고 전체적으로 돌아갔을 때 『축지법교본』에서 축지법을 하는 노인이라든지 『당신은 어느 별에서 왔습니까?』에서 문서 보관실에서 함께 일하는 사내라든지, 그런 인물들이 판타지스러운 면들이 있지만, 그들이 불시착한 인물들에게 계속해서 손을 내미는 것에 대해서 생각을 하게 됐습니다. 사실은 너무 비현실적이라서 우려스러운 면도 있지만, 왠지 그 사람들을 발굴해내는 작가의 시선이라면 믿음이 가는 구석이 있었습니다. 『당신은 어느 별에서 왔습니까?』에서보면 28명의 고아원생을 찾아서 여행을 떠나기로 하는데 앞으로는 그것이 어떤 구체적인 여행이 되었으면 좋을 것 같다는

생각이 듭니다. 그것이 다시 말하면 상징화되지 않고 판타지와 리얼리티의 간극을 잘 이겨내는 방향의 문제가 되지 않을까 합니다.

박: 어쨌든 이정임 작가의 소설들에는 리얼리티가 살아있습니다. 그 리얼리티가 지나치게 과하게 우리에게 올 때 느껴지는 불편함을 판타지가 개입하면서 일정 정도 해소시키면서 작품적 성취를 보였습니다. 하지만 문제는 리얼리티와 판타지는 사실 반대되는 것이라는 겁니다. 리얼리티는 현실이고 판타지는 다른 세상이기 때문이죠. 이 지점에서 현실에 판타지가 개입해 들어와도 작가는 오로지 리얼리티를 설명하는 상징적 어법으로만 판타지를 부려 쓸 뿐 그것을 뛰어넘으려고 하지 않습니다. 다시 이야기하면 판타지는 다른 세상인데 이 다른 세상으로 가려는 의지는 별로 없어 보인다는 것입니다. 그 의지가 없는 판타지는 오로지 상징적 어구나 비유적 수사에 머무를 뿐 그 이상을 넘어서는 힘이 없다는 것으로 볼 수 있습니다. 그렇다면 결국 리얼리티 안으로 복속되고 루저의 삶은 또다시 그 안에 매몰되어 버리는데, 그 안에서 어떻게 새로운 판타지를 구축해낼 것인가 이것이 앞으로의 과제라고 생각합니다.

그리고 어쩌면 이 한계는 지금까지의 창작 형식, 즉 단편이라는 장르적 한계로부터 온 것이 아닐까 하는 생각이 들기도 하는군요. 압축적인 구성과 상징적 어법이 문제 제기적 차원에서는 훌륭한 방식일 수 있었겠지만 이를 구체화하고 삶의 형식을 확장해 나가는 데는 당연히 걸림돌이 되었을 테니까요. 말하자면 모든 이야기 구성이 단편이라는 프레임 안에서만 이루어지기 때문에 상징적 어법을 쓰더라도 루저가 놓여있는 이 세상을 박차고 나갈 수 있는 프레임을 갖지 못하게 됩니다. 그렇기 때문에 이렇게 잘 구축되어 있는 판타지 요소들이 모두 증발되고 단편화되어버리는 거죠. 그런 의미에서 앞으로는 호흡이 더 긴 이야기 형식에 도전을 해봐야 할 것 같군요.

그리고 단편이라는 프레임은, 특히 한국 문학의 관습 속에서는 너무 내면 고백적 성격을 짙게 요구하는 것 같습니다. 아무리 입담 좋게 쏟아낸다 하더라도 입담일 뿐, 자기 이야기를 넘어서지 못하는 것입니다. 소설은 다성적 목소리를 낼 수 있어야 합니다. 이 사람의 삶과 저 사람의 삶이 섞여들고 섞여들면서 제3의 지점들이 창출되어 나오기도 하고 그 속에서 독자들은 작가가 상상도 못한 새로운 지점을 발견할 수도 있는 것인데, 일인칭 화자의 너무 지나친 독백적 언설이 압도하는 단편류는 해법도 없이 그야말로 내면 고백만 실컷 듣는 피곤한 상황이 독자에게 주어지는 것입니다. 그런 글쓰기는 이젠 한국의 모든 작가가 그만둬야 할 때가 되지 않았나 생각이 드는군요.

김: 비슷한 생각입니다. 덧붙이자면 화자의 문제가 있는 것이죠. 이정임 작가의 소설들에서는 화자가 대체로 기록하는 사람입니다. 그것이 화자의 목소리를 싸움에 개입하지 못하게 만드는 방식으로 작용하는 것 같습니다. 그래서 이 소설들에서는 화자가 자기 혼자 분투는 하지만 맞서는 일이 별로 없습니다. 그렇기 때문에 싸움을 일으키지 않으니까 사실은 판타지가 나올 수밖에 없는 것 아닌가 하는 생각이 들었고요.

박: 그렇죠. 갈등이 별로 없습니다.

김: 자기 혼자의 분투만 점묘화 되어 있습니다. 싸워야 제3의 길을 모색할 수 있을 텐데 그렇게 되지 않고 있죠. 그것이 단편이기 때문이 아닌가 하는 생각이 들었습니다. 장편으로 가게 되면 아무래도 화자의 위치도 달라질 수밖에 없을 테니까, 싸움의 가능성이 생기지 않을까 하는 것입니다.

박: 화자는 중재하거나 관찰하는 사람이어야지 이야기를 종결짓는 사람이어서는 안 되는 것이죠.

이: 저도 스스로 느낀 문제 중 하나가 화자를 곧 작가로 만들어 놓고 이야기를 끌고 가는 것 같다는 것입니다. 독자에게 따라오라는 식으로 설명을 많이 하는 것 같아요. 최근 소설일수록 자꾸만 제 욕심을 밀어 넣는 것 같습니다.

박: 『비틀 젠틀 셔틀맨』에서는 화자가 관찰자적인 입장을 취하

고 있는 것 같습니다. 최근작이 이러한 양상을 띠고 있다는 것은 작가 스스로도 그에 대한 자각이 있다는 것으로 보입니다. 하지만 그것이 얼마나 녹록지 않는가 하면, 이 작품이 관찰자 시점을 취하면서 영자와 28호 사이에 갈등 양상이 비로소 빚어지게는 되었지만 빚어지자마자 뜬금없이 곧바로 화해의 국면으로 치닫는 걸 보면 충분히 짐작됩니다. 갈등을 지속시키지 못하고 화해로 돌연 전환하는 이 양상은 이정임 작가에게 시사하는 바가 큽니다.

예컨대 우리 시대 최고의 작품이라 할 수 있는 박경리의 『토지』 바로 앞에 『김약국의 딸들』이 놓여 있다는 건 이런 점에서 좋은 예가 되겠죠. 『김약국의 딸들』에는 『토지』가 배태되어 나올 수 있는 많은 훌륭한 서사적 요소들이 있지만 그렇다 하더라도 이 작품은 누가 보더라도 지나치게 덜 다듬어진 태작인 건 사실입니다. 굳이 이런 이야길 하는 이유는 작가의 입장에서 구성적 완결성보다 더 우선하는 게 있다는 걸 강조하기 위해서입니다. 갈등이 서로 다른 입장에 있는 각 인물의 성격을 정확하고 구체적으로 그려낼 수 있을 때 얻어지는 것이라면, 『김약국의 딸들』은 이를 취하기 위해 구성적 완결성을 상대적으로 덜 중요시했다는 뜻이겠지요. 그리고 이 의미 있는 실패로 말미암아 이 작품은 『토지』로 나아갈 길을 마련했다고도 말할 수 있을 거구요.

김: 인물들이 산다는 것, 인물들이 자기 삶을 산다는 것이 곧 그런 뉘앙스겠죠.

박: 그렇습니다. 그 안에서는 인물들이 날 것 그대로 날뛰고 있기 때문에 작가가 마치 통어할 수 있는 힘이 없는 것 아닐까 하는 생각이 들 정도이지만 그것을 견뎌내면서 캐릭터를 부여할 수 있는 작가의 능력이라는 건 어디서 오는 것인가를 잘 생각해봐야 하는 문제라고 생각합니다. 매끄럽게 글을 쓴다는 것은 때로는 약점이 될 수도 있다는 거죠. 이정임 작가의 강점은 이야기를 작은 프레임 안에서 매끄럽게 구성할 수 있는 능력에 있겠지만 앞으로도 계속 이러한 방식을 고수한다는 건 새로운 가능성을 포기하는 것일 수도 있지 않을까 하는 것입니다. 새로운 소재가 중요한 것이 아니라 어떻게 만들 것인가를 같이 고민해야 하는 것이죠. 다른 소재가 아니라 다른 방법에 대해서.

■ 작가에게 소설을 쓴다는 것은 어떤 의미인가

박: 작품 속에서 좋은 구절을 찾아냈는데요.

이 도시에는 혼자된 인간의 이야기가 너무나도 많았다. 미라처럼 보존된 그들의 한때를 열어보는 일은 흥미진진했다. 보존 기간 1, 2년의 문서는 그저 그랬지만 10년 이상의 보존 기간을 가진 문서는 누런 종이 표지만큼 매력적이었다. (…) 사람과 사람 사이에 일어난 일, 그들이 약속한 일을 간단하고 딱딱한 문장으로 서술한 종이에 손가락을 대면 나는 습자지처럼 투명한 종이가 되어 잉크를 흡수한다. 내 속으로 스며든 이야기가 나의 우주를 건드리고 나는 그들이 떠나온 별을, 우주를, 상상해보는 것이다. p.192

『당신은 어느 별에서 왔습니까?』에 나오는 이 부분을 읽으면서 이게 작가가 글을 쓰는 이유인가라는 생각이 들었습니다.

이: 공공근로 일을 할 때 직접 했던 일입니다. 그땐 사진을 찍거나 하는 것이 보편화되어 있지 않아서 그 내용을 몽땅 외워버리고 싶다는 생각을 했었습니다. 이 모든 것들이 다 내 속으로 들어오면 좋겠다고.

박: 그것이 바로 세상의 이야기에 손을 대고 마음을 갖다 대면 그들의 이야기가 내게 스며들어와서 내 이야기가 되고, 내 우주 안에서 내 우주를 흩트리고 그것들과 융합되어서 이야기되어 나오는 것이겠죠. 그러려면 일단 자기의 이야기는 멈춰야 한다고 생각합니다.

이: 『옷들이 꾸는 꿈』은 학교 졸업하던 해에 썼던 것인데, 그때는 나만 중요한 사람이었습니다. 나만 괴롭다고 생각했죠. 그래서 세탁소에서의 이미지들을 상상할 때도 잠 못 자고, 불면의 밤

을 보내면서 세탁소에 딸린 방으로 들어오는 헤드라이트의 불빛
이라든지 멸치떼 같은 걸 상상하면서 그 시기를 버틴 것 같아요.
그때는 나만 중요했던 것이죠. 그런데 2006년에 소설을 다시 써
야겠다고 생각했던 그해에 고양이 한 마리가 생겼어요. 그 고양
이를 키우면서 생각이 바뀌었어요. 고양이라는 이 작은 존재가
뭐라고 나에게 와서 온전히 자신을 맡기는지 놀랐거든요. 그때
이후로 변하기 시작한 것 같습니다. 내 고양이뿐만 아니라 다른
고양이들도 눈에 들어오고 그러면서 길에 사는 고양이들에 대해
서 생각하게 되고, 왜 길에 사는 고양이들은 힘든가를 생각하고
되고 그런 식으로 세상 보는 시야가 커지게 된 것 같아요. 항상
나만 생각했었는데 조금씩 넓게 보게 된 것 같습니다. 그러면서
가족도 새삼 다시 보게 되고, 주변에 알고 지내는 사람들도 새삼
다시 보게 됐습니다. 내 기준으로만 관계를 맺으면서 사람을 평
가하거나 가족들을 봤을 때는 불만스러운 것들도 많았는데 이
제는 다르게 보이는 지점들이 생긴 겁니다. 그 사람들이 그렇게
행동할 수밖에 없는 이유가 있을 것이다, 라는 생각으로 다가가
게 됐어요. 아무래도 그런 것들이 점점 소설에 반영되는 것 같습
니다.

박: 그것은 어떤 연대 가능성에 대한 작가의 생각의 변화 같은
데요. 소설 속에서도 지금 당장 나와 연대하지 않더라도 연대가

가능할 거라고 하는 신뢰가 마지막에 오면 보입니다. 그것을 낭만이라고 말하긴 했지만, 그것이 낭만적으로 표현된다는 것이지 근본적으로는 연대가 있는 것 같습니다. 『축지법교본』에서 봐도 축지법을 가르쳐주는 노인과 퀵 서비스를 하는 주인공 사이에는 그런 신뢰가 사실 있는 것이고요. 작가는 실제로 그런 연대를 믿게 된 것인가요 아니면 소설적 기법인가요?

이: 그렇게 믿게 된 것 같습니다.

박: 이제는 내가 힘들고 어려우면 누군가에게 생존을 위한 최소한의 도움은 청할 수 있고, 청할 때 사람들이 손을 내밀어 줄 거라는 신뢰가 생겼다는 것인가요?

이: 사정이 정말로 나빠질 때 문득 든 생각이 사람마다 다 힘든 상황이 있을 텐데 그럼에도 불구하고 그냥 살아갈 수 있는 이유는 뭘까, 라는 것이었습니다. 자살이라는 극단적인 방법을 선택하지 않고 그럼에도 불구하고 모두가 그 순간을 버티고 살아가는 이유는 뭘까. 겨우 찾아낸 해답은 이 지옥 속에서 단 한 사람이라도 나를 발견해주는 사람을 만나는 일입니다. 누군가 나를 불러주고, 내 손을 잡아주고 하는 그런 상황들이 그걸 버틸 수 있게, 지나갈 수 있게 하는 힘의 '시작'이 아닐까 하는 생각이 들었습니다. 그래서 조금씩 누군가의 이름을 불러주고 손을 잡아주고 하는 것이 관계의 시작이고, 그 행동이 타인을 발견하는 시

작이고 그에 대한 최소한의 배려라고 생각했습니다. 그래서 소설에 나오는 인물들도 그런 식으로 그려진 것 같습니다. 지금 소설들에서는 인물에 한정되어 한 인물에 의지하는 형태로 나아가는데 앞으로는 내가 손을 내밀어야 하지 않겠나, 하는 생각이 듭니다. 누가 나한테 손을 내밀어주기만 기다린 것 같다는 생각도요. 손을 내미는 것이 중요하다고 생각하면서도 아직까지도 누가 나를 불러주고 누가 내 손을 잡아주는 것만 바란 것 같습니다. 앞으로는 내가 어떻게 내밀 것인가, 내가 어떻게 불러줄 것인가를 고민해야겠다는 생각이 듭니다.

■ 긴 시간 토론에 감사드립니다. 궤도 이탈한 한국이라는 행성에서 아무도 귀 기울이지 않는 조난 신호를 십여 년 동안 타전해 온 작가 이정임 씨에게 감사의 말씀을 전합니다. 아마도 응답은 아주 멀리에서 아주 작은 소리로 다가올 터이지만, 앞으론 그래서 더욱 크게 귀를 열고 세상 이야기를 우리에게 전해주시기를 바랍니다.

작가의
말

2006년 12월의 어느 저녁에 신문사에서 온 전화로 소설 당선 소식을 들었다. 몸이 아파 머리를 싸매고 누워있던 엄마는 그 사실을 듣자마자 벌떡 일어나 만세 삼창을 하고 다 나은 것처럼 움직이기 시작했다. 김치냉장고를 사달라는 엄마의 요청에 흔쾌히 응할 수 있다니 기뻤다. 살면서 처음으로 '소설의 힘'을 직접적으로 경험했다. 물론 엄마는 내가 쓴 '가상의 이야기'가 아니라 백수로 고군분투하던 '나의 이야기'에 반응한 것이지만 아무렴 어떨까, 이도 저도 내 이야긴데. 그 이야기가 블랙코미디라서 더 좋고.

2016년 12월, 첫 소설집이 나오기까지 십년이나 걸렸다. 그 사이 엄마는 더욱 아팠고 지금은 요양원에 있다. 상금으로 샀던 김치냉장고는 친정이 아닌 내 집에 있다. 십년이나 걸려서 겨우 소설 쓰는 일을 이해한 것 같은데 모든 것이 다시 원점으로 돌아간 기분이다. 누군가를 벌떡 일으킬 소설의 힘을 어떻게 만들어낼 수 있을까. 애초에 그런 것은 없었을지도 모르는데 나는 무엇을 바라고 있는 것인가. 작가라고 불리기엔 나는 너무 느리고 게으르다. 그것이 목구멍을 찌른다.

그럼에도 불구하고 나는 계속 소설을 쓸 것이다. 그 맛을 알아버렸으니까. 지금까지 그래왔던 것처럼 나는 나와 주변을 발견하고 호명하는 이 생활을 소설로 쓸 것이다. 그러니 지금부터 십년 뒤에는 좋은 작가가 되지 못해도 더 나은 사람이 되었으면 한다. 좀 더 부지런한 상태로 말이다. 이 글을 읽는 당신이 십년 후에 고백하는 나의 블랙코미디를 기대할 수 있도록 최선을 다하겠다.

다른 건 몰라도 내가 '인복'은 좀 있다. 좋은 분들 덕분에 이나마 살고 있다는 것을 잘 알고 있다는 뜻이다. 모두에게 감사한 마음을 보낸다. 특히 각자의 지옥과 싸우고 있는 나의 가족에게는 응원을 덤으로 얹어 보낸다. 박영자 여사와 이영식 사장님이 좀 더 기운을 내시기를, 동생 이두호가 좀 더 용기를 내기를 매일 밤 빈다. 무조건적인 사랑을 주셨던 나의 시어머니 故 김점순 여사와 남들이 부러워하는 시월드—시댁 식구들께도 평소 말씀드리지 못한 고마움을 글자에 담아 전한다. 동료 작가, 친구들을 비롯한 소중한 인연들의 이름은 다 부를 수 없을 만큼 많다. 그들이 보내 준 마음들만큼은 모두 머릿속에 담아두었다. 가끔 외로워지면 그것들을 꺼내보곤 한다.

조갑상 선생님. 챙겨주시는 마음보다 부족한 제자라서 죄송합니다. 더 노력하겠습니다. 대담 자리를 흔쾌히 만들어주시고 꼼꼼하게 챙겨주신 박훈하 선생님, 소설에 대해 늘 함께 고민해주는 김만석 선배님과 최은순 선배님, 후배의 소설에 후한 사랑을 주시는 강동수 선생님, 대담 기록을 책임져 준 김지현 씨, 모두 고맙습니다. 멋진 소설집이 나오기까지 고생하신 호밀밭의 식구들, 감사합니다.

그동안 나 스스로 적립한 '운'은 소설, 고양이 이봉순, 배우자 임성용을 만나느라 다 써버렸다고 생각한다. 그만큼 소중해서 가끔 이 셋이 사라질까봐 두려운 날이 있다. 특히 임성용 씨는 내가 이십대 초반부터 지금까지 사람구실하고 살도록 해 준, 소설 쓰는 삶을 기꺼이 만들어준 은인이다. 앞으로 내가 적립할 '운'이 얼마나 될지 모르겠지만 그 '운'은 당신과 나눠 쓰겠다고 약속한다. 좀 더 가져가겠다고 요청해도 흔쾌히 주겠다. 사랑인가, 묻는다면 그렇다, 대답하겠다.

나의 소설쓰기는 이제야 시작된다. 새로 적립될 '운'을 위해 '공'을 던진 기분이다. 네트 너머에서 어떤 것이 올지 모르지만 두 눈 감지 않고 꼭 받아내고 싶다.

손잡고 허밍

ⓒ 2016, 이정임

지은이 이정임 **초판 1쇄 발행** 2016년 12월 26일 **펴낸곳** 호밀밭

펴낸이 서호빈 **디자인** 리버씨 **등록** 2008년 11월 12일(제338-2008-6호)

주소 부산 수영구 수영로 668 화목O/T 808호 **전화** 070-8692-9561 **팩스** 0505-510-4675

홈페이지 www.homilbooks.com **전자우편** homilbooks@naver.com **트위터** @homilboy

페이스북 @homilbooks **블로그** http://blog.naver.com/homilbooks

Published in Korea by Homilbat Publishing Co, Busan.

Registration No. 338-2008-6.

First press export edition December, 2016.

Author Lee, Jung Im

ISBN 978-89-98937-46-1   03810

※ 가격은 겉표지에 표시되어 있습니다.

※ 이 책에 실린 글과 이미지는 저자의 허락 없이 사용할 수 없습니다.

본 도서는 2016년 한국문화예술위원회, 부산광역시, 부산문화재단 지역문화예술특성화지원사업으로 지원을 받았습니다.